MARGIT KRUSE

Eisaugen

TIEF IM WESTEN Eine ehemalige Zechensiedlung, mitten im Ruhrgebiet. An einem kalten Aprilmorgen wird auf dem nahe gelegenen Friedhof eine tote Frau entdeckt. Sabine Pöschl, 25 Jahre, Angestellte eines Reiterhofes, wo sie bereits seit zwei Tagen vermisst wird.

Ausgerechnet Margareta Sommerfeld, Verkäuferin bei Hertie in der Süßwarenabteilung und glühende Verehrerin von TATORT-Kommissarin Maria Furtwängler, fühlt sich dazu berufen, bei der Aufklärung des Mordes mitzumischen. Drei Personen stehen für sie unter dringendem Tatverdacht: Karol, ihr illegal in Deutschland lebender Nachbar polnischer Abstammung und ein ›Sahneschnittchen‹ von Mann, Karl-Heinz, vom Sargträger zum Späher aufgestiegener Friedhofsangestellter, und Walter, ein 50-jähriges Muttersöhnchen und Frauenhasser. Doch dann taucht eine weitere Leiche auf und Margaretas Unruhe wächst …

Margit Kruse, geboren 1957, ist ein echtes Kind des Ruhrgebiets. Seit 2004 ist die Gelsenkirchenerin als freiberufliche Autorin tätig. Neben zahlreichen Beiträgen in Anthologien hat sie bislang drei Bücher veröffentlicht, darunter den Roman »Im Schatten des Turmes – Eine Jugend im Ruhrgebiet«, der für den Literaturpreis Ruhr 2009 nominiert war. »Eisaugen« ist ihr erster Kriminalroman.

MARGIT KRUSE

Eisaugen

Kriminalroman

GMEINER *Original*

Besuchen Sie uns im Internet:
www.gmeiner-verlag.de

Im Ehnried 5, 88605 Meßkirch
Telefon 07575/2095-0
info@gmeiner-verlag.de

1. Auflage 2011

Lektorat: Claudia Senghaas, Kirchardt
Herstellung / Korrekturen: Julia Franze / Katja Ernst, Doreen Fröhlich
Umschlaggestaltung: U.O.R.G. Lutz Eberle, Stuttgart
unter Verwendung des Fotos »brick wall and window« von:
© hazel proudlove / fotolia.de
Druck: Fuldaer Verlagsanstalt, Fulda
Printed in Germany
ISBN 978-3-8392-1116-8

Ähnlichkeiten zu realen Orten sind gewollt. Bezüge zu realen Menschen sucht man hier vergeblich. Alle handelnden Personen und ihre Taten sind Produkte meiner überschwappenden Fantasie.

1.

Margareta hielt sein Foto in der Hand und betrachtete es zum hundertsten Mal. Gut sieht er darauf aus, glatt rasiert, perfekter Haarschnitt seiner grauschwarzen Haare, gut sitzende Jeans, rotes Hemd und braune Lederjacke. Wie ein Schuljunge stand er vor dem Forsthaus im nahe gelegenen Stadtwald, um ihn herum jede Menge Frühling. Seine gelockten Brusthaare lugten aus dem Hemd, an dem die obersten zwei Knöpfe geöffnet waren. Seine Haut war natürlich gebräunt, was ihm Attraktivität verlieh, und seine Augen hatten das klare Blau eines Bergsees.

Nach einer langen Zeit, in der sie wehmütig das Foto betrachtet hatte, legte sie es wieder zurück auf den Tisch und grübelte darüber nach, wieso alles so schiefgelaufen war. Wieso war ihr großes Glück nach nur drei Jahren zerplatzt wie eine Seifenblase? Immer wieder stellte sie sich die Frage, ob schon vorher irgendetwas darauf hingedeutet hatte, dass es zwischen ihnen nicht mehr stimmte. Doch all das Grübeln brachte sie nicht weiter. Ist es nicht immer so, dass man im Nachhinein nur an die schönen Dinge des Vergangenen denkt? Hatte sie etwa bereits vergessen, wie fies er sich in ihren letzten gemeinsamen Wochen verhalten hatte? Wann hatte er aufgehört, ihr Komplimente zu machen? Eines Tages fand er sie nicht mehr ›schön‹, wie er es vorher zuhauf verlauten ließ, wenn sie vom Friseur kam oder sich ihm in einem neuen Kleidungsstück präsentierte. »Hm, ganz nett«, meinte er nur abwesend. Pah, nett. Wie beinahe abwertend und unverbindlich sich das anhörte. Nett! ›Nett ist die kleine Schwester von Scheiße‹, sagte ihre Freundin Corinna.

Und was war mit ihrem Busen, den er drei Jahre lang toll fand und sich angeblich nicht an ihm sattsehen konnte? Sie wird den Morgen beim Frühstück nie vergessen, als er ihr großzügig eine Brustvergrößerung spendieren wollte. Er, der sparsame, wenn nicht gar geizige Mann, wollte in eine Brustoperation investieren, obwohl er angeblich auf kleine Brüste stand.

Es bringt mich nicht weiter, alle unliebsamen Szenen im Geiste Revue passieren zu lassen, dachte Margareta. Sie seufzte tief, stand auf, zog sich Jacke und Schuhe an und machte sich auf den Weg zum Friedhof, in der Hoffnung, der Spaziergang würde sie auf andere Gedanken bringen.

Jetzt bin ich wieder dort angekommen, wo ich vor drei Jahren war. Alleinlebend, in einer Zweieinhalbzimmerwohnung. Nur der Straßenname hat sich geändert. Eine renovierte Altbauwohnung in dem Seitenflügel des Wohnturmes einer Zechensiedlung in Buer, einem Ortsteil von Gelsenkirchen, unweit des Stadtwaldes und des Friedhofes, war nun ihr Zuhause. Ihre Wohnung, bevor sie in das Haus des Mannes gezogen war, war eine komfortable Neubauwohnung in der Buer'schen City gewesen, die sie im Glückstaumel der großen Liebe aufgab. Die schönen Möbel verhökerte sie zu einem Schleuderpreis. Das Geld für eine neue Einrichtung nach der Trennung liehen ihr ihre

Eltern, die am Ende in der gleichen Straße, ebenfalls in einer einfachen Altbauwohnung, lebten.

Der Liebe zu diesem Mann hatte sie es zu verdanken, derzeit in weit einfacheren, teils bei eBay ersteigerten Möbeln zu leben.

Dass es nicht nur Vorteile brachte, in der Nähe der Eltern zu wohnen, hatte sie ebenfalls zu spüren bekommen. Wo die beiden passionierten Straßenbahn- und Busfahrer auch hinwollten, sie mussten beim Verlassen der heimeligen Siedlung die Arkaden des Wohnturms passieren. Und was lag da näher, als der lieben Tochter einen kurzen Besuch abzustatten, wo man sowieso gerade vorbeikam.

»Wie, du bist noch immer nicht angezogen? Es ist schon nach 10 Uhr!«

»Du könntest mal wieder durchwischen!«, und, nach einem Blick auf zwei Gläser auf dem Couchtisch, »ach, du hattest Besuch?« Das waren noch die harmlosesten Bemerkungen, die Margareta krampfhaft zu überhören versuchte. Sie hatte es mit ihren 39 Jahren nicht nötig, sich ständig zu rechtfertigen und den Eltern zum x-ten Male zu erklären, dass sie berufstätig war und keine Hausfrau, die den ganzen Tag Zeit hatte, wie eine Kaiserin über Krümel und Staubkörner zu herrschen. Ihr Job bei Hertie in der Süßwarenabteilung war hart genug. Gestern zum Beispiel hatte sie an einem ihrer Zehnstundenarbeitstage ausschließlich Lindt-Osterhasen bearbeitet: Sie hatte die goldglänzend verpackten Hasen der verschiedenen Größen aus den Kartons genommen, sie in den entsprechenden Listen abgehakt und sie anschließend in die Regale eingeordnet. Nachts schreckte sie aus dem Schlaf auf, weil sie das Gefühl hatte zu ersticken. Sie träumte, ebenfalls ein rotes Schleifenband um den Hals zu tragen wie diese Hasen. Das klirrende Läuten des Glöckchens, welches direkt auf ihrem Kehlkopf saß, ließ sie aus dem Traum erwachen. Dabei waren es noch Wochen bis Ostern.

Ostern! Sie durfte gar nicht daran denken, dass sie das diesjährige Osterfest ohne Partner verbringen würde. Sie liebte solche Feiertage, wie Ostern und Weihnachten, und war krampfhaft besessen, alte Traditionen unbedingt zu erhalten. Wie eine Verrückte färbte sie jedes Jahr zu Ostern Hühnereier bunt, füllte für sämtliche Verwandte grünbegraste Osterkörbchen und schmückte ihr Zuhause mit unnötigem Klimbim. Im ersten Jahr ihres Zusammenlebens mit Bertl war er entzückt über ihr Engagement gewesen, hatte sich gierig den selbst gebackenen, mit Mandeln verzierten Osterzopf in den Mund gestopft und mittags den köstlichen Lammbraten. Die vielen mit Liebe gebackenen Osterhasen und Lämmer hatte er sich mal eben während des Fernsehens einverleibt. Mit einem Biss hatte er den mit feiner Kuvertüre überzogenen Kopf eines solchen Lämmchens oder Häschens verschlungen und den Rest gleich hinterhergeschoben. Sein Osterkörbchen war bereits am Karsamstag ratzeputz leer. Die Süßigkeiten – sie bekam bei Hertie 20 Prozent Personalrabatt – hatten ihm einfach zu gut geschmeckt.

Allerdings hätte ihr auffallen müssen, dass im letzten Jahr zu Ostern bereits alles anders war. Seine

Gier auf alles österlich Essbare war zwar geblieben. Sie bemerkte jedoch, dass er sich am Karfreitag, heimlich, als er sie schlafend vor dem Fernseher wähnte, ein Würstchen, mickriger noch als er selbst, genehmigt hatte. Nicht einmal an einem einzigen Tag im Jahr hatte er auf Fleisch verzichten können! Wenn er es schon nicht, wie sie, aus religiöser Überzeugung tat, hätte er es wenigstens ihr zuliebe lassen können. Und wie stellte er sich am letzten Ostersonntag an, als er die im Garten versteckten Ostereier suchen sollte. Er sei doch nicht bescheuert, sich in der Eiseskälte zu bücken, um Eier aufzuheben, meinte er. Im ersten Jahr war er, trotz Regen, total verliebt mit seinem Osterkörbchen unter die ausladenden Tannen gekrochen, um ja jedes Ei zu finden, das Margareta versteckt hatte.

Na ja, das Thema war erledigt. Bertl war Vergangenheit, sein schöner Garten ebenfalls. Keine Eierverstecke mehr und kein Eiersucher.

Bertl hieß eigentlich Friedbert, doch in einer ihrer ersten stürmischen Liebesnächte hatte sie ihm zwischen heißen Küssen, in einem Anflug größter Leidenschaft, zärtlich »Oh, Bertl!« ins Ohr gehaucht. Von da ab hieß er Bertl. Zuerst nur bei ihr, später bei ihren Eltern und schlussendlich auch bei seinen Freunden und Kollegen.

Als Margareta den kleinen Nebeneingang des Friedhofs, der gleich hinter der Siedlung lag, passierte, atmete sie tief durch, schloss kurz die Augen und sagte sich: Nie wieder! Nie wieder wollte sie sich verlieben. Würde sie noch einmal mit einem Mann zusammenkommen, wäre das Wort ›Liebe‹ aus ihrem

Wortschatz gestrichen. Aus diesem Grund könnte sie auch nicht mehr verletzt werden. Und wenn sie wieder mit einem Mann in die Kiste steigen würde, wozu sie durchaus bereit wäre, geschähe das nur aus purer Lust. Anschließend müsste er seine Habseligkeiten schnappen und ganz schnell das Weite suchen. Jawohl!

Nach einigen Metern erreichte sie den Hauptweg und bog nach links in Richtung Trauerhalle ab. Wie weit ist es mit mir gekommen?, fragte sie sich. Nun machte sie schon zum dritten Male einen Spaziergang über den großen Friedhof und fand es auch noch schön. Bis vor Kurzem hatte sie mit ihrer Freundin Corinna über Frauen, die dauernd ihre Zeit auf dem Friedhof totschlugen, gelacht. Diese beschuldigt, sich dort bloß einen neuen Kerl anlachen zu wollen, weil der alte viel zu früh verstorben war. Der Friedhof: ein Anmachort unter dem Deckmantel des Trauerns, sozusagen. Vor wenigen Wochen wäre sie, statt sinnlos hier herumzuschlendern, lieber durch die Einkaufsstraße der Innenstadt gegangen, um zu shoppen. So weit hat Bertl mich also gebracht, dass ich hier, in dieser feuchten, nach Tannen duftenden Luft Entspannung suche, dachte sie kopfschüttelnd. Sie nannte diese Friedhofsgänge Selbstfindungsrunden.

Der breite Hauptweg war fast menschenleer. Hier und da sah man durch die dichten Sträucher am Wegesrand Leute, die an den Gräbern ihrer Lieben Ordnung schafften. Sämtliche Bänke waren wegen der unangenehmen Endwintertemperatur verwaist.

In weiter Ferne konnte sie rechts die Trauerhalle

erahnen. Davor standen zwei Kranzwagen, fertig mit bunten Kränzen beladen, zur Abfahrt bereit. Eine Trauerfeier war wohl gerade zu Ende. 50 Meter weiter und drei Minuten später sah sie jemanden und musste schmunzeln. Dieser schmächtige Kerl war vom einfachen Sargträger zum Späher aufgestiegen und ging dem Trauerzug ungefähr 30 Meter voraus. Ein Späher, welche Wahnsinnsverantwortung! Er musste für freies Geleit des Trauerzuges sorgen, indem er mit ernstem Gesicht vorausschritt und die Lage peilte. Alles nur Show. Was sollte sich wohl dem Trauerzug in den Weg stellen? Jetzt, nur mehr wenige Meter von ihm entfernt, konnte sie bereits seine eiskalten blauen Augen sehen, mit denen er ihren Blick suchte und fixieren wollte. Er erkannte sie und nickte kurz. Mehr war nicht drin. Ein Späher hatte die Klappe zu halten und seine Arbeit zu verrichten. So ähnlich wie die Beefeaters vor dem Buckingham Palast. Wenn sie ihn nicht kennen würde, müsste sie sich vor ihm fürchten. Obwohl Margareta ihn bereits seit ihrer Kindheit kannte, hatte sie bis heute kein einziges Wort mit ihm gewechselt. Bereits als Jugendlicher war er ein Exot gewesen, ein verschüchterter Außenseiter, den man nirgendwo für voll nahm. Als wäre es gestern gewesen, sah sie ihn vor sich, wie er jeden Abend in einem Pulk älterer, alkoholisierter Männer vor der Trinkhallen-Pommesbude stand, mit einer Bierflasche in der Hand. Seine Eisaugenblicke starrten ängstlich herum. Die Kumpel lachten und scherzten über ihn, klopften ihm auf die schmalen Schultern, spendierten ihrem Hofnarren ein weiteres Bier und eine Zigarette, damit er ja noch blieb und sie sich über ihn lustig machen konnten.

Seine Haare waren inzwischen ergraut, ansonsten hatte er sich kaum verändert. Margareta vermutete, dass er zahnlos war, da sein Mund wie verschnürt und nach innen gezogen aussah. Sie konnte sich nicht erinnern, ihn jemals mit einer Frau zusammen gesehen zu haben. Wer wollte schon so einen kuriosen Typen? Einen, der mit 16 wegen der vielen Ehrenrunden noch in der siebten Klasse gesessen hatte, weil sein Hirn wie ein Sieb war. Mit Gelegenheitsarbeiten schlug er sich seit seiner Jugend durch und war mittlerweile Späher eines Bestattungsunternehmens. Voller Stolz schritt er in seinem dunkelblauen Plüschmantel die Wege des Friedhofs entlang. Mit dem Job konnte er keine Familie ernähren, ja, nicht einmal sich selbst. Sie musste wieder schmunzeln. Könnte ich mit meinen 1.000 Euro netto etwa eine Familie durchbringen?, überlegte sie. Das hat eine Frau auch gar nicht nötig, würde ihre Mutter jetzt sagen. Eine Frau sollte mit dem unterwürfig gehauchten Ja vor Standesbeamten und Kirchenaltar ihren lebenslänglichen Hausfrauenjob besiegelt haben. Dieser beinhaltetet die Vollversorgung, bis der Tod – und nur der Tod – sie von ihrem Versorger schied.

Als sie sich auf gleicher Höhe befanden, konnte sie ein kaum merkliches Lächeln auf seinen Lippen erkennen. Sie nickte ihm freundlich zu und wunderte sich einmal mehr über solch eiskalt blickende, hellblaue Augen. Um nicht den Trauerzug passieren zu müssen, schlug sie den kleinen Weg links ein. Versteckt am Wegesrand blieb sie stehen, um die Trauergesellschaft, die soeben hüstelnd und schniefend an ihr vorbeizog, zu beobachten.

Ihr Blick blieb an dem mit Rosen verzierten schweren Eichensarg hängen. Sie stellte fest, dass es ihr Erleichterung verschaffen würde, wüsste sie Bertl in diesem Sarg liegend. Dann müsste sie nicht ständig das Gefühl haben, dass bald ihre Nachfolgerin in sein Haus, ausgestattet mit Superküche und Designer-Sofa, einziehen würde. Dass sie in jeder Beziehung ihre Stelle einnehmen würde. Wäre er tot, könnte er zu keiner Frau mehr zärtlich sein, keiner mehr Komplimente machen. Ja, zärtlich und leidenschaftlich konnte Bertl sein. Das musste sie ihm lassen. Wäre er tot, würde sie, genau wie jetzt die feine Dame mit dem schwarzen Hut, schniefend hinter dem Sarg herschreiten, sich trösten und bedauern lassen. Irgendwann würde sie aus dem tiefen Loch der Trauer herauskrabbeln und frei für etwas Neues sein. Sie würde ihm schöne Blümchen aufs Grab stellen und an seinem schönen Foto, das sie, wieso auch immer, zu Hause stehen hatte, ein schwarzes Bändchen befestigen. Sie würde in seinem schönen Haus wohnen, seinen BMW fahren und sich von seinem Vererbten etwas gönnen. Der spitze Stachel der Wut, der sie seit der Trennung ständig piesackte, wäre nicht mehr vorhanden. Mit dem schönen Bertl würde sein zur Untreue neigender kleiner Freund begraben werden und schon bald unter der Erde vergammeln. Könnte nie mehr in fremden Revieren wildern und Frauen unglücklich machen. Des einen Freud ist des anderen Leid, wie wahr.

Auf dem Rückweg ihrer Selbstfindungsrunde, bei

der sie sich auch heute nicht fand, begegnete sie dem Späher erneut. Sein Gang war nun nach vorn gebeugt. Er wirkte müde. Wieder konnte sie ein zaghaftes Lächeln wahrnehmen, als er sie mit seinen Eisaugen fixierte. Würde sie ihn nicht kennen, würde sie jetzt ihre Beine in die Hand nehmen und laufen. Aber er machte ihr keine Angst. Er tat ihr sogar ein klein wenig leid. Dieser einsame, von der Natur benachteiligte Mann, dem es nicht vergönnt war, eine Partnerin zu finden. Dabei hatte er sicherlich seine Qualitäten. Vielleicht war er häuslich und hilfsbereit. Bestimmt war er treu. Er wohnte nach wie vor in der Siedlung, in der er seine Kindheit verbracht hatte. In einer winzigen Wohnung direkt über der schon erwähnten Kombi-Pommesbude, mit dem kostenlosen Geruch von verkokelten Bratwürsten und altem Pommesfett.

Was war Bertl gegen diesen schmächtigen Mann für eine stattliche Erscheinung. Er konnte einer Frau nicht nur ein perfektes Äußeres bieten, sondern darüber hinaus tolle Umgangsformen, Charme und ein gehobenes, sicheres Einkommen. Allerdings waren da seine kleinen Fehler. Außer, dass er sich seiner Pluspunkte durchaus bewusst war und seinen Charme oft bei sämtlichen Frauen übermäßig versprühte, war er vor allem ein Geizhals.

Mag ja sein, dass er zu Beginn ihrer Beziehung vorhatte, ihr ewig treu zu sein, und seine Worte, die er diesbezüglich aus seinem Mund fallen ließ, ehrlich gemeint waren. Aber gegen seine immer wieder aufkeimenden Triebe kam er leider nicht an.

Margareta konnte momentan selbst nicht sagen,

was ihr lieber war. Ein toller, perfekter Mann in fast jeder Beziehung, der an seiner Potenz allerdings regelmäßig andere Frauen teilhaben ließ, oder ein dünner, unscheinbarer Mann in dunkelblauem Plüschmantel, ohne berufliche Perspektive, mit Minieinkommen, stattdessen sicherlich mit einem guten Herzen ausgestattet und vielleicht treu wie Gold. Es gibt doch sicherlich noch etwas dazwischen, dachte sie sich. Ein goldenes Mittelmaß sozusagen. Für mich sowieso kein Thema mehr. Dem habe ich abgeschworen und basta. Keine feste Partnerschaft mehr!

Spontan entschloss sie sich beim Verlassen des Friedhofs, einen Trip in die Belanglosigkeit zu unternehmen. Kurz, sie stattete ihren Eltern einen Besuch ab, nachdem sie von Weitem das breit geöffnete Küchenfenster ihrer Wohnung entdeckte.

Kaum hatte sie sich auf der Eckbank der vollgestopften Küche niedergelassen, prasselte ein warmer Regen Nichtigkeiten aus dem Rentnerdasein ihrer Eltern auf sie hernieder. Während sie sich eine Portion Bratkartoffeln mit Spiegeleiern einverleibte, versuchte sie das Gehörte in wichtig und unwichtig einzuteilen. Aus der linken Ecke berichtete ihr der Vater von den sprießenden Krokussen im Vorgarten, dem betrunkenen Nachbarn, der soeben eingetrudelten Stromabrechnung und der zu spät gekommenen Straßenbahn, die all seine morgendlichen Pläne arg durchkreuzt, ja fast zunichte gemacht hatte. Aus der rechten Ecke sprudelten Mutters Worte fast synchron in ihr anderes Ohr: Bei Aldi waren die Küchenrollen aus, beim Bäcker an der Ecke gab es Rosinenschnecken im Angebot und Frau Müller hatte mal wieder nicht ordentlich den Flur geputzt. Die Fußleisten einfach vergessen! Nichts Wichtiges dabei, stellte Margareta fest und atmete auf, weil das leidige Thema ›Bertl‹ nicht zur Sprache kam. Aber sie hatte sich zu früh gefreut. Gerade als sie aufstand, um den Heimweg anzutreten, verzog sich das eben noch zufriedene Gesicht ihrer Mutter zu einer einzigen Anklage.

»Ach, Kind, dass gerade du so ein Pech mit den Männern haben musst! Das konnte ja nicht gut gehen. So ohne Gottes Segen!«

Nicht schon wieder, dachte Margareta.

Wie weit hat dich denn Gottes Segen gebracht?, wollte sie ihre Mutter fragen. 35 Jahre Hausfrau, deren tägliches Highlight bis vor Kurzem das Heimkommen ihres Mannes von der Arbeit und seine nicht enden wollenden Erzählungen aus seiner kleinen Malocherwelt war. Panik stieg in ihr auf. Raus, schnell raus hier! Sie war zu müde, um gegen die starre Meinung ihrer Mutter anzureden: zum Beispiel, dass ein Trauschein sie nicht daran gehindert hätte, den tollen Bertl zu verlassen. Sie war froh, nicht mit ihm verheiratet gewesen zu sein, da das die ganze Trennungsangelegenheit verkompliziert hätte.

Margareta zog seufzend die Wohnungstür ins Schloss und atmete, während sie die Treppe hinabstieg, die Spießigkeit des Treppenhauses des Vier-Familien-Idylls ein. Nach Bohnerwachs und verschiedenen Mittagessen roch es. Udo Jürgens hatte sich wohl hier Inspiration für einen Song geholt. Die selbst genähten Scheibengardinen des Flurfensters sowie der dreiteilige Blumenständer aus den 60er-Jahren mit den Klivien darauf jagten ihr einen Schauer über den Rücken. War wohl doch keine so gute Idee, dieser Besuch. Wenigstens war sie in den Genuss einer köstlichen Mahlzeit gekommen.

Wieder in ihrer Wohnung überlegte sie, wie sie den Nachmittag ihres freien Tages verbringen könnte. Während sie aufs Klo ging und ausgiebig in die Porzellanschüssel pinkelte, hoffte sie, dass ihr eine zündende Idee kommen würde. Ihr fielen die vier Umzugskartons ein, die in der Ecke ihres Schlafzimmers darauf warteten, endlich ausgepackt zu werden. Doch sie sagte sich, wenn sie die Sachen, die sich darin befanden, in den sechs Wochen, in denen sie nun hier wohnte, nicht gebraucht hatte, könnten sie dort noch etwas länger verweilen.

Sie ging zum Schlafzimmerfenster und blickte hinunter zur Straße. Auch dieser Anblick hatte nichts Erheiterndes. Plötzlich hatte sie das vage Gefühl, beobachtet zu werden. Sie drehte ihren Kopf ganz langsam nach rechts und schaute in das schräg gegenüberliegende Fenster, welches sich in dem Wohnturm genau über der Einfahrt befand. Sie blickte in zwei warme braune Augen eines durchaus ansehnlichen Gesichts. Dieser Mann, der da stehend aus dem Fenster schaute, war ein seltener Anblick. Meistens sah sie ihn nur Schuhe reparierend an einer Werkbank sitzen. Und das nur dann, wenn die Gardine des Fensters beiseite gezogen war und ihr so Einblick in den Raum bot.

Sie lächelte zu ihm herüber, woraufhin der Mann

erschrocken die Gardine zuzog und blitzartig verschwand. Klar, er durfte sich nicht zeigen. Vielleicht träumte sie dies ja nur, da es den Mann angeblich überhaupt nicht gab. Die Wohnung, zu der das Fenster gehörte, befand sich im Nebenhaus und wurde von einer Frau Henriette Koletzki bewohnt. Frau Koletzki war, bis auf ihren Megabusen, eine unscheinbare Frau, verwitwet und alleinlebend. Behaupteten jedenfalls die Nachbarn.

Auf Margaretas »Aber der Mann!« zuckten alle Nachbarn nur mit den Schultern, wechselten das Thema oder beendeten das Gespräch abrupt.

Als ihre Neugier immer stärker wurde und sie es nicht mehr aushielt, wagte sie es, Frau Koletzki selbst daraufhin anzusprechen. Die arme Frau kam gerade schwer beladen vom Einkaufen zurück und wollte soeben die Haustür aufschließen, um die Treppen zu ihrer Wohnung hinaufzusteigen. Neben ihren vielen Taschen hatte sie ja auch noch ihren immens großen Busen zu tragen.

»Ach, hallo, Frau Koletzki. Ich bin die neue Nachbarin. Margareta Sommerfeld ist mein Name«, stellte Margareta sich höflich vor und reichte der schüchternen Frau mit dem Kopftuch die Hand. Frau Koletzki nahm zögernd die dargebotene Hand, blickte verschüchtert zu Boden und begrüßte ihre neue Nachbarin.

»Sagen Sie, Frau Koletzki. Wer ist eigentlich der junge Mann, den ich von meinem Schlafzimmerfenster aus beobachten kann? Was macht er da in Ihrer Wohnung?«

Frau Koletzki zuckte zusammen. Tränen traten in ihre Augen, sie schnappte sich ihre Einkaufstaschen und war schon in dem dunklen Hausflur verschwunden. »Ich weiß nicht, was Sie meinen! Ich lebe allein!«, nuschelte sie und weg war sie.

Seitdem war die Gardine einige Tage stets zugezogen gewesen und das Rollo den ganzen Tag heruntergelassen. Margaretas Wohnung war die Einzige im Haus, die ein Fenster an der Seite hatte, von dem aus man das Zimmer der Wohnung von Frau Koletzki, das zur Straße hinausging, beobachten konnte.

Selbst Margaretas Mutter, der Pirat der Siedlung, bezichtigte ihre Tochter der Tagträumerei. »Kind, die Koletzki wohnt allein. Da ist niemand. Ich habe mich überall erkundigt! Du guckst zu viel Fernsehen!«

2.

Margareta hörte auf, ihn zu küssen. Ein Blick in seine großen, braunen Augen sagte ihr, dass auch er genug hatte. Er küsste ihre erhitzte Stirn, dann drehte er sich zur Seite. Die pure Lust hatte sie wieder zusammengeführt. Gut, dass es keine Liebe ist, dachte sie.

»Was hast du Henriette erzählt, wo du hingehst?«, fragte sie ihn spröde lächelnd. »Außer in den Keller, und das nur, wenn die Luft rein ist, hast du ja keine Möglichkeiten!«

»Sie schläft tief und fest. Hat bis jetzt nichts bemerkt!«

»Wie hältst du das bloß aus? Seit einem Jahr in der Wohnung eingesperrt zu sein und nichts anderes zu machen, als Schuhe zu reparieren!«

»Ich bin froh, dass ich überhaupt was zu tun habe! Außerdem habe ich ja jetzt dich!« Mit einem Blick, der mehr als besitzergreifend war, musterte er sie lange Zeit gierig.

»Starr mich nicht so an! Ich hab dir schon mal gesagt, das mit uns hat nichts zu bedeuten. Wir bilden eine reine Zweckgemeinschaft. Du brauchst hin und wieder mal etwas Abwechslung und ich ebenfalls. Uns verbindet nur Sex, mehr nicht. Keine Verpflichtung beiderseits. Nichts. Hast du verstanden?«

»Ja, ja, das hast du mir schon mehr als einmal gesagt. Doch du wirst dich so sehr an mich gewöhnen, dass du ohne mich nicht mehr leben kannst!« Er zündete sich eine Zigarette an und zog gierig daran, sodass die Glut im Dunkeln aufleuchtete.

»Und mit dir leider auch nicht. Weil es dich praktisch gar nicht gibt. Du bist illegal hier, vergiss das nicht!«

»Es wird sich ein Weg finden!«

»Bis dahin fließt noch viel Wasser den Rhein hinunter!«

»Die Weichsel, die Weichsel hinunter!« Zärtlich versuchte er, sie an sich zu ziehen. Wahrlich, ein toller Mann, ihr polnischer Gelegenheitsliebhaber, der heute genau zum vierten Male bei ihr war, um ihr ein paar schöne Stunden zu bereiten. Wie gut, dass die Zeit der vorgetäuschten Orgasmen und des Über-sich-ergehen-Lassens vorbei war und eine Frau hemmungslosen Sex genießen durfte, freute sich Margareta.

Der Mann, den es gar nicht gab, hatte ihr einfach keine Ruhe gelassen. Und so hatte sie eines Abends, als sie Frau Koletzki davongehen sah, dem nicht-existenten Mann mutig einen Besuch abgestattet. Natürlich hatte er auf ihr hartnäckiges Klingeln nicht geöffnet. Deshalb musste sie bei einem Nachbarn schellen, um sich Einlass ins Nebenhaus zu verschaffen. Aber das war kein Problem. Als der Nachbar wegen der späten Störung laut fluchend wieder seine Wohnungstür schloss, schlich sie die Treppe hinauf in den ersten Stock und lauschte an Frau Koletzkis Wohnungstür. Leise Radiomusik war zu hören und gelegentlich ein Räuspern. Auf ihr Klingeln tat sich natürlich wieder nichts. So versuchte sie es mit Klopfen. Selbst nach wiederholtem Poltern gegen die Tür dauerte es eine geschlagene Stunde, bis die Wohnungstür einen Spaltbreit geöffnet wurde. Zwei braune Augen lugten neugierig und gleichzeitig ängstlich durch den Türspalt. Ein angenehmer Männergeruch zog augenblicklich in ihre Nase. Nicht übertrieben nach Parfüm oder Deo, sondern nach Sauberkeit und Seife roch der Mann. Sein Gesicht sah aus der Nähe genauso gut aus wie aus der Ferne. Gebräunte Pfirsichhaut, ein schöner, geschwungener Mund. Seine wuscheligen braunen Haare warteten nur darauf, von ihr mit der Hand durchfahren zu werden. Und so etwas versteckt sich in einem Turmzimmer! Eine Schande, fand Margareta.

»Was wollen Sie?«, fragte er leise.

Sie war erschrocken, dass er ein akzentfreies Deutsch sprach. Ja, dass er überhaupt sprechen konnte, verwunderte sie. Einen Mann, der gar nicht existierte, hatte sie sich eher stumm vorgestellt. So wie Pan Tau.

»Ich wohne nebenan und kann in Ihr Fenster sehen!« Klügere Worte wollten ihr einfach nicht einfallen.

»Ich weiß!«, sagte er nur.

»Ich muss mit Ihnen reden!«

»Wieso? Haben Sie etwa Schuhe zu besohlen?«, fragte er verwundert. Wie kam die Koletzki bloß an die vielen kaputten Schuhe?, wunderte sie sich. Ein Mann, den es nicht gab, konnte solche Arbeiten schließlich gar nicht ausführen. Dachten die Auftraggeber etwa, die Koletzki besohlte all die Schuhe selbst? Muss ich abklären, unbedingt, sagte Margareta sich.

»Nein«, lachte sie. »Kommen Sie nachher zu mir! Schellen Sie bei Sommerfeld!«

»Kann aber spät werden!«

»Macht nichts!«

Es wurde sogar sehr spät. Und er hatte nicht mal gefragt, was er eigentlich bei ihr sollte. Nie hätte sie gedacht, dass er tatsächlich kommen würde. Etwas mulmig war ihr schon zumute, als es weit nach 23 Uhr an der Tür klingelte. Ohne zu zögern drückte sie auf den Türöffner. Sie hörte leise Schritte die alten knarrenden Holzstufen hinaufsteigen. Als er oben an ihrer Wohnungstür angekommen war, öffnete sie diese und ließ ihn eintreten. Einen Mann, den sie überhaupt nicht kannte und den es eigentlich gar nicht gab. Was, wenn er ein gesuchter Verbrecher war und sich in der Wohnung der alten Frau nebenan versteckt hielt? Er trug einen Rollkragenpulli und eine enge Jeans. Er roch nach wie vor nach Seife. Sein Blick war hypnotisierend auf sie gerichtet und taxierte ihren Körper langsam von oben nach unten. An ihrem Busen verweilte er einen Augenblick und wanderte dann tiefer, um an ihrem Slip, der durch den leicht geöffneten Seidenmorgenmantel zu sehen war, hängen zu bleiben.

»Na, schläft Mutti?«, fragte sie ihn spöttisch.

»Ist nicht meine Mutter. Ist meine Tante!«

Sie ging einen Schritt auf ihn zu und seine Atemfrequenz steigerte sich augenblicklich. Schweiß trat auf seine Pfirsichhautstirn.

Schon immer wollte sie mal etwas völlig Verrücktes tun, fernab von all den anständigen Dingen, die sie sonst gewohnt war, stets zur Zufriedenheit ihrer Mitmenschen zu verrichten. Mutig wollte sie sein. Mutig und draufgängerisch. Endlich bot sich ihr die Chance dazu. Immerhin gab es den Mann, dem sie sich jetzt hemmungslos an den Hals warf, überhaupt nicht. Sie küsste stürmisch seinen duftenden Hals, wühlte heftig in seinen wilden Locken, sodass er schon Angst bekam, sie reiße ihm diese büschelweise aus. Zerrte ihm den Pulli über den Kopf und öffnete seine knallenge Jeans. Er hatte es da einfacher. Unter ihrem Seidenmorgenrock war sie, bis auf den Slip, nackt. Seine Hände zitterten, als er dieses Seidenteil einfach nach hinten fallen ließ und sich anschließend an ihrem winzigen Slip zu schaffen machte. So ein Teil hatte er bestimmt noch nie in den Händen gehalten, dachte sie kurz. Dort, wo er herkam, gab es bestimmt nur große Baumwollschlüpfer, Marke ›Hüftwarm‹.

Sie fielen übereinander her wie wilde Tiere. Ausgehungert nach Sex kosteten sie die dargebotene Gelegenheit bis zum Letzten aus. Er vergaß seine Ledersohlen, seine Gummiabsätze und seine flinke Nähahle. Sie den tollen Bertl, der gegen den Kaloderma-Mann eine Niete war, den Friedhof, ihren Hertie-Laden, ihre Eltern und den Eisaugenmann.

Er führte sie in ein Land, das sie bisher nicht kennengelernt hatte. Ein Land, das irgendwo zwischen Tschechien und der Slowakei liegen musste. Sie stellte sich vor, dass er, bevor er dort geflüchtet war, ein toller Arzt gewesen war. Gab ihm zwischen zwei heißen Liebesnummern den Namen ›Dr. Blaschey‹.

Die Ernüchterung kam schneller als erwartet. Als sie schweißgebadet aus dem Taumel der Leidenschaft auf ihrem Bett erwachte, erzählte er ihr, dass er weder Arzt war noch Dr. Blaschey hieß, sondern Karol Waczmarek. Ein vor 35 Jahren in Polen geborener Mann, der für gutes Geld von Autoschleppern illegal hier eingeschleust worden war, um sich auf die Suche nach seiner deutschstämmigen Mutter machen zu können, die vor vielen Jahren mit seinen beiden Schwestern als Spätaussiedler nach Deutschland gekommen war. Man brachte ihn bei Nacht und Nebel erst einmal bei Tante Henriette unter. Sie kommt ja auch von drüben und wird Verständnis für seine Situation haben, dachte man. Nur für ein paar Tage, vertröstete man sie. Man würde ihm Papiere besorgen, irgendwie. Aus den paar Tagen ist fast ein ganzes Jahr geworden. Er hatte nach wie vor keine Papiere und somit keine Gelegenheit, seine Mutter zu suchen. Aus Angst, eingesperrt zu werden oder seiner Tante Ärger zu bereiten, fand er nicht den Mut, sich den Behörden zu stellen.

Hoffentlich komme ich aus der Nummer wieder raus, dachte Margareta einen letzten klaren Gedanken, bevor er sie wieder küsste, dass ihr schwindelig wurde.

Von da an besuchte er sie regelmäßig, immer mitten in der Nacht, immer nach Kaloderma-Seife riechend. Wie ein Vulkan brach die Leidenschaft jedes Mal über sie herein und machte die Nacht zu einem hellwachen energiegeladenen Tag. Der Mann ist wie eine Droge, die süchtig macht, dachte Margareta, wenn sie am nächsten Tag, ohne Schlaf, völlig unkonzentriert und müde ihrer Arbeit nachging und einen Fehler nach dem anderen machte. Du musst das beenden. Das führt zu nichts! Du gewöhnst dich an ihn und kommst nicht von ihm los. Er ist nichts und er hat nichts. Das nächste Mal wird das letzte Mal sein, befahl sie sich. Jawohl! Doch wenn ein paar Tage vergangen waren und die Entzugserscheinungen einsetzten, sie wieder was von dieser Droge brauchte und sie als Erstes, nachdem sie von der Arbeit kommend ihre Wohnung betrat, unruhig zum Schlafzimmerfenster rannte und in sein Zimmer starrte, war alles vergessen. Wie er da auf seinem kleinen Schemel saß, einen Schuh zwischen seine Beine geklemmt und mit dem Hammer kräftig auf den soeben befestigten

Absatz des Schuhs klopfte, dass seine Muskeln an den nackten Oberarmen hervortraten, war ihr Vorsatz vergessen. Sobald er, als spürte er ihre Blicke, zu ihr herübersah und sie verschmitzt anlächelte, hätte sie sich am liebsten augenblicklich die Kleider vom Leib gerissen, das Fenster geöffnet und laut herübergeschrien: »Nun komm schon her, du geiles Polenbürscherl!«

Ob sie ihm bei der Suche nach seiner Mutter, Aleksandra Waczmarek, nicht behilflich sein könnte, hatte er sie bei seinem letzten Besuch, nach einer heißen Nummer, gefragt. Daraufhin hatte sie ihm das Telefonbuch in die Hand gedrückt und mit den Schultern gezuckt.

»Du machst es dir aber einfach!«, ließ er aus wütenden Augen verlauten.

»Hey, ist das meine Mutter, oder was? Du weißt, was ich über unsere Beziehung denke. Nur Sex, mehr ist nicht. Das wusstest du von Anfang an!«

»Ja, das hast du gesagt. Ich habe aber nicht gedacht, dass du es tatsächlich so meinst!« Mit hängenden Schultern verließ er sie in dieser Nacht und ließ eine Woche lang die Gardine sowie das Rollo seines Fensters geschlossen.

Soll er doch, sagte sie zu sich selbst. Okay, im Bett ist er eine Granate. Aber soll ich ihn mir deshalb komplett ans Bein binden? Er ist noch ärmer als ich. Liegt seiner Tante auf der Tasche. Von dem bisschen, was er durch die Schuhreparaturen verdient, kann er sich nicht einmal ernähren. Nein, das ist mir alles zu kompliziert, entschied Margareta. Ich muss die Sache mit diesem Sahneschnittchen beenden, bevor es zu spät ist. So verordnete sie sich selbst ab sofort eine Kaloderma-Mann-Diät und hoffte, sie auch durchzuhalten.

3.

Sie hätte dagelegen, als schliefe sie, hatte ihr ihre Mutter am Telefon erzählt. Oh, wie sie es hasste, wenn man sie auf ihrer Arbeitsstelle anrief und sie über Lautsprecher ausgerufen werden musste. Die hämischen Kommentare ihrer Kolleginnen und der wütende Blick des Abteilungsleiters hatten sie bis hinter die Stahltür begleitet, die zu dem Büro führte, wo sie das Gespräch entgegennahm. Was hat Waltraud denn nun wieder?, fragte sie sich. Sie wusste, dass es nur ihre Mutter sein konnte, da sich alle anderen an das Bei-der-Arbeit-Anrufverbot hielten.

Eine junge Frau, Anfang 20, mit langen blonden Haaren, war in den frühen Morgenstunden auf dem Friedhof tot aufgefunden worden, berichtete ihr ihre Mutter aufgeregt. Im Garten der Erinnerung, einem neu angelegten Gemeinschaftsfeld, hätte man sie, mit einer Baccara-Rose in der rechten Hand, entdeckt. Natürlich war ihre Mutter, Waltraud Sommerfeld, sofort zum Tatort geeilt, als ihr ein Nachbar, der gerade von der Nachtschicht mit dem Fahrrad dort vorbeigefahren war, davon erzählt hatte.

Sie hatte sich blitzschnell ihren blauen Regenmantel

über ihren Schlafanzug gezogen, ihrem Goldfasan »Ich bin gleich wieder da« zugerufen und war die Treppen hinuntergestürzt. Es wurde gerade erst hell. Da die Aprilnächte reichlich kalt sein konnten, wurde Waltraud sich ihrer nackten Füße in den Birkenstocklatschen erst 400 Meter weiter, als sie den Friedhof bereits betreten hatte, bewusst. Doch jetzt gab es für sie kein Zurück mehr. Sie sah in der Ferne das Blaulicht blinken und einige silber-blaue Polizeiautos den Weg versperren. Vor Aufregung und purer Sensationslust schlug Waltrauds Herz schneller.

Ein kalter Windstoß fuhr unter ihren Regenmantel, als sie wie von Sinnen zum Tatort hetzte. Genau bis zum Flatterband, mit welchem der Fundort abgesperrt war, ließ man sie vordringen. Etliche Uniformierte sowie normal Gekleidete, Waltraud vermutete Kripomänner, schüttelten sich stumm die Hände. Ein Weiterer saß auf der gegenüberliegenden Bank und tippte etwas in sein Notebook. Der dickste der normal Gekleideten war wohl der Chef und gab den anderen gewichtig Anweisungen.

»Furchtbare Sache, so ein junges Ding«, hörte sie den Dicken sagen.

Ein Streifenwagen stand direkt am Eingang des Feldes. Im Flackern seines Blaulichts konnte sie den Körper der jungen Frau sogar sehen. Als der Lichtkegel die Tote erfasste, leuchtete das weiße Gesicht der Frau gespenstisch auf und Waltraud hätte am liebsten laut geschrien. Die junge Frau war vollständig bekleidet. Der Gerichtsmediziner machte sich an ihrem Hals zu schaffen und Waltraud vernahm Worte wie: »Blutunterlaufene Stelle, Würgemale und Hämatome«. Ach ja, und gerade noch hörte sie »Sie ist mindestens sechs Stunden tot!«, da wurde sie auch gleich von einem Uniformierten regelrecht vom Fundort verjagt.

»Mutti, nun aber mal ab nach Hause. Wirst schon morgen alles inne Zeitung lesen!« Ruppig packte er sie am Oberarm und schob sie in die Richtung, aus der sie gekommen war.

»Unverschämtheit!«, rief Waltraud ihm hinterher und machte sich, nicht ohne Stolz, auf den Heimweg. Sie, Waltraud Sommerfeld, war dabei gewesen, als man die Leiche fand, würde sie in wenigen Stunden all ihren Nachbarn und Freundinnen erzählen. Und natürlich ihrer Tochter. Die musste es sofort wissen. Gleich wenn ihre Arbeitszeit beginnt, werde ich sie anrufen, dachte Waltraud völlig erregt.

Wer macht so etwas?, fragte Margareta sich. Der Schock über die grausame Tat unweit ihrer Wohnung war größer als der Ärger über den Anruf ihrer Mutter. Und ausgerechnet im Garten der Erinnerung, dem neuen Feld. Oft hatte sie dort auf einer Steinbank gegenüber der Skulptur gesessen. Gerade dort hatte man die tote Frau gefunden. Mit einer Rose in der Hand. Wie furchtbar.

Gleich nachdem sie Feierabend hatte, entschloss sie sich zu einem Spaziergang auf dem Friedhof. Neugierde war es, welche sie veranlasste, ihn an diesem Abend aufzusuchen. Das Wetter war gut, die Abendsonne schien, nachdem man einige Tage zuvor die Uhr auf Sommerzeit umgestellt hatte. Sie warf, während sie sich umzog, einen kurzen Blick aus ihrem Schlafzimmerfenster hinüber zu Karols Domizil und sah ihn wieder einmal an seinem Tisch sitzen. Auf dem niedrigen Schemel. Einige Nägel zwischen seine Lippen geklemmt, war er ganz in seine Arbeit vertieft, sodass er sie nicht bemerkte. Er trug über einem blau gestreiften, schlafanzugähnlichen Hemd seine verklebte Arbeitsschürze und schlug kräftig mit dem Hammer auf einen Schuh ein, den seine Beine umklammert hielten. Und das mit einer solchen Begeisterung! Margareta schüttelte darüber nur mit dem Kopf. Dem ist einfach nicht zu helfen, diesem starrsinnigen Kerl. Sie zog ihre Jacke an und verließ ihre Wohnung gegen 19 Uhr.

Sie atmete tief die milde Frühlingsluft ein und erfreute sich an den blühenden Blumen in den Vorgärten des Wetterwegs. Als sie das einsame Friedhofstor am Ende der Siedlung erreichte, war ihr etwas mulmig zumute. Sie schob ihre Ängste beiseite. Was soll mir schon passieren? Das wäre ja ein toller Zufall, wenn man an einem Tag auf dem Friedhof zwei Leichen finden würde. Laut Statistik fast unmöglich. Auf dem Hauptweg Richtung Trauerhalle kam ihr Walter Hartmann entgegen. Sie musste schmunzeln. Na, der hat heute aber spät Feierabend. Walter Hartmann war Junggeselle und wohnte mit seiner Mutti schräg gegenüber ihren Eltern in einer Zweizimmerdachwohnung. Oh, wie oft hatte ihre liebe Mutter ihr diesen Mann schon anzudrehen versucht.

»Kind, der ist eine gute Partie! Der arbeitet als Inspektor bei der Stadtverwaltung und hat ein gutes Einkommen!«

»Lass mal gut sein, Mutti!«, ließ sie jedes Mal lachend verlauten. Inspektor bei der Stadtverwaltung wurde man schließlich nicht wegen herausragender Leistungen, sondern einzig und allein aufgrund der Tatsache, dass man viele lange Jahre pünktlich zum Dienst erschienen war und tapfer den Arbeitstag überstanden hatte, ohne einzuschlafen. Das war zumindest Margaretas Überzeugung in Bezug auf Walter.

Sie wusste, dass der liebe Walter, trotz Monatsfahrkarte, nur deshalb den Heimweg von seiner Arbeitsstelle zu Fuß über den Friedhof zurücklegte, um dort eventuell die Frau fürs Leben zu finden. Aber was für ein Leben erwartete die Gute? Das Leben an der Seite eines 50 Jahre alten, bei Mutti lebenden Mannes, der, wenn diese mal stirbt, in ein so tiefes Loch fällt, dass ihn niemand jemals dort herausziehen könnte. Und so lange es Mutti noch gibt, müsste sie sich mit ihr arrangieren, ein Leben zu dritt in einer kleinen Wohnung. Nein, danke!

Sich tief zu einem Gruß verneigend, ging er an ihr vorbei. Er trug den beigen Trenchcoat schon, so lange sie ihn kannte. Die alte Aktentasche unter den Arm geklemmt, ging er mit immens großen Schritten des Weges. Dabei war er eigentlich gar nicht hässlich. Er erinnerte sie ein wenig an John Wayne, den alten Westernhelden. Seine braunen, zurückgekämmten Naturlocken waren entweder fettig oder mit Gel in Form gebracht worden. Würde er zu einer 70er-Jahre-Party eingeladen, bräuchte er sich nicht einmal zu verkleiden. Seine dunkle Hornbrille war mega-out, so wie der ganze Mann samt seiner verstaubten Ansichten nicht in dieses Jahrzehnt passte. Er war übrigens schon seit 30 Jahren auf der Suche nach der passenden Gefährtin für sich und seine Mutti, die ihm über alles ging. Eigentlich brauchte er ja nur jemanden für den Part, den seine Mutti nicht abdeckte. Er war nicht einmal verlegen, als Margareta ihn neulich bei Sinn in der Wäscheabteilung traf, wo er gerade seine Hände in riesige Schlüpfer mit Bein steckte und diese so spreizte, dass der Stoff fast nachgegeben hätte. Welcher Sohn prüfte so sorgfältig die Qualität, bevor er seiner Mutti etwas kaufte? Und ausgerechnet Schlüpfer? Welcher Mann grüßte in einer solchen Situation freundlich und wühlte weiter mit Begeisterung in den verschiedenen Unterhosen? Ein Geruch von Franzbranntwein hatte sie gestreift, als sie sich an ihm vorbeidrängen musste. Igitt!

Aber immerhin war er Inspektor. Inspektor im Referat Bauordnung und Bauverwaltung im Buer'schen Rathaus. Er teilte sein heimeliges Büro mit Margaretas Bruder Gisbert, der ebenfalls dort arbeitete beziehungsweise sich da aufhielt. Gisbert erzählte oft witzige Anekdoten aus Walter Hartmanns Junggesellenleben. Beide waren sie für ordnungsbehördliche Verfahren zuständig. Akribisch, wie nur Beamte sein konnten, freuten sie sich über jeden neuen Fall, der wieder etwas frischen Wind in die miefige Amtsstube brachte. Kam ihnen eine Sache zu Augen oder Ohren, die gegen ihre gestrengen Satzungen verstieß, traten sie in Aktion. Und wenn es sich auch nur um einen fünf Zentimeter zu hohen Zaun handelte, rieben sich die beiden die Hände. Endlich kam Action in ihr Beamtenleben. Die Fliegenklatsche und die

Kalenderblätter waren vergessen. Jetzt durften die zittrigen Hände wieder über die Tastatur des PCs fliegen. Behördliche Mahnungen mit Anordnungen von Zwangsgeldern wurden flugs geschrieben und versandt.

Mein Bruder ist nicht besser als dieser Walter, dachte Margareta. Beamte sind alle gleich, irgendwie klebt etwas Spießiges an ihnen, fand sie. Obwohl sie sich schon auf den Ostersonntag bei ihrem Bruder, der mit seiner Familie in einem Zechenhäuschen in der Hasseler Körnerstraße lebte, freute. Da hatte sie anschließend mit ihrer Freundin Corinna wieder Gesprächsstoff für mindestens zwei Stunden. Bei Sekt oder Wein würden sie sich über die Eigenarten der beiden Beamten vor Lachen abrollen.

Sie hatte den Fundort der Leiche erreicht. Nichts erinnerte mehr an die grauenvolle Schilderung ihrer Mutter. Nirgendwo die kleinste Spur eines Verbrechens. Alles war wieder hergerichtet, als wäre nie etwas geschehen.

Nachdem sie sich einige Minuten auf der Steinbank im Garten der Erinnerung niedergelassen und auf den Fundort gestarrt hatte, entschloss sie sich, nach Hause zu gehen.

Das Blinken des Anrufbeantworters zeigte ihr eine neue Nachricht an. Noch während sie sich von Jacke und Schuhen befreite, drückte sie die Abspieltaste. Laut vernahm sie die Bariton-Stimme ihres Ex-Geliebten. »Hallo, Gretchen, ich bin's, Friedbert. Ruf mich doch mal an!«

Ehe seine Stimme restlos verklungen war, drückte sie hastig die Löschtaste, so, als könne sie mit der hinterlassenen Nachricht gleich den ganzen Bertl auslöschen. Schon zum dritten Male hatte er ihr in dieser Woche aufs Band gesprochen. Sie spürte nicht die geringste Lust, ihn anzurufen. Alles war gesagt, sie hatte kein Verlangen, die abgestandene Suppe zum wiederholten Male aufzuwärmen. Als sie im Schlafzimmer das Rollo herunterließ und dabei zu dem sprossenverglasten Fenster des Nebenhauses sah, saß Karol bei schwachem Licht einer winzigen Tischleuchte noch immer über seine Schuhe gebeugt. Hat wohl Großaufträge, volles Programm! Da wird die Kasse klingeln. Alle wollen zu Ostern ihre Frühjahrsschuhe neu besohlt wissen. Wenn er doch einen ähnlichen Eifer bei der Suche nach seiner Mutter an den Tag legen würde. Wann wollte er sich endlich den Behörden stellen? Wie lange wollte er so weitermachen? Nicht mein Problem. Als er in der letzten Nacht an ihrer Tür klingelte, hatte sie nicht reagiert.

Sie schaltete den Fernseher ein, um sich durch die Tagesschau bestätigen zu lassen, dass es den Mordfall wirklich gab und ihre Mutter ihr kein Märchen erzählt hatte. Man zeigte Bilder vom Friedhof und vom Garten der Erinnerung. Die neu installierte Skulptur wurde zum Medienstar. Von der Toten und von Waltraud konnte sie in dem Gewusel der Polizei- und Kripobeamten nichts entdecken. Bei der Toten handelte es sich um die 25-jährige Sabine Pöschl, eine Angestellte eines nahe gelegenen Reiterhofes, die seit zwei Tagen vermisst wurde. Der Name sagte Margareta nichts.

Vielleicht würde morgen in der Zeitung mehr über sie stehen. Außerdem hatte sie ja einen eigenen, viel genaueren Berichterstatter, nämlich ihre Mutter.

4.

Sie saß an dem karg gedeckten Tisch eines einfach eingerichteten Zimmers und blickte aus dem Fenster. Komisch, dachte sie, von hier aus habe ich die Schievenstraße noch nie betrachtet. Ihr gegenüber, keinen Meter entfernt, starrte sie in zwei erwartungsvolle, hellblaue Augen. Es war Karfreitag, 13 Uhr, und sie bekam gerade eine Portion Schlemmerfilet à la Bordelaise unter die Nase gestellt. Daneben lagen zwei Kochbeutelknödel und eine Portion Erbsen und Möhren aus der Dose. Seine Hände zitterten. Er hatte Angst. Angst, dass es ihr vielleicht nicht schmecken würde, sie enttäuscht sei, vom Essen, von seiner Wohnung und von ihm.

Wick Blau, die Farbe seiner Augen erinnerte sie an Wick-Blau-Hustenbonbons. Während sie auf den ramponierten Teller mit der dampfenden Mahlzeit starrte, fragte sich Margareta, ob sie eigentlich verrückt war. Hatte ich den totalen Blackout, als ich die Essenseinladung annahm? Was habe ich mir da für eine Suppe eingebrockt? Hat meine Gutmütigkeit, mein Nicht-Nein-sagen-Können mir dieses Mal einen besonders üblen Streich gespielt?

Mitleid! Mitleid war auf jeden Fall im Spiel, als sie vorgestern Abend während einer dieser Heißhungerattacken, welche sie ständig kurz vor ihrer Periode quälten, zur nächstbesten Bude rannte, um sich etwas Süßes zu kaufen, und auf ihn traf. Er stand lässig am Tresen gelehnt, vor Marshmallowmäusen, Lakritzschnecken und Gummiteufeln. In der einen Hand ein Mettbrötchen, welches ekeliger nicht aussehen konnte, in der anderen eine Flasche Bier. Seinen seriösen Plüschmantel hatte er gegen eine braune Strickjacke eingetauscht. Er lachte sie mit geschlossenem Mund freundlich an. Seine Augen strahlten. Als der Chef der Bude nach hinten ging, um ihr Eis aus der Truhe zu holen, brachte er tatsächlich den Mut auf, sie anzusprechen.

»Ist traurig mit dieser jungen Frau, näh?« Er ging davon aus, dass jeder von der Toten vom Friedhof wissen müsse.

»Ja, schlimm«, antwortete Margareta. Sie war geschockt, dass er sie ansprach. Das waren in den 35 Jahren, in denen sie ihn kannte, die ersten Worte, die er an sie richtete. Und es sollte noch schlimmer kommen.

»Darf ich Sie zum Essen einladen, Karfreitag? Ich wohne hier oben!« Er deutete mit der Bierflasche zu den Fenstern seiner Wohnung hinauf.

»Ich weiß«, sagte sie nur und suchte in ihrem Gehirn schnell und gründlich nach einer plausibel klingenden, nicht verletzend wirkenden Ausrede. Doch er starrte sie voller Angst aus seinen kalt blickenden Eisaugen an. Ich habe noch nie so winzige Pupillen gesehen, dachte sie einen letzten klaren Gedanken, bevor sie aussprach, was sie selbst kaum glauben konnte.

»Ja, wieso nicht!«

»12 Uhr?«, fragte er sie hektisch mit belegter Stimme. Seine Hände zitterten so stark, dass die Zwiebelstückchen seines Mettbrötchens zu Boden fielen.

Mitleid ließ sie erneut »Ja« sagen.

Zu Hause angekommen zermarterte sie sich den ganzen Abend das Hirn, wieso sie nur diese unmögliche Essenseinladung annehmen konnte. War sie denn nach der Trennung von Bertl total durchgedreht? Zuerst ließ sie sich mit einem gar nicht vorhandenen polnischen Schuster ein, und nun kroch sie in die Wohnung eines Spähers, der nicht gerade prickelnd aussah. Sie nahm 20 Baldriantropfen und ging ins Bett. Ihre Heißhungerattacke war schlagartig verflogen.

Nun saß sie hier, nahm zögernd die alte Gabel mit den enorm langen Zinken in die Hand und begann zu essen. Na ja, bei dem Gericht konnte er nicht viel falsch machen. Schlemmerfilet aus dem Gefrierfach war Margaretas Verzweiflungsgericht A, wenn ihr nichts Besseres einfiel. Verzweiflungsgericht B war Miracoli, allerdings aufgepeppt mit 100 Gramm Gehacktem. Für alle Fälle gab es noch ein drittes Verzweiflungsgericht. Nämlich C: Zwiebel-Sahne-Hähnchen. Dieses Päckchengericht fand sie einfach praktisch. Jedoch würde sie nie jemandem, den sie zum Essen einlud, eines ihrer A-, B-, oder C-Gerichte vorsetzen.

Eisauge war allerdings stolz, überhaupt irgendetwas hinbekommen zu haben. Und der Fisch war sogar gut durch, stellte sie verblüfft fest. Also musste er lesen können und die Garzeit genau eingestellt haben. Dazu reichte er einen 98er-Chardonnay und sie wunderte sich, wie er an den Wein gekommen war. Sie tranken ihn zwar aus Wassergläsern der einfachsten Sorte, aber immerhin. Auch das Besteck hatte er richtig hingelegt, es lag sogar ein kleiner Löffel für den Nachtisch bereit. Apfelmus aus dem Glas. Auf eine Tischdecke hatte er verzichtet. Einzig Plastikunterlagen mit Entenmotiven zierten den alten Holztisch.

Sie saßen in seiner Wohnküche, eines seiner zwei Zimmer. Der Tisch stand mitten im Raum und trotzdem nahe am Fenster. Vier Stühle waren darum drapiert. An der Wand vor ihr stand ein Gelsenkirchener Barockschrank, daneben befanden sich die Spüle, der Herd sowie der Kühlschrank. Hinter ihr hatte ein altes Sofa seinen Platz, dicht davor ein Tischchen mit einem Fernsehgerät. Der Raum war zwar spartanisch eingerichtet, aber alles war sauber, worüber sie erstaunt war. Sie hoffte inständig, das Schlafzimmer nicht sehen zu müssen.

Wie lange muss man zu einer Mittagessenseinladung bleiben? Wann kann ich gehen, ohne unhöflich zu wirken? Diese Fragen geisterten in ihrem Kopf.

Er prostete ihr mit dem Chardonnay-Wasserglas zu.

»Ich heiße Karl-Heinz! Meine Freunde nennen mich Charly!« In seinem Blick lag so viel Freude, dass sie nicht anders konnte, als nett zu ihm zu sein. Das Helfersyndrom! Da war es wieder!

»Ich heiße Margareta!«, erwiderte sie und zwang sich, ihn freundlich anzusehen.

»So ein schöner Name!«, strahlte er sie an.

Beruhigt stellte sie fest, dass in seinem Mund Zähne vorhanden waren. Sie lagen zwar tiefer, als es normalerweise der Fall war – ein tiefer gelegtes Auto war für manche etwas Tolles –, aber immerhin hatte er welche. Trotzdem ein komischer Kerl.

Nachdem er eine halbe Flasche Chardonnay intus hatte, wurde er redseliger und berichtete ihr aus seinem bescheidenen Leben. Er ließ sie kaum zu Wort kommen und erzählte, während er das dünnflüssige Apfelmus schlürfend in sich aufsog, alles, was er schon längst mal jemandem mitteilen musste.

Wieso immer ich?, schrie eine Stimme in ihr. Wieso muss ich mir seine Lebensgeschichte anhören? Das kann doch alles nicht wahr sein! Wohin wird mich meine Gutmütigkeit noch bringen?

Als er anfing, Details von seiner Tätigkeit als Leichenwäscher, damals, vor zehn Jahren, zu erzählen und ihr Fotos von besonders schönen Leichen zeigen wollte, stand sie abrupt auf und verabschiedete sich unter dem Vorwand, zu ihrer Mutter zu müssen.

Wenn Waltraud wüsste, mit wem sie heute gespeist hatte, sie würde einen Anfall bekommen und ihre Tochter für verrückt erklären. Immerhin war Margareta so schlau, ihr Hirn einzuschalten, um bloß keine Gegeneinladung auszusprechen. Zu Ostern vielleicht? Fest der Freude und Fruchtbarkeit! Oh nein, genug der Barmherzigkeit!

Sie machte sich unmittelbar auf den Weg zu ihren Eltern. Sie brauchte jetzt einfach Abwechslung. Einen Kontrast zu diesem Idyll. Auch auf die Gefahr hin, dass wieder mal der Leichenfund auf dem Friedhof durchgekaut werden würde.

Als sie in das verräucherte Wohnzimmer ihrer Eltern kam, dachte sie, sie betrete eine Kneipe zu bester Stunde. Alle redeten gleichzeitig, euphorisch laut, schienen auf Drogen zu sein. Auf dem altdeutschen Mohairsofa saß in der Mitte ihr Vater, rechts daneben ihr Bruder Gisbert, links seine Frau Heidrun. Auf der kleinen Zweiercouch unter dem Fenster ihr Neffe, der ganz nach seiner Mutti kam, daneben Irene Walter, die Nachbarin. Auf dem Sessel gegenüber, in einem weißen Arztkittel – wo sie den bloß wieder herhatte –, Margaretas Mutter.

Die Halbglatze ihres Vaters glänzte wie eine in Öl geröstete Erdnuss. Sein weißes Oberhemd spannte über seinem Bauch, den er stolz herausstreckte. Er übertönte mit seiner sonoren Stimme die anderen, fuhr, wie immer, wenn er einen sitzen hatte, den anderen über den Mund, wusste alles besser, hatte alles selbst schon mal erlebt. Sie fragte sich, was an so einem Feiertag, im Kreise der Familie, die Nachbarin Irene Walter hier verloren hatte. Margareta mochte sie nicht. Ihr Vater dafür umso mehr. Er starrte ihr in den immens tiefen Ausschnitt ihres selbst gehäkelten Pullovers und wäre offensichtlich mit seiner fettigen Nase am liebsten zwischen ihre faltigen Brüste gekrochen.

Ihre Mutter holte Margareta einen Stuhl aus der Küche und stellte ihn so hin, dass sie ihrem Vater gegenübersaß. Margareta wusste, wie das nächste Stadium seiner Feiertagsschnapslaune aussehen würde. Krampfhaft würde er in seinem Hirn nach schlüpfrigen Witzen kramen, um sie zum hundertsten Male kundzutun und die Reaktionen der anderen zu testen.

Irene Walter würde am lautesten lachen, ja, regelrecht quieken, und sich nach hinten werfen. Und ihr Vater würde immer geiler werden.

Kurz darauf kam es, wie sie prognostiziert hatte. Es folgte ein hohler Spruch aus der untersten Schweinkramschublade ihres Vaters, den er mit feuchter Aussprache in den Raum schrie und Irene grunzte wie ein Ferkel: »Huch, Günther, hä, hä, hä, du bist aber ein ganz Schlimmer!«

Spätestens jetzt hätte sie an ihrer Mutter Stelle die gute Nachbarin an Hals und Kragen gepackt und vor die Tür gesetzt. Ihrem Vater hätte sie die Flasche Ouzo weggenommen. Aber Waltraud Sommerfeld tat nichts, saß nur da, in ihrem unmöglichen gestärkten Kittel, und erduldete mit Gönnerblick das Gockelgehabe ihres Mannes.

Wieso hat man nicht Irene Walter ermordet? Eine so junge Frau musste sterben, und sie darf weiter die ganze Nachbarschaft närrisch machen, dachte sich Margareta.

»Warum bläst du ihm nicht mal den Marsch?«, fragte Margareta ihre Mutter wenig später in der Küche, als sie sich traurig an den Abwasch machte.

»Ach, Kind, du weißt doch, wie er ist. Er meint es nicht so«, verteidigte sie ihren Vater zu allem Überfluss.

»Aber es stört dich doch! Ich finde es widerlich, wie er sich aufführt!« Margareta konnte und wollte ihre Mutter nicht verstehen. Auch als Nur-Hausfrau muss man sich nicht alles gefallen lassen. Bevor sie gleich wieder mit Sprüchen kam wie: ›Ich hatte es bei ihm immer gut und brauchte nie arbeiten zu gehen‹, wechselte Margareta das Thema und kam auf den Leichenfund zu sprechen. Sofort hellte sich das Gesicht ihrer Mutter auf und die Worte sprudelten nur so aus ihrem Mund. Margareta bekam die neueste Zusammenfassung aller Ereignisse und Berichterstattungen der Nachbarn in Kurzform geliefert.

5.

Margareta saß auf dem wackeligen Barhocker in dem dunklen Reiterstübchen und nippte an ihrer Cola, die ihr die Frau mit den langen Haaren soeben hingestellt hatte. Für ihr Alter, Margareta schätzte sie auf Ende 40, war ihre Walla-Walla-Frisur eher untypisch. Ihr Gesicht war sonnengebräunt und hatte feine Züge. Ihre Augen blickten traurig, aber dennoch wachsam. An der gegenüberliegenden Wand hing ein gerahmtes Foto, welches eine strahlende junge Frau in Reitermontur an der Seite eines Pferdes zeigte. Die gleiche Ausgabe Frau in jung. Das musste ihre Tochter Sabine sein, die man ermordet auf dem Friedhof gefunden hatte. Morgen wird sie beerdigt und ihre Mutter bediente hier seelenruhig Gäste. Oder war sie vielleicht gar nicht so ruhig, wie sie schien? Brauchte sie ganz einfach Ablenkung?

Und ich? Was habe ich hier eigentlich verloren?, fragte sich Margareta. Mit ihrem frisch gewaschenen Haar, welches ihr locker auf die Schultern fiel, kam sie sich vor wie die Tatort-Kommissarin Lindholm, alias Maria Furtwängler, die gerade einer heißen Spur nachging. Und diese führte in das kleine, altertümliche Reiterstübchen eines Resser Reiterhofes.

Die dauerwellgelockten Freundinnen ihrer Mutter hatten herausgefunden, dass Sabine Pöschl keine Angestellte des Reiterhofes war, sondern die Tochter des Hauses. Die Pferdenärrin hatte verzogenen Mädchen mit Liebe und Ausdauer Reitunterricht erteilt. Sie war ebenfalls eine leidenschaftliche Reiterin gewesen, die schon so manchen Pokal bei Turnieren eingeheimst hatte.

Wahrscheinlich starrte Margareta die Gläser spülende Karin Pöschl zu sehr an, denn sie blickte misstrauisch zu ihr herüber.

»Sie sind aber nicht von der Kripo, oder? Ich habe genug Fragen in den letzten Tagen beantwortet. Ich kann nicht mehr, ich bin am Ende!«

»Nein, ich bin nicht von der Kripo«, antwortete Margareta nicht ohne Stolz. Man konnte sie also durchaus für eine Kommissarin halten.

»Was wollen Sie dann hier? Ihre Tochter zum Reiten anmelden?«, fragte Sabines Mutter genervt.

»Nein, ich habe keine Kinder. Ich war ganz einfach neugierig, als ich von dem Tod Ihrer Tochter – sie war doch Ihre Tochter, oder? – erfahren habe.« Besser ehrlich sein, dachte sich Margareta. Was hatte sie schon zu verlieren.

»Na, Sie haben Mut! Kommen einfach hier hereinspaziert. Sind gar nicht von der Presse oder Kripo!« Karin Pöschl schüttelte den Kopf, drehte sich um und nahm zwei kleine Gläschen aus dem Hängeschrank mit den Butzenscheiben. Sie stellte sie auf die Theke, griff nach oben in das offene Regal und entnahm ihm eine Flasche Ramazzotti. Seelenruhig schüttete sie die braune Flüssigkeit in die Gläschen und schob eines davon Margareta direkt vor die Nase.

»Auf meine Tochter Sabine!«, prostete die Wirtin ihrem Gast zu und leerte ihr Glas in einem Zug. Welch ein makaberes Verhalten, dachte Margareta.

Karin Pöschl starrte auf die Pokale, die auf der rechten Wand in einem Regal standen. »Alle von meiner Tochter! Reiten war ihr Leben!«

Margareta schämte sich, hier einfach so hereingeplatzt zu sein. Zaghaft nippte sie an ihrem Ramazzotti, dessen Wärme sich sofort in ihrem Mund und wenig später auch in ihrem Magen ausbreitete.

»Wer macht so etwas? Weiß man schon Näheres?«

Karin Pöschl zuckte mit den Schultern. »Ich zermartere mir seit Tagen das Hirn. Die Fragen der Kripobeamten haben Löcher in meine wunde Seele gefressen … Meine Schwiegermutter hält mich für kalt, weil ich weiterarbeite als sei nichts geschehen, mein Mann ist wie versteinert, spricht kein Wort mit mir!«

»Es tut mir leid, dass ich hier einfach so aufgekreuzt bin!« Margareta legte ein Geldstück auf die Theke, bedankte sich höflich und wollte das kleine Reiterstübchen wieder verlassen. Ich bin schon genauso pietätlos wie meine Mutter. Wieso musste ich hierherkommen?

»Dabei hat sie nur Stiefel wegbringen wollen, zur Reparatur. Das hat sie jedenfalls gesagt. Sie wollte sich mit einem Mann auf dem Parkplatz an der Trauerhalle treffen. Er hat da jemanden, der das günstig unter der Hand macht. Man muss ja sehen, wo man bleibt. Doch der hat ein Alibi. Die Stiefel hatte er im Kofferraum. Er hätte ihr nichts getan … sagt er. Danach fuhr sie wohl zu ihrem Freund. Wir wussten gar nicht, dass sie einen hatte. Ein verheirateter Mann.« Mit starrem Blick räumte Karin Pöschl die Gläser weg und wischte die Theke ab. Margareta verließ ohne ein weiteres Wort den dunklen Raum und machte sich klopfenden Herzens zu Fuß auf den Heimweg.

Stiefel zur Reparatur gebracht!

Unter der Hand!

Karol repariert auch Stiefel!

Auf einem Friedhofsparkplatz übergab man Stiefel zur Reparatur. Heiße Ware! Wie Drogen gehandelt!

Woher bekam Karol eigentlich seine Reparaturaufträge? Hat er etwas damit zu tun? Er oder sein Strohmann? Wer war sein Strohmann?

Karol lag bäuchlings auf Margaretas Bett und gab ein zufriedenes Brummen von sich, während Margareta ihm mit dem Zeigefinger seinen muskulösen Rücken entlangfuhr. Es war bereits weit nach Mitternacht, aber sie spürte keine Müdigkeit. Sie war seit ihrem Besuch im Reiterstübchen der Pöschls völlig aufgewühlt. Auch der leidenschaftliche Sex mit dem smarten

Polenbürschel hatte sie nicht beruhigen können. Im Gegenteil. Ständig musste sie an die Stiefel denken, die Sabine einem Strohmann übergeben hatte. Zwei Tage später wurde sie umgebracht.

»Karol?«, fragte sie.

»Ja.«

»Woher bekommst du die Schuhe? Wer bringt sie dir?« Sie musste es einfach wissen. Würde ihr die Frage nicht so unter den Nägeln brennen, hätte sie ihn wahrscheinlich heute nicht hineingelassen. Okay, der Sex mit ihm war eine gute Dreingabe, noch mehr interessierte sie allerdings, wie er an die Schuhe kam, die er reparierte.

»Ist doch egal. Wieso willst du das wissen? Hast du mir deshalb die Tür geöffnet? Was soll das?«

Aus dem Radio erklang Caterina Valentes »Sag mir quando, sag mir wann, sag mir quando, quando, quando …«, als Karol wütend aus dem Bett sprang, sich nervös seine Haare nach hinten strich, zum Fenster rannte, das Rollo ein wenig zur Seite schob und hinaussah.

»Natürlich habe ich dich nicht nur deshalb reingelassen. Du bist eine Granate im Bett, komm schon her!« Schalte einen Gang zurück, sagte sie sich. Sie wusste, wie wütend ihr Liebhaber werden konnte, wenn nicht alles nach seiner Pfeife tanzte.

»Sex. Nur Sex. Mehr willst du nicht von mir. Als Mensch interessiere ich dich überhaupt nicht!«

»Oh, nicht wieder die alte Leier. Bitte.« Sie zog ihn an der Hand zurück ins Bett und küsste seine samtigen Lippen. Er stöhnte leise auf und schien ihre Frage vergessen zu haben. Sie kletterte über Karol, um ihm zu zeigen, wer hier die Stärkere war. Nach kurzem Kampf kniete Karol über ihr. Sie zerrte ihre Handgelenke aus seinem Griff und wandte den Blick ab. Dieser kleine Flickschuster, dachte sie wütend.

Bedrückendes Schweigen. Liebevoll küsste er ihr Gesicht. Wenig später reagierte Margareta. Ihre Finger gruben sich fest in seinen Rücken. Sie kamen ein zweites Mal zur Sache.

Als er gegen 2 Uhr in seine Jeans schlüpfte und sich sein Flanellhemd überwarf, zog er sie noch einmal zärtlich an sich. »Ein Mann bringt mir die Schuhe. Er hat mehrere Trinkhallen und nimmt die Reparaturarbeiten an. Dienstags und freitags kommt er. Immer abends.« Aus seinen warmen Augen schaute er sie liebevoll an. »Bist du nun zufrieden?«

»Warum machst du so ein Geheimnis daraus?«

»Ich habe Angst. Ich will nicht entdeckt werden!«

Als sie ihn aus ihrer Wohnung gelassen hatte, lehnte sie sich erschöpft gegen die verschlossene Tür. Nein, Karol hat nichts damit zu tun, sagte sie sich. War sie sich da sicher?

6.

Christel stand bei Ostwind und fünf Grad Minus mindestens eine Stunde hier und starrte wie gebannt auf den winzigen, in der Wiese eingelassenen Grabstein. Ihr Mann Heinz Alshut lag unter dem Rasen eines Gemeinschaftsfeldes, welches an einen Soldatenfriedhof erinnerte. Der Schriftzug des Namens auf der kleinen Steinplatte war das einzig Persönliche, was den Toten von seinem Nachbarn unterschied. Eine ordentliche Gruft hatte er haben wollen, mit richtig schönem Grabstein und toller Bepflanzung. So viel wollte Christel jedoch nicht ausgeben von seinem, wie er immer sagte, ›sauer verdienten Geld‹. Ein Reihengrab wäre sogar günstiger gewesen als die Grabstätte auf dem Gemeinschaftsfeld. Doch da hätte sie sich ein Vierteljahrhundert um dessen Pflege kümmern müssen. Hier in seinem neuen Zuhause war alles im Preis mit drin. Rasenmähen, wann immer es nötig war. Keine saisonale Bepflanzung, kein Blumengießen, nichts. Wenn sie wollte, könnte sie eine kleine Vase neben der Steinplatte in den Boden drücken, mit frischen Blumen darin. Christel wusste nicht, ob sie es ihren Nachbarinnen gleichtun würde und das bescheidene Domizil ihres Göttergatten in ein Blumenmeer verwandeln sollte.

War die innere Zerrissenheit, die sie quälte, eine Phase der Trauer? Heute war sie zum ersten Mal seit der

Beerdigung an seinem Grab. Vor ihren Augen spulte sich ein Film ab. Ihr gemeinsames Leben im Schnelldurchlauf. War es ein glückliches Leben, welches sie an der Seite von Heinz 46 Jahre lang geführt hatte? Sie hatten einen Sohn. Friedbert, ihr ganzer Stolz. Außerdem hatte Heinz ihr Sicherheit und Geborgenheit gegeben, für sie gesorgt, wie es so schön hieß. War ihr Ernährer, aber auch ihr Bestimmer gewesen. Das Weib sei dem Manne untertan, galt für Heinz selbst nach Inkrafttreten des Gleichberechtigungsgesetzes im Jahre 1958 und der Änderung des Partnerschaftsgesetzes 1977, nachdem längst die Gleichberechtigung in den meisten Haushalten Einzug gehalten hatte. Oh ja, bei Familienfeiern konnte er große Sprüche klopfen. Emanzipation sei für ihn eine Selbstverständlichkeit. »Nicht wahr, Christel? Bei uns läuft alles partnerschaftlich.« Solange ich alles so gemacht habe, wie er es wollte, dachte Christel wehmütig. Wie sehr hatte sie kämpfen müssen, einen Weg aus ihrer Unselbstständigkeit zu finden. »Lass mal, Christelchen, ich mache das schon, kann ein Mann viel besser.« Das Gefühl, beschützt zu sein, hatte einen hohen Preis.

Jetzt war ihr Gebieter tot. Nun hatte sie die absolute Freiheit. Konnte tun und lassen, was sie wollte. Trotz ihrer 68 Jahre war sie gesundheitlich fit. Und doch fühlte sie sich müde und schwermütig. Das ist die Trauer, du wirst schon sehen, das ist die Trauer, sagte sie sich mehr als einmal.

Es waren ja auch gute Jahre, die Jahre mit Heinz. Obwohl sie damals, als sie mit 22 Jahren geheiratet hatte, sehr schnell von ihrer rosaroten Wolke heruntergefallen und unsanft auf die Erde geplumpst war. Damals, als er ohne ihr Wissen so mir nichts, dir nichts ihren guten Job kündigte. Als sie sich morgens, wie immer, an ihren Schreibtisch setzen wollte, um ihr Tagwerk zu beginnen, war sie unsanft von ihrem Chef angesprochen worden. »Christel, du arbeitest nicht mehr hier! Dein Mann hat gekündigt!« Bittere Vorwürfe hatte sie ihm am Nachmittag, als er von der Schicht nach Hause kam, gemacht. Sie hatte gerne gearbeitet. In ihrem jungen Alter war sie bereits Bürovorsteherin gewesen, mit gutem Gehalt. 350 Mark netto hatte sie verdient.

»Wir können das Geld doch gebrauchen, Heinz«, sagte sie ihm.

»Meine Frau braucht nicht zu arbeiten«, erwiderte er, mit vollem Mund zwischen Frikadellen und Stampfkartoffeln.

»Aber …«, wollte sie aufbegehren.

»Mach das, was deine Pflicht ist und werde langsam erwachsen, basta.« Die Diskussion war für Heinz zu Ende. Wo wäre er denn da hingekommen, wenn seine Christel weiter im Büro gearbeitet hätte? Seine Kumpels auf der Zeche hatten ihn lange genug damit aufgezogen, mit seiner berufstätigen Frau. »Wer hat denn die Hosen bei euch an?«, haben sie gefragt, die Kumpels, in der Kaue nach der Schicht, mit schwarz umränderten Augen, noch nach der Dusche.

Der vorbeiziehende Trauerzug riss Christel aus ihren Gedanken. Sie riskierte einen Seitenblick auf die ausgehobene Grube des Nachbarfeldes. Hier wird also das Mädchen ihre ewige Ruhe finden, dachte Christel.

Sie wusste, dass heute die Beerdigung der ermordeten Sabine war. Aus Neugier hatte sie den Zeitpunkt ihres Friedhofsbesuchs so gewählt, um ein wenig der Beisetzung zuzusehen. Christel hatte das Mädchen vom Sehen gekannt. Sie war seit ein paar Wochen im Nachbarhaus ein und aus gegangen. Seit die Frau des netten Nachbarn mit ihren Kindern getürmt war, war Sabine das Liebchen eines verheirateten Mannes gewesen, was Christel nicht guthieß. Obwohl sie Sabine durchaus gemocht hatte. Stets hatte sie freundlich gegrüßt, ihren langen Pferdeschwanz keck nach hinten geworfen, wenn sie aus ihrem Auto gestiegen war. Ein hübsches Mädchen, fand Christel, so anders als all die anderen in ihrem Alter. Was warf sich dieses Naturkind einem verheirateten Mann an den Hals? Mehrmals in der Woche stand sie abends bei ihrem Liebhaber auf der Matte. Ihr Nachbar war mindestens 15 Jahre älter als das Mädchen. Und verheiratet! Und Vater zweier Kinder!

Immer, wenn sie ihrem Sohn Friedbert ihre Bedenken äußerte, schüttelte er nur den Kopf. »Lass die beiden, die sind alt genug«, hatte er stets geantwortet. Er hat ja recht, sagte sie sich.

Unsere Natter sind wir zum Glück losgeworden, dachte sie. Sie hatte Margareta nie gemocht und war froh, als sie oben aus Friedberts Haus auszog. Nie würde sie den Tag vergessen, als ihr Friedbert seine neue Freundin präsentierte. Mit strahlenden Augen, voller Stolz, schob er sie ins Wohnzimmer und stellte sie seinen Eltern vor. Christel spürte sofort, dieses Mal ist es anders. Das ist keine von seinen vielen sporadischen Bettgeschichten, die so schnell wieder vergingen wie ein Schnupfen. Die hier ist ein hartnäckiges Virus, das wir nur ganz schwer wieder loswerden. Und wie recht sie hatte. Drei Jahre hatte der liebe Friedbert unter der Margareta-Krankheit gelitten, bevor sie endlich auskuriert war. Ihr Gatte dagegen hatte die junge selbstbewusste Frau gemocht, die wusste, was sie wollte. Stundenlang konnten sie ausgiebig über irgendwelche politischen Themen diskutieren, miteinander scherzen und herzlich über alltägliche Dinge lachen. Politik hatte Christel nie interessiert. Heinz hatte ihr eingeredet, dass das für eine Frau unwichtig wäre. Eine Frau hat den Haushalt zu besorgen, um alles andere kümmert sich der Mann, war seine Devise. Trotzdem machte es sie wütend, wenn Heinz seinen Charme bei Margareta versprühte wie ein junger Gockel. Die Harmonie zwischen den beiden behagte ihr nicht.

Alle Versuche Margaretas, sich Christel freundschaftlich zu nähern, schlugen fehl. Ihre Interessen waren einfach zu verschieden. Sie hatten sich nichts zu sagen. Margareta fand Christel noch schlimmer als ihre eigene Mutter, und bereits nach wenigen Monaten des Zusammenlebens in einem Haus begann sie, die Frau in der Wohnung unter ihr einfach zu ignorieren.

Anstatt sich zu sagen, akzeptiere die Frau, die deinen Sohn so glücklich macht wie bisher kein weibliches Wesen, unterstützte Christel ihren Sohn sogar, als das alte Fieber bei ihm wieder ausbrach. Das Fieber unterhalb der Gürtellinie, das wie Feuer brannte und nur von unbekannten weiblichen Wesen, welche ebenfalls unter solch einer Krankheit litten, gelöscht werden konnte. Selbst als Margareta, gekränkt durch die Eskapaden ihres Partners, sich Hilfe suchend an Christel wandte und um Unterstützung flehte, ihrem Sohn gut zuzureden, damit ihre Beziehung nicht in die Brüche ginge, zeigte Christel ihr nur grinsend die kalte Schulter. Dabei konnte sie nicht einmal genau sagen, was sie an der Fast-Schwiegertochter so störte, denn eigentlich fand sie diese Frau gar nicht so übel. Christel hasste ihre Freundinnen, die den ganzen lieben langen Tag nur damit verbrachten, auf ihren Schwiegertöchtern herumzuhacken. Sie wollte niemals zu den hassgeliebten Schwiegermüttern gehören. Und dennoch machte sie der jungen Frau das Leben schwer. Vor allem als Heinz zu Margareta hielt, bohrte sich der Stachel der Eifersucht tief in ihr Herz und ließ sie Dinge tun, die gegen ihre Vernunft sprachen.

Nun war sie fort. Bereits seit einigen Monaten. Was Friedbert seitdem anschleppte, blieb nie lange. Was er sich am Freitagabend aus irgendeiner Kneipe mitbrachte, entsorgte er oft schon samstags, spätestens jedoch am Sonntag nach dem Frühstück. Zurück blieben schmutziges Geschirr, übel riechende Bettwäsche und ein versifftes Badezimmer, um das sich Christel mit mütterlichem Tatendrang am Montag kümmerte. Wenn Friedbert von der Arbeit kam, waren alle Spuren des Wochenendspielzeugs beseitigt.

Das hätte es zu ihrer Zeit nicht gegeben. Als sie 1960 Heinz kennenlernte, herrschten andere Gesetze. Moral und Anstand wurden in der christlichen Familie, in der Christel aufwuchs, großgeschrieben. Sex ohne Trauschein? Undenkbar. Ihre Mutter zählte ihr täglich auf, was dabei alles in die Hose gehen konnte. Ungewollte Schwangerschaft, uneheliches Kind, Schande über eine ganze Familie. So beschränkte sich das Austauschen von Zärtlichkeiten in der Zeit der ersten Verliebtheit auf verstohlene Küsse im Treppenhaus und ein wenig Parkbankgefummel im Sommer. Heinz war schon ein fescher Kerl in seiner Sturm- und Drangzeit, und es fiel Christel immer schwerer, ihn abzuwehren. Ihre Bedenken wischte er lachend beiseite. »Was soll das, wir heiraten doch sowieso.« So fieberte sie der baldigen Hochzeit entgegen. Damit alles seine Ordnung hatte. Eine Wohnung wurde gesucht, Altbau, mit Kohleheizung. Nur mit Trauschein zu bekommen. Die Hochzeit wurde zu Hause gefeiert. Das volle Programm, Zimmer ausräumen, vorkochen, Polterabend.

Die Hochzeitsnacht war für Christel ernüchternd. Dachte sie noch morgens vorm Traualter, dass das süße Gefühl der Verliebtheit in der Nacht endlich seinen Höhepunkt finden würde. Geigende Engel vom Himmel, Glücksglöckchengeläut und das Gefühl zu schweben. Alles Schwindel. Was ihr von der Nacht blieb, waren Schmerzen, Muskelkater und versaute Bettwäsche. Ihr draufgängerischer, alkoholisierter Ehemann drehte sich, nachdem er bekommen hatte, was ihm laut Gesetz zustand, auf die Seite und war Sekunden später eingeschlafen. Christel hingegen weinte sich in den Schlaf.

»Es wird bald besser«, tröstete sie die Mutter am nächsten Tag, als sie gemeinsam das Chaos der Hochzeitsfeier beseitigten. »Das ist eben das Los einer Ehefrau«, war deren Ansicht. Als Christel versuchte, mit ihrem Ehemann über ihr Problem zu sprechen, wurde er wütend. »Was willst du? Hast du nicht alles?« Nein, wollte sie sagen. Ich brauche Liebe und Zärtlichkeit.

Als sechs Jahre später die Aufklärungsfilme Oswald Kolles in den Kinos liefen und Christel sich heimlich einen davon ansah, keimte Hoffnung in ihr, dass vielleicht auch Heinz einmal so ein zärtlicher, rücksichtsvoller Liebhaber werden würde. Als sie ihm gestand, solch einen Film angesehen zu haben, und ihm Einzelheiten davon berichtete, rastete er aus. »Wo bleiben da Sitte und Moral?«, wollte er wissen.

War das alles?, grübelte sie immer öfter. Belanglose Gartenzaungespräche mit den Nachbarinnen, Wohnung putzen, kochen und einkaufen, darauf warten, dass der Ernährer müde von der Schicht heimkam? Oft sehnte sie sich zurück in ihr heimeliges Büro zu ihren Kolleginnen, die anderes zu verrichten hatten als die Hausfrauen von nebenan.

Nach Friedberts Geburt wurde es besser. Das Gefühl, da sei etwas, was sie verpasste, wurde schwächer. Sie ging ganz in ihrer Mutterrolle auf.

Sie suchte sich, nachdem sie das Grab ihres Mannes verlassen hatte, einen Beobachtungsposten hinter halbhohen Sträuchern. Mindestens 200 Menschen folgten dem mit roten Rosen geschmückten, hellen Sarg Sabines. Verständlich, bei einem so jungen Menschen, der tragisch ums Leben kam. Der sichtlich betroffene Pfarrer rang am Grab um Worte, die den Angehörigen Trost spenden sollten. Die Mutter, mit offenen langen Haaren und verweintem Gesicht, und der Vater, der aussah wie ein Waldbauer, stützten einander schluchzend. Zwei Kranzwagen mit einem Meer bunter Kränze und Gebinde standen ein wenig abseits des Feldes. Die verschiedenfarbigen Schleifen flatterten leicht im Wind. Die Menschenmenge drängte sich dichter ans Geschehen. Wollte hören, was der Pfarrer zu sagen hatte. Doch das machte das Mädchen nicht wieder lebendig. Christels Nachbar Michael stand weiter hinten an einen Baum gelehnt. Erst lief ihm die Frau weg, dann erwürgte man seine Geliebte.

Kurze Zeit später, als ungefähr die Hälfte der Trauergäste am Grab Abschied genommen hatte, sah Christel Margareta und ihre Mutter zum offenen Grab schreiten. Was haben die denn da verloren?, dachte sie. Die müssen ihre Nase aber auch in alles stecken. Da es ihr hinter den Büschen zu ungemütlich wurde und sie außer den drei Personen niemanden kannte, trat sie den Heimweg an.

7.

Als Walter Hartmann auf seinem Heimweg an Sabines Grab vorbeikam, blieb er stehen, klemmte seine abgewetzte Aktentasche zwischen die Beine und faltete die Hände zum Gebet. Die Kränze, die nicht fachmännisch auf Ständer hinter dem Erdhügel drapiert waren, lagen übereinandergestapelt auf einem Haufen. Die Schleifen hatte man aus lauter Neugier an den Seiten herausgezogen, um sie besser lesen zu können. Eine Ermordete auf unserem Friedhof, dachte er. Soll sie die ewige Ruhe finden. Wer weiß, warum man sie umgebracht hat? Frauen! Pah! Erst machen sie einen scharf und dann zieren sie sich. Immer das gleiche Spiel. Er hätte Iwona am liebsten erwürgt, als sie ihn so kalt abserviert hatte. Die ist es, sagte er sich noch, als sie Kuchen essend vor dem Fernseher saßen, seine Mutter, Iwona und er. Die Sonntagnachmittage waren immer so harmonisch. Seine Mutter kochte ihr Pfefferminztee, weil sie keinen Kaffee vertrug. Mutti meinte: »Sie passt zu dir, mein Junge. Endlich hast du die Richtige gefunden!« Am Samstagabend war er bei ihr gewesen. In ihrer schönen kleinen Neubauwohnung hatten sie es sich bei einem Glas Wein gemütlich gemacht.

»Sag mal, du nicht ziehen Mantel aus?«, hatte sie ihn gefragt, als er sich nach dem gemeinsamen Spaziergang in voller Montur aufs Sofa setzte.

Ich werde nicht lange bleiben, sagte er sich. Sonst ist Mutti so allein.

Er schaute durch die offene Küchentür und blickte auf die neue Waschmaschine, die er ihr von seinem knappen Lohn geschenkt hatte. Eine echte Miele W 3741, für 999 Euro.

Sie trug das rote Kostüm, in das er ebenfalls investiert hatte. Vor Dankbarkeit war sie ihm um den Hals gefallen und hatte ihn auf beide Wangen geküsst. »Du so gut zu mir!«, hatte sie mit Tränen in den Augen zu ihm gesagt.

Waschmaschine, Kostüm, unzählige Essenseinladungen, Parfüm, prall gefüllte Einkaufskörbe im Supermarkt. Alles Investitionen, die sich nicht rentiert hatten. Wollte er ihr an den Busen fassen oder ihr den Rock öffnen, zierte sie sich, sprang unter irgendeinem Vorwand auf und verschwand aus dem Zimmer, um kurz darauf mit geordneten Klamotten wieder den Raum zu betreten. Wozu also den Mantel ausziehen? Ihm schien, als ekelte sie sich vor ihm. Er fühlte sich ausgenutzt. Die Zeit lief. Drei Monate und viel Geld waren scheinbar verschenkt.

Wie lange musste man wohl zudrücken, bis so ein Leben ausgehaucht war?, fragte er sich, immer noch an Sabines Grab stehend. Frauen meinen, sie können sich alles erlauben. Spielen mit ihren Reizen, machen einen verrückt und zeigen dann die Rote Karte. Falsches Gesindel!

Er nahm seine Tasche und ging seines Weges. Heim zu Mutti an den gedeckten Tisch. Mutti war ehrlich. Mutti machte ihm nichts vor. Sie würde ihn trösten.

Iwona war schließlich nicht die einzige Frau auf der Welt.

»Habe ich kennengelernt Landsmann von mir. Passen besser zu mir. Du verstehen?«, waren ihre letzten Worte heute Morgen am Telefon. Nein, er verstand nicht! Ich werde sie umbringen. Dann hat der Landsmann auch nichts mehr von ihr. Von der schönen, blonden Iwona.

Ehrfürchtig saß er hinter dem Steuer des noblen Daimlers. Sie lag auf der Rückbank, mit verklebtem Mund und auf dem Rücken gefesselten Händen. Die Augen vor Angst weit aufgerissen. Es war weit nach Mitternacht. Windgeräusche und monotones Motorbrummen zeugten von einer Autobahn. Stolz lenkte er das große Fahrzeug. Ein vorbeisausendes Schild. Haltern am See? Er nahm die nächste Abfahrt. Gar nicht mehr schön sieht sie aus, die blonde Iwona aus Warschau, sagte ihm beim Blick in den Rückspiegel ihr angstverzerrtes Gesicht.

Häuser, Läden, in weiter Ferne der nächtliche See. In einen einsamen Feldweg bog er ein.

»Jetzt gehörst du mir, du alte Nutte!«, sagte er mit zynischem Gesichtsausdruck. Seine John-Wayne-Stimme war ihm fremd.

Sie schloss zitternd die Augen. Große Bäume, weitläufige Felder, versteckte Häuser. Er durchfuhr eine Villengegend. Niemand hinter ihnen, kein vorbeihuschendes Auto. Einsamkeit auf weiter Flur.

Der Wagen fuhr in eine Einfahrt und hielt vor dem kleinen Tor, das er mit einem funkgesteuerten Gerät öffnete. Das Prasseln von Kies war zu hören. Der Daimler stoppte. Eine Garage tat sich auf und der Wagen verschwand. Walter stieg aus, öffnete die Fondtür und zerrte Iwona aus dem Auto. Der Eukalyptusgeruch, der sie aus seinem Mund streifte, verursachte ihr Übelkeit. Brutal schlug er auf sie ein. Sie blutete aus der Nase. Augenblicklich donnerten Fäuste auf ihren Kopf. Das Letzte, was sie wahrnahm, bevor sie in tiefer Bewusstlosigkeit versank, war ein derber Schweißgeruch, den selbst Walter an sich bemerkte.

Als sie erwachte, hatte er ihr bereits das Klebeband vom Mund entfernt und ihre Fesseln gelöst. Schlaff hingen ihre Arme herunter. Stöhnend saß sie an die Garagenwand gelehnt. Walter setzte sich neben sie und öffnete ihr die vollgeblutete Kostümjacke. War schließlich sein Kostüm, hatte er bezahlt. Er wusste, dass sie sich nicht wehren würde. Wenn doch, bekäme sie eben noch was auf die Fresse. Iwona wimmerte und spuckte Blut.

»Warum du tust das mit mir?«

»Weil du das brauchst, du Nutte!« Er kam sich groß vor. Mit Gewalt bekommt man alles im Leben, dachte er selbstgefällig.

Er schleppte sie zu einer Werkbank am Ende der Garage. Iwona mobilisierte den Rest ihrer Kräfte und trat ihn gegen das Schienbein. Walter schrie auf. Er warf sie auf die Werkbank, und bevor er sie darauf festband, schlug er wieder auf sie ein. Zwischen Bohrmaschine, Zangen und Schraubzwingen begann sie zu schreien. Walter holte eine Rolle Paketband aus seiner

Hosentasche und verklebte ihr erneut den hübschen Mund, in dem vorn schon ein Zahn fehlte. Nun war endlich wieder Ruhe.

Zärtlich strich er ihr über das blonde, wellige Haar. »Jetzt wirst du bezahlen, zuerst für die Waschmaschine!«

Er griff nach einer großen Zange, holte mit dem Arm weit aus und schlug sie ihr mitten auf den Kopf. Plogg, machte es. Ein dumpfes Plogg und Iwona war auf dem Weg in den Nuttenhimmel. Da, wo sie hingehörte. Nachdem er ihr den Rock hochgeschoben und den Slip heruntergerissen hatte, öffnete er seine olivfarbene Cordhose aus den 80ern und holte seinen kleinen Freund heraus, der sich wohlig reckte und streckte. Gerade als er sich das rote Kostüm bezahlen lassen wollte, spürte er eine Hand in seinem Gesicht und hörte eine ihm wohlbekannte, vertraute Stimme.

»Was ist denn, Walterchen? Hast du schlecht geträumt? Du hast so laut geschrien, da bin ich wach geworden.«

Schweißgebadet setzte er sich auf. Sein Schlafanzug roch nach Szegediner Gulasch. Erschöpft ließ er sich wieder auf sein Kissen fallen. Sein Herz raste und ihm war schlecht. »Ich hatte einen Albtraum, Mutti.«

»Oh, du armer Junge, ich mach dir einen Tee. Dann geht es dir bald besser!«

»Nein, geh nicht, Mutti, bleib hier!« Seine Hände krallten sich in das verblichene Flanellnachthemd der alten Frau, die mit ihrem langen grauen Zopf gespenstisch aussah.

Der arme Junge, dachte sie, wenn er nur endlich eine

vernünftige Frau fände. Dass ihr Walterchen schon über 50 Jahre alt war, verdrängte sie hartnäckig.

Wie souverän er den Wagen heute Nacht gelenkt hatte. Die Wirklichkeit sah leider anders aus. Völlig verstört von seinem bösen Traum machte Walter sich auf den Weg zur Bushaltestelle. Seine Führerscheinprüfung hatte er nach der 78. Fahrstunde und dem dritten Anlauf zwar im Sommer vor drei Jahren bestanden, doch sein Auto, einen blauen Opel Astra, hatte er nach drei Monaten schweren Herzens wieder verkauft. Die Probleme, die er mit dem Linksabbiegen hatte, waren unüberwindbar, und nur mit Geradeausfahren und Rechtsabbiegen kam er nicht dorthin, wo er hinwollte. Seine letzte Fahrt endete am Nordring in Buer auf dem Mittelstreifen. Einen Tag später holte ein Arbeitskollege den Wagen dort ab. Aus der Traum von der mobilen Unabhängigkeit, inklusive Ausflüge mit Mutti durch die herrliche Landschaft außerhalb Gelsenkirchens. Weiterhin Bus fahren war angesagt. Oder bei schönem Wetter den Heimweg von der Arbeit zu Fuß über den Friedhof antreten, mit der Chance, eine Frau kennenzulernen. Er seufzte, bevor er in den Bus der Linie 397 stieg und sich auf seinen Stammplatz hinten rechts am Fenster setzte.

8.

Angst einflößend und geheimnisvoll wirkte der Dachboden des Wohnturmes auf Margareta. Es roch muffig und ihre Augen mussten sich erst an die Dunkelheit gewöhnen, um sie Umrisse erkennen zu lassen. Es war der Spitzboden des Wohnturmes, mit einem winzigen runden Sprossenfenster, welches kaum Tageslicht hineinließ. Eine steile leiterartige Treppe hatte sie hier hinaufgeführt. Den Schlüssel zu diesem Verlies hatte sie reflexartig in ihre Hosentasche gesteckt, als sie ihn am Schlüsselbrett mit der Aufschrift ›Dachboden‹ in Karols Wohnung hängen sah. Doch was wollte sie hier?

Sie blickte suchend nach oben, hielt Ausschau nach Nestern, die Schleiereulen oder Fledermäuse beherbergten. Deine Fantasie geht mit dir durch, mahnte sie sich. Du hast zu viele Harry-Potter-Filme gesehen. Sie bewunderte die Dachbalkenkonstruktion. Stabile Holzbalken. So richtig was, um sich daran aufzuhängen. Ihr fiel eine damalige Nachbarin ein. Die Dickliche, mit dem großen Busen, von gegenüber. Sie hatte sich auf einem ähnlichen Dachboden erhängt. Eine Woche zuvor hatten alle Kinder der Siedlung, einschließlich Margareta, dort oben ein Schützenfest gefeiert. Diese Frau hatte den Kartoffelsalat für alle gemacht. Der Name der Frau war Margareta entfallen. Eine Woche später fand man sie erhängt auf besagtem Dachboden. Angeblich hatten sie Wechseljahrbeschwerden gequält. Diese Begründung konnte Margareta nicht nachvollziehen.

Es fehlte jegliche Isolierung, man hatte freien Blick auf die Dachpfannen, welche auf maroden Dachlatten ruhten.

Sie hörte ein leises Fiepen und ihr Herz begann zu rasen. Ratten. Sie hatte panische Angst vor Ratten. Aber es war nur eine Maus, die in der Ecke zwischen den Kisten entlanghuschte. Ein alter vergammelter, ehemals weißer Küchenschrank stand auf der linken Seite. Daneben ein Korbsessel, dahinter etliche Kisten, zwei Nachtschränkchen eines alten Schleiflackschlafzimmers, halb volle Eimer mit irgendeiner Flüssigkeit. In einem davon schwamm eine tote Maus. Als Margareta den Inhalt einer der Kisten genauer inspizieren wollte, hörte sie Schritte und etwas über den Boden schleifen. War ihr jemand gefolgt? Es war fast 20 Uhr und die Sonne gerade im Begriff unterzugehen. Auch daran hatte Margareta gedacht und eine Taschenlampe mitgenommen.

Sie hielt einen Augenblick inne. Die Geräusche verstummten, und sie öffnete gerade den vollgestaubten Karton, den sie vor sich hatte. Du hörst schon die Flöhe husten, beruhigte sie sich selbst. Wer soll sich denn nach hier oben verirren? In der Kiste befanden sich alte Kleidungsstücke, die mindestens 30 Jahre alt sein mussten. Herrenoberhemden mit riesigen Kragen und einer gestickten schwarzen Rose mitten auf der rechten Vorderseite. Sie konnte sich erinnern, dass ihr Vater damals solche Hemden trug. Blusen, mit riesigem

Blumenmuster, sogar alte Büstenhalter entdeckte sie. Welcher Messie hortete denn so ein olles Zeug? In dem Moment, als sie sich den nächsten Karton vornehmen wollte, fiel ihr Blick auf ein Paar Gummistiefel, die in der Ecke standen. Sie waren staubfrei und sahen ziemlich neu aus. Daneben lag zusammengerollt ein grüner Regenmantel, auch neueren Baujahrs. Beides konnte sich noch nicht lange hier oben befinden. Margareta nahm die Stiefel in die Hand und drehte sie um. Aus dem groben Profil rieselte Sand. Größe 43 stand auf den Sohlen. Der Regenmantel war ebenfalls ein Herrenmodell. Wem gehörten die Sachen? Im ersten Augenblick hatte sie gedacht, es handele sich um Sabines Reitstiefel. Vielleicht frisch besohlt. Da sie tot war, wurden sie nicht mehr gebraucht. Es waren jedoch große stinknormale Gummistiefel, die wohl kaum einer so zarten Person gehört haben konnten. Sie stellte sie wieder zurück und faltete den sperrigen Mantel genau so, wie er vorher dagelegen hatte. Weg hier. Einfach nur weg. Margareta wurde es zu unheimlich. Sie richtete sich auf. Gerade als sie sich umdrehen wollte, um den Dachboden zu verlassen, spürte sie, wie zwei starke Arme nach ihr griffen und sie von hinten packten.

»Was tust du hier?«, hörte sie Karols wütende Stimme. Sie spürte seinen Atem in ihrem Nacken.

»Au, du tust mir weh, lass mich los!«

Er ließ tatsächlich von ihr ab. Sie drehte sich um und sah in braune, traurige Augen.

»Na, Miss Marple, auf Spurensuche?«

»Ich wollte nur mal … Ich weiß auch nicht …« Verschämt senkte sie den Blick.

»Meinst du vielleicht, ich habe das Mädchen ermordet und bewahre hier Sachen von ihr auf?« Er seufzte und blickte aus dem kleinen Fenster hinunter auf die Straße. »Du schläfst also mit einem Mann, den du für einen Mörder hältst? Hast du denn gar keine Menschenkenntnis?«

»Ich halte dich nicht für einen Mörder!«

»Ach nein? Vielleicht habe ich noch mehr Menschen umgebracht und du findest eine Leiche. Schau mal hinten im Schrank nach!« Er gab ihr einen Stoß. Sie fiel auf den Boden.

»Aber der Mantel und die Gummistiefel! Die gehören mit Sicherheit dir! Oder?«

»Ja, das sind meine Sachen!«

»Wozu brauchst du sie?« Margareta stand auf und wischte sich notdürftig den Staub von ihrer Jeans.

»Manchmal gehe ich nachts spazieren. Meistens, wenn es regnet. Da sind am wenigsten Leute unterwegs.«

»Du gehst nachts spazieren?« Margareta lief ein kalter Schauer über den Rücken. Karol wurde ihr immer unheimlicher. Geht nachts im Regen in einer Anglermontur auf Wanderschaft. Gleichzeitig fühlte sie sich stark von ihm angezogen. Bin ich vielleicht abartig veranlagt?

»Ja meinst du vielleicht, es ist schön, immer eingesperrt zu sein?«, zischte er sie an.

»Wo gehst du denn hin? Mitten in der Nacht?«

»Meistens über den Friedhof. Das ist am nächsten. Dort ist Ruhe, man ist allein!«

»Mitten in der Nacht auf den Friedhof?« Sie bekam eine Gänsehaut. Gleichzeitig tat er ihr leid. Wie einsam und verzweifelt musste ein Mensch sein, der nachts auf den Friedhof ging?

Sie standen sich gegenüber. Auf dem muffigen Dachboden des Turmes. Sie sahen sich an. Er lächelte und strich ihr zart über die Wange. Seine Hormone ließen den Ärger schnell verfliegen. Der Dachbodenschlüssel befand sich längst wieder in seiner Hosentasche, was Margareta bedauerte. Dann küsste er ihr Gesicht, ihre Stirn, ihre Wangen und ihre Lippen.

»Warum machst du aus allem so ein Geheimnis?« Sie küsste ihn zärtlich auf den Mund. Obwohl sich ihre Angst vor diesem Mann nicht gänzlich aufgelöst hatte, sehnte sich jede Faser ihres Körpers nach ihm.

Ihre Fingerspitze zeichnete die Umrisse seines Adamsapfels nach. Seine Halsschlagader trat hervor. Er seufzte vor Erregung. Mit zitternden Fingern umkreiste er ihre Brüste.

»Zieh dich aus«, flüsterte er mit rauer Stimme.

»Hier auf dem ollen Dachboden?«

»Ja, jetzt und hier!« Er holte den Regenmantel aus der Ecke, breitete ihn aus, legte ihn auf den Boden und kniete sich darauf. »Los, komm schon!« Er zog sie zu sich herunter.

Nur durch den kalten Regenmantel vom harten Dielenboden getrennt, kamen sie schnell zur Sache. Wie Ertrinkende klammerten sie sich aneinander. Ihre Hände krallten sich an seinem Hintern fest. Endlich. Leidenschaftlich biss Karol sie in den Hals. Sie spürte seine zärtlichen Hände überall gleichzeitig. Fast verrückt machte ihn ihr anfeuerndes Hecheln.

Wie weit ist es mit mir gekommen, dachte Margareta, als sie behäbig versuchte aufzustehen und ihre Kleidungsstücke zusammensuchte. Karol lachte, als er sich mit knackenden Knochen vom Boden erhob.

»Wir sind eben keine 20 mehr!«

»Keiner hat uns gezwungen, es hier an diesem unheimlichen, ungemütlichen Ort zu treiben!« Margareta lächelte süffisant.

»Wie sich das anhört: es zu treiben! Was ist mit Liebe?«

Margareta hielt sich die Ohren zu. »Bitte nicht schon wieder dieses Thema. Du bist echt ein toller Liebhaber. Doch mehr nicht!«

In der Nacht wurde sie vom Regen, der an das Fenster prasselte, geweckt. Sie stand auf und schloss den gekippten Fensterflügel. Drüben bei Karol war alles dunkel. Ob er wieder unterwegs war? Er liebte doch Regenwetter. Hat er sich in Stiefel und Mantel geworfen und irrte auf dem Friedhof umher? War er in besagter Nacht, als Sabine ermordet wurde, auf dem Friedhof? Hat er vielleicht etwas gesehen? Ein für sie unvorstellbarer Gedanke. Ich muss von ihm loskommen. So wichtig darf Sex schließlich nicht sein.

Da sie nicht einschlafen konnte, ging sie in die Küche, um sich einen Tee zuzubereiten. Während sie darauf wartete, dass das Wasser kochte, setzte sie sich an den Küchentisch. Ihr Blick fiel auf den Stapel Post, den sie, als sie von der Arbeit kam, achtlos beiseitegelegt hatte, getrieben von dem Gedanken, den Dachboden zu inspizieren. Und nach der heißen Dachbodennummer hatte sie den Stapel glatt vergessen.

Reklame irgendwelcher Möbelhäuser, die Telefonrechnung, eine Urlaubskarte ihrer Freundin Corinna, die an der Nordsee weilte, und ein brauner DIN-A5-Umschlag waren die Ausbeute ihres Briefkastens. Sie nahm den Umschlag in die Hand und betrachte ihn verwundert. In kindlicher Krakelschrift war ihr Name darauf geschrieben. Weder Straße noch der Ort, nur ›Margareta Sommerfeld‹ stand auf dem Umschlag. Keine Briefmarke, kein Poststempel, nichts. Es musste ihn jemand persönlich in den Kasten geworfen haben. Sie öffnete ihn neugierig und entnahm ihm drei Fotos. Kaum hatte sie einen Blick darauf geworfen, wurde ihr speiübel und sie begann zu würgen. Die Fotos zeigten drei Frauen. In einer von ihnen erkannte sie Sabine, das tote Mädchen vom Friedhof. Im Dunkeln, aus nächster Nähe fotografiert. Ein erstarrtes Gesicht mit geöffneten Augen. Margareta hielt sich vor Entsetzen die Hand vor den Mund, um nicht laut aufzuschreien. Tränen liefen ihr über die Wangen und tropften auf den Küchentisch. Auf dem zweiten Foto war ebenfalls eine junge blonde Frau abgebildet, an einen Stuhl gefesselt, mit einem Knebel im Mund, und Augen, die qualvolles Entsetzen ausdrückten. Aber sie lebte. Das letzte Foto zeigte eine zarte Frau mit kurzen dunklen Haaren, nackt auf einen Tisch festgebunden. Ihr Mund war mit Paketband verklebt. Ihr Blick starrte resigniert in die Gegend. Jetzt brauche ich einen Schnaps, Pfefferminztee reicht nicht mehr, dachte Margareta. Sie ging ins Wohnzimmer, goss sich einen doppelten Weinbrand in ein Wasserglas und schüttete den Inhalt, ohne nachzudenken, in den Hals.

Eisauge! Das war Karl-Heinz, das Eisauge, war ihr sofort klar. So abartig konnte nur er sein. Erst machte er mit den Frauen perverse Spielchen, dieser verklemmte Psychopath, und dann brachte er sie um. Er war der Mörder von Sabine! Das stand für sie zweifelsfrei fest. War Margareta vielleicht die Nächste?

9.

Sie saß in der Küche ihrer Eltern, die schrecklichen Fotos der letzten Nacht vor Augen. Was wollte der Absender von ihr? Aus der Wohnung gegenüber drang dumpfes Gelächter und Gepolter.

»Was gackert Irene denn so herum? Hat sie Besuch?«

»Dein Vater hängt drüben ein paar Bilder auf«, erzählte Waltraud ihr beiläufig, während sie der Tochter ein Stück vom frisch gebackenen Kuchen abschnitt.

»Du bist so still, Kind. Ärger auf der Arbeit?«

»Lässt es dich kalt, dass dein Göttergatte mit der Nachbarin herumturtelt?« Margareta schüttelte den Kopf. Na, dem würde ich helfen.

»Der hängt nur ein paar Bilder auf!«

»Sag mal, und das stört dich nicht? Wahrscheinlich

hat sie ihn mit Schnaps abgefüllt und präsentiert ihm ihre Brüste in einem tiefen Ausschnitt!«

»Und wenn schon! Lass ihn doch! Lässt er mich wenigstens in Ruhe! Und wenn er was getrunken hat, schläft er abends gleich ein. Ist gut so!«

Na, wenn das eine gute Ehe sein soll. Sie sah ihre verhärmte Mutter mitfühlend an. Nein, so möchte ich nicht enden, dachte Margareta. Das kommt nicht in die Tüte. Mein Mann wird sich nicht woanders das holen, wozu ich keine Lust hätte.

»Sind die mit dem Mord schon weitergekommen? Hast du was gehört oder gelesen?«, wechselte Margareta das Thema. Aus der Nachbarwohnung war die sonore Stimme ihres Vaters zu hören und das nicht enden wollende Gegacker von Irene Walter. Margareta kannte das Stadium, in dem ihr Vater sich soeben befand. Er war kurz davor, zum Frontalangriff überzugehen. Sie hoffte, er würde seinen letzten Rest Verstand, der nicht vom Alkohol vernebelt war, einsetzen und endlich das Weite suchen. Raus aus der Höhle der scharfen Frau. Dass ihre Mutter dabei Kuchen essend und Kaffee schlürfend so ruhig dasitzen konnte, als gehe sie das alles nichts an, war ihr ein Rätsel.

»Das ist ja das Traurige. Die Kripo kommt einfach nicht weiter. Obwohl die Spurensicherung so viele Fußabdrücke genommen hat. In der Nacht hat es ja geregnet und der Boden war feucht. Eigentlich ideal, um Spuren zu sichern!«

Fußabdrücke? In Margareta klingelten sämtliche Alarmglocken. Regenwetter! Gummistiefel! Karol!

Sie hoffte für ihn, dass seine Stiefelabdrücke nicht dabei waren.

»Ich wäre froh, wenn der Täter endlich gefasst würde.« Waltraud nahm einen Schluck aus ihrer Kaffeetasse und blickte ihre Tochter an. »Hast du mal wieder was von Bertl gehört?«

»Er ruft mich dauernd an. Quatscht mir den Anrufbeantworter voll. Will sich unbedingt mit mir treffen.«

»Hältst du das für eine gute Idee?«

Margaretas Vater, der laut polternd zur Tür hereinkam, nachdem er lange mit seinem Schlüssel im Schloss herumgefummelt hatte, ersparte ihr die Antwort. Mit erhitztem Gesicht und leuchtenden Augen ließ er sich auf die Eckbank fallen. Seine Stimme dröhnte laut durch den Raum. »Ah, die Tochter gibt sich mal wieder die Ehre.«

Angewidert von der herüberziehenden Alkoholfahne und dem Schweißgeruch, der ihren Vater umgab, hätte sie ihm am liebsten eine runtergehauen. Was ist bloß aus ihm geworden?

»Wie siehst du denn aus?«, fragte sie ihn angeekelt.

»Wie soll ich schon aussehen?« Seine eben noch gute Laune war mit einem Schlag Vergangenheit.

»Versoffen und durchgeschwitzt. Hast der Alten da drüben mal richtig den Kamin gefegt, was?« Margareta war selbst erschrocken über das, was sie gesagt hatte.

Daraufhin brüllte ihr Vater lautstark los. »Was fällt dir ein? Hast wohl noch nie was von Nachbarschaftshilfe gehört, was?«

»Ja, so kann man es auch nennen!«

»Margareta, bitte!« Waltraud sah ihre Tochter mit Tränen in den Augen an.

Umständlich stand ihr Vater von der Eckbank auf, torkelte zum Kühlschrank, entnahm ihm eine Flasche Ouzo und verzog sich damit ins Wohnzimmer. »Weibervolk!«, nuschelte er in den Bart. »In einer halben Stunde will ich zu Abend essen!«

»Wieso lässt du dir das gefallen?« Margareta fasste ihre Mutter am Arm und schüttelte ihn leicht. »Hey, Mutter, wach auf! Das wird ja immer schlimmer!«

»Ach, Gretchen! Wir hatten auch schöne Zeiten. Das darf man nicht vergessen. Er war nicht immer so.« Waltraud seufzte tief.

Welch ein schwacher Trost. Was war nur mit ihrem Vater los?, fragte sich Margareta.

Das La Vita war Bertls Lieblingsitaliener und somit sein Stammlokal. Das Personal war hoffnungslos freundlich und immer bemüht, extrem lustig zu sein, wahrscheinlich, weil es das für umsatzsteigernd hielt. Einige der Kellner grinsten dermaßen stark, dass man annehmen konnte, sie wären an Tetanus erkrankt. Wenn man an Tetanus erkrankt ist, grinst man ständig so maskenhaft, hatte Margareta mal gelesen. Bertl allerdings mochte die übertriebene Höflichkeit, die hier an den Tag gelegt wurde, so wie er alles Übertriebene liebte.

Margareta bestellte ihre geliebten Involtinis in Weißweinsoße und nahm einen Schluck von ihrem kalten Portugieser Weißherbst. Anschließend lehnte sie sich zurück, um sich Bertl, den sie immerhin drei Monate nicht gesehen hatte, ausgiebig zu betrachten.

Sie stellte amüsiert fest, dass er neuerdings einen Schnauzer trug. Doch für das, was es hätte werden sollen, waren leider zu wenige Haare unter der Nase vorhanden. Wie ungerecht, dafür hatte er woanders zu viele Haare, schweiften Margaretas Gedanken ab. Sie sah ihn, sich seine Schamhaare rasierend, vor dem Handwaschbecken seines Badezimmers stehen. Rasiert sieht der Penis viel größer aus, hatte Bertl gemeint. Sie stand nur kopfschüttelnd daneben.

»Wie geht es dir?«, wollte er von ihr wissen. Lange blickte er sie an. »Gut schaust du aus!« Er meinte, was er sagte. Sie sah wirklich gut aus. Mit ihrem neuen frechen Haarschnitt und den goldblonden Strähnen war sie attraktiver denn je. Ein Anflug von Bedauern streifte ihn. Wieso habe ich sie bloß gehen lassen? So eine Frau lässt man nicht einfach gehen.

»Danke, mir geht es gut!« Sie lächelte ihn freundlich an, obwohl sie ihm am liebsten den Inhalt der Weinkaraffe über die schmierigen Gel-Locken gekippt hätte. Wieso konnte er nicht monogam leben? Dann wäre sie vielleicht noch mit ihm zusammen. Wobei, so schlecht ist das Singleleben allerdings nicht. Man kann machen, was man will, und braucht sich nach niemandem zu richten. Und wenn man dann noch Sex der allerfeinsten Sorte frei Haus geliefert bekommt, kann man sich eigentlich nicht beschweren.

Der Kellner brachte das Essen und Bertl stürzte sich sofort auf sein Steak. Mit etlichen »Hmms« und »Boahs«, die Margareta schon peinlich waren, kaute er wie ein Weltmeister darauf herum. Hat Mr. Perfekt schon immer gegessen wie ein Karnickel?, grübelte sie. So gut sieht er eigentlich gar nicht aus, stellte sie fest. Designerklamotten, Rolex am linken Handgelenk, Goldkettchen am rechten ließen ihn künstlich wirken. Wenn sie daran dachte, wie lange er brauchte, um so auszusehen, wie er sich ihr jetzt präsentierte, kroch das kalte Grausen in ihr hoch. In der Zeit hätten sich drei Frauen ausgehfertig gemacht. Ewig hantierte er mit der Zahnseide an seinen Zähnen herum. Geknutscht hatte er nur mit frisch geputzten Zähnen und das Gleiche von ihr verlangt. Bevor sie in die Kiste stiegen, musste sie quasi ein Reinheitszertifikat vorlegen. Wie problemlos war dagegen der Kaloderma-Mann. Sauber und adrett, auch ohne Wolken von etlichen Parfümsorten, von holzig bis puderig, die ihn ständig umgaben.

Trotzdem bereute Margareta es nicht, seiner Einladung gefolgt zu sein. Erst in diesem Augenblick wusste sie genau, was sie nicht mehr wollte. Nämlich Bertl. Nein, diesen untreuen, künstlich ausstaffierten Vorstadtcasanova konnte sie nicht mehr gebrauchen. Der Rest ihrer Trauer fiel mit einem Schlag von ihr ab und sie wusste, dass auch für sie eines Tages beziehungsmäßig wieder die Sonne scheinen würde. Sie musste lachen. Soll er doch weiter in den Fehlfabrikationen von Barbiepuppen lustlos herumstochern wie in einem faden Kantinenessen. Es ist vorbei!

»Lass mich an deiner Heiterkeit teilhaben!« Skeptisch, ja sogar ein wenig feindselig, schaute er sie an.

»Ich musste nur gerade an etwas denken!«

»An was?«

»Nicht so wichtig!«

Nach dem Essen folgte der doppelte Espresso, den Bertl, wieder begleitet von etlichen »Hmms«, genussvoll herunterschlürfte.

»Meine Mutter hat dich und Waltraud übrigens bei der Beerdigung von Sabine gesehen, dem toten Mädchen vom Friedhof!«, wechselte er das Thema.

»Ach, deine Mutter war da. Ich habe sie gar nicht entdeckt!«

Seine neugierige Mutter musste in alles ihre Nase stecken, dachte Margareta. Obwohl sie ja selbst nicht besser war.

Da sogar nach einem weiteren Wein kein ernsthaftes Gespräch zustande kommen wollte, beschlossen sie, den Abend zu beenden.

Er startete einen letzten Versuch, sah ihr mit seinem Dackelblick tief in die Augen, nahm ihre Hand in seine und fragte sie: »Gibt es einen neuen Mann in deinem Leben oder kann ich noch hoffen?«

»Ja, es gibt einen neuen Mann«, antwortete sie mit einem Hauch von Schadenfreude, »aber auch ohne ihn hättest du die Hoffnung begraben können!« Er brauchte ja nicht unbedingt zu wissen, dass der neue Mann in ihrem Leben nur ein Mann für gewisse Stunden war.

»Aber deine Mutter hat erzählt …«

»Meine Mutter erzählt viel, wenn der Tag lang ist!«

Grimmig bezahlte er die Rechnung. Grimmig deshalb, weil er ungern Geld für etwas ausgab, wovon er nichts hatte.

Auf der Straße verabschiedeten sie sich etwas kühl voneinander. Margareta bestieg ein Taxi und Bertl seinen BMW. Sie fuhren in entgegengesetzten Richtungen davon.

10.

Was sagte Karol neulich zu ihr? ›Du wirst dich so sehr an mich gewöhnen, dass du nicht mehr ohne mich leben kannst.‹ Sollte er etwa recht behalten? Sie stellte fest, dass sie auf dem besten Weg dahin war.

Zunächst stattete sie erst einmal Karl-Heinz einen Besuch ab. Sie musste einfach wissen, ob er ihr diese abartigen Fotos in den Briefkasten gesteckt hatte, die sie von Rechts wegen sofort hätte der Polizei übergeben müssen.

Samstagmorgen würde sie ihn sicherlich auf dem Friedhof antreffen. Vielleicht konnte sie ihn zwischen zwei Beerdigungen abpassen. Sofort würde sie ihm auf den Kopf zusagen, dass sie nicht daran zweifelte, dass er es war, der ihr den Umschlag mit den Fotos in den Kasten gesteckt hatte. Erst einmal beschuldigen ist immer gut, fand Margareta. Mal sehen, wie er reagieren wird. Den Gedanken, ihn am Kiosk anzusprechen, verwarf sie wieder. Der Kerl würde es womöglich schaffen, sie unter irgendeinem Vorwand in seine Wohnung zu locken. Und sie mit ihrem großen Helfersyndrom würde sich wieder einmal nicht wehren können. Nee, nee, auf dem Friedhof, einem neutralen Ort, weit ab von seiner Wohnung, war schon besser.

Das Glück war ihr hold. Kaum war sie in den Hauptweg zur Trauerhalle eingebogen, kam er ihr bereits mit riesigen Schritten entgegen. Den wolligen Plüschmantel hatte er gegen einen dunkelblauen Trenchcoat getauscht. Das weiße Hemd, welches er darunter trug, bot freien Blick auf seine grau gelockte Brust. Seine Haare waren frisch geschnitten und gewaschen. Als er Margareta auf sich zukommen sah, wirkte er, als würde er mit einer tödlichen Waffe bedroht. Totale Panik in seinen Wick-Blau-Augen. Er drehte sich um. Keine 20 Meter hinter ihm folgte bereits der Kranzwagen, wenige Meter dahinter die Sargträger mit dem Sarg sowie die Trauergäste. In weiter Ferne sah man schon die nächste Beerdigungsgesellschaft in die Trauerhalle stürmen. Samstag war Fließbandarbeit angesagt.

Margareta scherte sich wenig um sein Gefolge und ging forsch auf ihn zu. »Karl-Heinz! Ich muss dich sprechen!«, sagte sie energisch, keine Widerrede duldend.

»Geht gerade nicht … geht gerade nicht!« Schweiß tropfte ihm von der Stirn, auf sein gutes Stück, den Trenchcoat.

Du meine Güte, wie ihn das schon aus der Fassung brachte, wenn ihn jemand ansprach, wie schwitzt er dann erst, wenn … Margareta mochte nicht weiter darüber nachdenken.

»In einer halben Stunde hinter der Trauerhalle!«, presste er durch seine Lippen hervor und setzte seinen Weg mit starrem Blick geradeaus fort, ohne Margareta zu beachten.

Ganz cool, mit schmerzverzerrtem Lächeln auf den Lippen, so als koste es ihn unheimlich Kraft, stand er bereits da, als Margareta den Weg rechts einschlug, der sie hinter die Trauerhalle führte. Rauchend an einen Baum gelehnt, als hätte er diese Stellung lange Zeit geübt, wartete er auf sie. Margareta blickte nach links auf die sich in der Sonne spiegelnden bunten Kirchenfenster, die in das alte Backsteingebäude aus den 60er-Jahren eingelassen waren. Gegen die kalte Fensterfront am Vordereingang durchbrachen die bunten Fenster die Tristesse des trostlosen Gebäudes.

Als Margareta ihn erreicht hatte, streckte er ihr die Hand zum Gruß entgegen. Wie albern, dachte sie, reichte ihm aber ebenfalls die Hand, da sie nicht unhöflich wirken wollte.

»Du wolltest mich sprechen?« Neugierig starrten seine kalten Augen sie erwartungsvoll an.

»Lass uns ein Stück gehen«, schlug Margareta vor. Sie wollte kein Aufsehen. Das hätte ihr gerade noch gefehlt, dass jemand sie mit diesem Typen zusammen sah.

Als sie den Betriebshof der Firma Gelsendienste, der sich gleich hinter der Trauerhalle befand, erreicht hatten, blieb sie kurz stehen. »Also, was sollte das? Wieso hast du mir die Fotos in den Briefkasten gesteckt?«

»Welche Fotos? Ich weiß nicht, was du meinst!« Erschrocken und gleichzeitig enttäuscht sah er sie an. Hatte er vielleicht erwartet, sie würde ihn zum Essen einladen? Oder ins Kino? Oder sonst wohin?

»Komm, tu nicht so scheinheilig. Die sind doch von dir, diese abscheulichen Fotos!«

»Ich weiß nicht, was du meinst, echt nicht!« Nervös zog er die Lippen noch weiter nach innen und schluckte mehrmals, sodass sein Adamsapfel hin und her sprang. »Was für Fotos?«

»Man hat mir widerliche Fotos in den Briefkasten gesteckt. Auf einem war die tote Sabine zu sehen, auf den beiden anderen Frauen, die bestialisch gequält wurden!«

Sie blickte auf das vor ihr liegende Verwaltungsgebäude. Davor stand eine weiße Bank, die mindestens fünf Meter breit war. Ihr kamen Zweifel. Sollte der arme Kerl wirklich nichts damit zu tun haben? Sie standen immer noch vor dem Eingang des Gelsengrüngeländes. Rechts befanden sich große Garagen mit riesigen Rolltoren, links die Flachbauten, durch deren Fenster man die einzelnen Kabinen sehen konnte, in denen die Leichen aufgebahrt wurden. Auf den dahinterliegenden Gebäuden sah man blinkende Kaminrohre, aus denen Rauch aufstieg, der wie Sahnehäubchen kurz auf ihnen thronte, um anschließend in den Himmel zu verschwinden. Wieso wurde hier so stark geheizt?

»Was sind das für Räume? Werden dort etwa Leichen verbrannt?« Sie zeigte in Richtung des aufsteigenden Rauches und sah Karl-Heinz fragend an. Er lachte, ohne dabei seine Zähne zu zeigen.

»Nein, da wird niemand verbrannt. Dort werden die Leichen gewaschen und hergerichtet. Die Räume werden von den Bestattern gemietet.«

»Und wieso wird da so stark geheizt?«

»Wer arbeitet schon gern im Kalten.«

Sie gingen weiter und bogen links in den nächsten Weg ein.

»Du behauptest also, nichts mit den schrecklichen Bildern zu tun zu haben?«

»Nein! Wieso sollte ich dir solche Fotos schicken? Und woher sollte ich sie haben?« Enttäuscht und verständnislos sah er sie an. Hatte er doch gehofft, sie würde sich mit ihm verabreden wollen. Wie hatte er sich die letzte halbe Stunde gefreut. Hatte sich schöne Orte vorgestellt, an denen sie sich treffen könnten. Vor allem schöne Dinge, die er gerne mit ihr machen würde. Pustekuchen! Sie beschuldigte ihn einer Sache, mit der er nichts zu tun hatte.

»Aber als ich bei dir zum Essen war, wolltest du mir auch Fotos zeigen!« Skeptisch blickte sie ihn an.

»Mit Sicherheit nicht solche. Das waren ganz harmlose Fotos von aufgebahrten Toten, die besonders schön aussahen!«

»Wie können denn Tote schön aussehen?« Angewidert schaute sie ihn an. Er ist echt durchgeknallt, der Typ, dachte sie.

»Willst du sie vielleicht mal sehen?«

»Nee, lass mal!«

Sie passierten das Trauerhallengelände nun von hinten, kamen an weiteren großen Garagentoren vorbei, vor denen verschiedene Friedhofsfahrzeuge parkten. Margareta hatte gar nicht gewusst, dass es sich um so ein großes Gelände handelte. Sie liefen praktisch einmal ums Karree, denn soeben schlugen sie den Weg nach links ein. In weiter Ferne waren die kleinen Trauerhallen zu sehen, weitere Aufbewahrungskabinen und kleine Räume mit dampfenden Kaminen auf dem Dach.

»Wenn du willst, kann ich dir alle Räume einmal zeigen«, schlug Karl-Heinz stolz vor.

»Nee, danke!« Das hätte ihr noch gefehlt, vielleicht zusehen zu müssen, wie gerade ein Toter gewaschen und zurechtgemacht würde. Ihr Vater erzählte ihr immer, dass man nicht zimperlich mit ihnen umging. Sie würden an die Wand gestellt, da sie steif waren, und einfach mit dem Schlauch abgespritzt. Ober- und Unterkiefer würden mit einer dicken Nadel und Paketband zusammengehalten, um zu verhindern, dass der Mund plötzlich aufklappen würde. Ih, wie ekelhaft. Was hätte das für Auswirkungen für die Auferstehung, an die sie als Christin fest glaubte? Konnte man dann nichts mehr sagen? Seine Freude nicht mehr kundtun? Falls einem die Augen mit Sekundenkleber geschlossen worden waren, könnte man das Paradies nicht einmal sehen! Wie schrecklich!

Als sie wieder am Ausgangspunkt angekommen waren, tat es ihr mit einem Mal leid, dass sie Karl-Heinz verdächtigt hatte. Obwohl sie nicht ganz von seiner Unschuld überzeugt war. Er machte ihr keine Angst mehr. Für sie war er wieder ein armer Irrer, etwas eigenartig, aber nicht direkt kriminell.

»Was willst du nun tun?«, fragte er sie.

»Ich werde die Bilder der Polizei übergeben.« Das hatte sie natürlich nicht vor. Irgendetwas hielt sie zurück. Vielleicht die Angst, dass man Karol mit hineinziehen könnte. Außerdem wollte sie lieber ein wenig selbst ermitteln, ganz wie die Lindholm im Fernsehen. Zudem war sie auf Karl-Heinz' Reaktion gespannt. Er wirkte nicht, wie sie vielleicht erwartet hatte, erschrocken. Ganz entspannt schaute er sie an.

»Mach das!« Er reichte ihr wieder die Hand und lächelte schmerzverzerrt. »Vielleicht können wir uns noch mal treffen.« Voller Hoffnung sah er sie an.

»Ja, vielleicht«, sagte sie nur, erwiderte den Händedruck und ging ihres Weges. Die Sorge um die beiden noch lebenden Frauen auf den Fotos blieb.

Als sie in der nächsten Nacht, nach einer heißen Nummer, Karol die Bilder zeigte, reagierte er anders, als sie erwartet hatte. Richtig böse warf er die Fotos aufs Bett, nachdem er sie lange schnaufend betrachtet hatte.

»Was soll das? Woher hast du die?«

»Die hat man mir in den Briefkasten gesteckt!«

»Was wirst du tun?« Nervös sprang er aus dem Bett und nahm wieder seine Lauerstellung am Fenster ein, so, als erwarte er jemanden.

»Eigentlich müsste ich die Bilder zur Polizei bringen. Für ihre Ermittlungen könnten sie der Kripo sicherlich nützlich sein. Was meinst du?« Erwartungsvoll starrte sie ihn an. Was würde er antworten? Mit reinem Gewissen würde er mir zustimmen, war sie sich sicher.

»Meinst du, das bringt was?«, fragt er eher gleichgültig. »Die werden das ganze Haus hier auf den Kopf stellen, einschließlich Dachboden und Keller!«

»Und, hast du Angst davor?«

»Nein, wieso sollte ich? Entdeckt werden will ich natürlich nicht!«

Seine Reaktion sagte ihr, dass er mit den Fotos nichts zu tun hatte. Wenn doch, hätte er anders reagiert. So gut kannte sie ihn inzwischen.

Sie trat hinter ihn, umklammerte ihn zärtlich und küsste seine Schulter. Er drehte sich um und nahm sie in die Arme. Sie ist zahmer geworden, stellte er zufrieden fest. Ich habe recht, sie wird sich so an mich gewöhnen, dass sie nicht mehr ohne mich leben kann. Lächelnd drückte er sie an sich. Froh, dass sie nicht, wie sonst immer, das letzte Wort haben musste.

11.

Christel hatte sich von ihren Nachbarinnen beeinflussen lassen und schmückte das Grab mit fünf mitgebrachten Narzissen. Fest drückte sie die grüne Vase mit den Blumen in den Boden, gleich hinter die Grabplatte ihres Mannes. So schlecht war er ja auch nicht gewesen, erinnerte sie sich. Vergangenes sah man meistens in einem schöneren Licht als das Gegenwärtige. Heinz hat dich ernährt, hat für dich schwer gearbeitet, dir ging es gut, vergiss das nicht, hallten ihr die mahnenden Worte ihrer Mutter in den Ohren. Oh, wie oft hatte sie sich das anhören müssen? Hat er selbst so gewollt, grummelte sie und straffte zornig die Schultern. Mal abgesehen von einem bisschen Gartenzaunfreizeit war der Hausfrauenjob so toll nun auch wieder nicht gewesen. Irgendwie war man, ohne es zu merken, zur Sklavin geworden. Mit Aufgabe des eigenen Berufes jeden Tag ein bisschen mehr. Ein unmerklicher Prozess.

»Schönes Wetter heute, nicht wahr?« Ein grinsender alter Mann näherte sich Christel in kleinen tapsenden Schritten. Parkinson, der hat Parkinson, diagnostizierte sie fachmännisch seinen auffälligen Gang. Er stellte sich neben sie und betrachtete sie wohlgefällig von oben bis unten.

»Ich habe Sie schon oft hier gesehen.« Abwartend schaute er sie an.

»Hier auf dem Friedhof sieht und trifft man viele Menschen«, stellte Christel seufzend fest.

»Meine Frau liegt zwei Gräber weiter als Ihr Mann. Hier schauen Sie, hier liegt Gertrud!« Er deutete auf ein Grab, auf dessen Grabplatte eine liebevoll gestaltete Schale mit Frühlingsblumen stand. »Ich vermisse sie so sehr.« Tränen liefen über seine glatt rasierten Wangen. Umständlich holte er ein Taschentuch aus seiner Hosentasche, womit er sie trocknete.

Du meine Güte, den hat es aber schwer getroffen, stellte Christel fest. Für Männer soll das Alleinbleiben ja schlimmer als für Frauen sein, sagt man. Ob es stimmte, vermochte sie nicht zu sagen. Zum ersten Mal hatte sie heute Morgen festgestellt, dass es ihr allmählich besser ging und sie sich richtig auf den Sommer freute.

»Ja, es ist schon nicht so einfach, seinen Partner zu verlieren.«

Floskeln der Höflichkeit waren es, dennoch hing der alte Mann an ihren Lippen.

»Ich kann nicht alleine sein. Die Decke fällt mir auf den Kopf. Immer sehe ich ihr ausgezehrtes Gesicht vor mir. Sie hatte Krebs und wog zum Schluss nur noch 40 Kilo.«

Bitte nicht, betete Christel. Nicht schon wieder eine Never-ending-Krankenstory. Ich kann es nicht mehr hören. Wo sie auch hinkam, wen sie auch traf, musste sie sich herzzerreißende Geschichten anhören, wo und wie wer dahingesiecht war. Ein wenig ungepflegt sieht er aus, dachte sie. Seine helle Windjacke hatte einen speckigen Kragen, am Hemd fehlte oben ein Knopf und die Schuhe waren nicht geputzt. 46 Jahre Hausfrauenjob ließen solche Dinge sofort erkennen.

»Ich brauche wieder eine Frau«, ging er in die Vollen. Alles oder nichts, sagte sich der Mann, was habe ich zu verlieren. Hier steht sie, die Frau, die ich brauche. Gut aussehend, dynamisch, fit genug, um mich zu versorgen. So wie Gertrud mich versorgt hat.

»Eine Frau so wie Sie. Sie sind doch auch einsam. Wieso tun wir uns nicht zusammen und machen das Beste daraus?« Große blaue Augen sahen sie fragend an.

Kein hässlicher Mann, dachte Christel, aber ein halber Pflegefall. Den würde ich als Ersatz für einen Mann bekommen, der noch alles selbst konnte? Ihn bekochen, bemuttern und bedienen? Und das alles nur, damit die einsamen Abendstunden ein wenig unterhaltsamer würden? Würden sie das wirklich? Besser allabendliche Langeweile als diesem alten Mann vielleicht die Brötchen zu schmieren oder ein Äpfelchen zu schälen.

»Sie wollen wissen, was das Beste für mich ist?«, fragte sie den alten Sturkopf.

»Sind Sie denn nicht manches Mal einsam, so ohne Ihren Mann? Fehlt Ihnen nicht oft ein wenig Zärtlichkeit?«

Christel zuckte zusammen. Das hatte ihr gerade noch gefehlt! Dieser alte Mann konnte kaum zehn Meter geradeaus laufen und wollte Sex mit ihr? Um Himmels willen! Sie starrte auf seine Hose, die vorn auffällig ausgebeult aussah. Dachte ich mir es. Er trägt Einlagen. Undicht ist er also auch noch. Bevor er zu mir ins Bett kommen würde, müsste er sich erst einmal von seiner Windel befreien. Der ganze Raum würde nach Urin riechen. Wie romantisch. Geh, Christel! Wenn du jetzt nicht gehst, hast du morgen wieder Lippenherpes. Du weißt, wie empfindlich du bist, mahnte sie sich selbst.

»Jetzt hören Sie mir mal zu! Ich habe fast fünf Jahrzehnte meinen Mann bekocht, ihm die Wäsche gewaschen, sein Haus geputzt und sein Kind großgezogen. Jetzt ist er tot. Klar, bin ich so manches Mal einsam. Doch nicht einsam genug, um wieder unter dem Pantoffel zu stehen, pünktlich das Essen auf den Tisch zu bringen, mit dem Blick auf die Uhr in die Stadt zu gehen, um ja rechtzeitig zurück zu sein. Nein, das brauche ich nicht mehr. Wenn überhaupt, dann hätte ich gerne einen jüngeren, agilen Mann, der mich verwöhnt, mir meine Wünsche von den Augen abliest und mir in meinem Alter noch etwas bietet. Sie sind mir zu alt und zu krank!« So, hoffentlich hat er es kapiert, dachte sie.

»Jeder kann krank werden«, erwiderte der alte Mann trotzig.

»Ja klar, aber wenn ich mir zum Beispiel eine Waschmaschine oder einen Fernseher anschaffe, nehme ich schließlich auch kein defektes Gerät. Wie lange hätte ich denn Freude daran?«

»Sie sind kalt und herzlos. Vergleichen Menschen mit Geräten. Wieso sind Sie so hart?«

»Ich bin weder kalt, herzlos noch hart. Ich sehe die Sache realistisch. Endlich will ich mal an mich denken!« Indem sie die Worte aussprach, wurde ihr bewusst, was sie da gesagt hatte. Sie lächelte. Jawohl, ich werde erst einmal an mich denken. Endlich. Sie ließ den alten Mann stehen und ging eilig davon.

Der Alte schüttelte den Kopf. »Die Frauen heutzutage sind nicht mehr das, was sie früher waren. Emanzipiert nennen sie sich. Dabei sind sie roh und gefühllos!« Er schaute Christel hinterher. »Und gerade die hätte mir gefallen.«

Jeden Donnerstag die gleiche Sitzordnung. Offiziell konnte sich jeder hinsetzen, wo er wollte. Doch wehe dem, er tat es und hielt nicht die ungeschriebene Rang- und Sitzordnung ein. Das wurde mit Nichtbeachtung an mindestens vier Gruppenstunden geahndet.

Koletzki saß schon auf ihrem Platz, als Christel den Raum betrat. Georg und Heinrich, die einzigen Männer der großen Runde, saßen ihr schräg gegenüber. Die Zeit der lodernden Lunten war für sie endgültig vorbei. Alles in einer frischen Windel verpackt, vor dem Auslaufen geschützt. Eher Tristesse als bunter Nachmittag in der sogenannten Seniorenstube der Kirchengemeinde. Eine sprudelnde Zahnreinigertablette fürs Gebiss. Euphorisch schnatternde alte Frauen in der Überzahl, deren einziges Highlight der wöchentliche Besuch dieser Runde war. Ein Wiedersehen mit über 20 Geschlechtsgenossinnen und zwei Herren.

Georg sah sich um. Seine Hilde sah besser aus als all die Frauen um ihn herum, fand er. Fast alle trugen Strickjacken, darunter mehr oder weniger passende Pullover. Die Krampfaderbeine, die in Stützstrumpfhosen steckten, waren meistens mit Hosen verhüllt. Die wenigsten trugen Röcke. Waldläuferschuhe zierten die wacklig gewordenen Füße. Eitelkeit war hier fehl am Platz. Georgs Blick blieb an Henriette Koletzkis Busen im roten Strickensemble hängen. Ihr graues Haar der Einheitsfrisur war nicht mehr taufrisch, vielleicht vor drei oder vier Tagen zum letzten Mal gewaschen worden. Am Hinterkopf konnte man, als sie zur Seite blickte, den Abdruck ihres Sofakissens erkennen. Ein kleines Schläfchen, bevor es zum bunten Nachmittag ging. Mit der rechten Hand befummelte sie ihr Gebiss. Sitzt es fest genug? Hält die Haftcreme, was sie versprochen hat? Zaghaft lächelte sie zu Georg herüber. Er verzog keine Miene. Billige Anmache. Pah! Er brauchte keine neue Frau. Er zehrte von den Erinnerungen an seine Hilde.

Christel setzte sich auf den freien Platz neben Henriette Koletzki. Sie mochte diese Frau, die vor geraumer Zeit zu der Seniorengruppe gestoßen war. Sie redete nicht so viel wie die anderen, hatte etwas Mystisches an sich, so, als verberge sie irgendein Geheimnis. Ob ich mich einmal außerhalb der Gruppe mit ihr verabreden soll?, fragte Christel sich. Ja, das werde ich tun, beschloss sie, bevor die Leiterin der Gruppe, ungefähr zehn Jahre jünger als der Durchschnitt, zornig durchgreifend mit dem Glöckchen bimmelte und das Geraune und Getuschel im Raum langsam verstummten.

»Wir wollen zur Begrüßung das Lied 258 singen! ›Lobet den Herren!‹ Strophe eins bis drei. Frau Kerstan, das gilt auch für Sie!« Und wieder wurde mit dem Glöckchen geläutet. Böse Frau Kerstan! Kann einfach den Mund nicht halten. Den Herrn zu loben konnte nie schaden, und so stimmten alle nach und nach in den mehr oder weniger schönen Gesang mit ein.

Danach las die Frau zur Linken der Leiterin, eine Art Vertreterin, eine stupide blickende Mittsechzigerin, den Psalm der Woche vor. Kaum jemand hörte zu, jeder redete mit seinem Nachbarn, wollte ihm unbedingt mitteilen, wozu die Zeit vorher nicht gereicht hatte. Doch wieder läutete erbarmungslos das Glöckchen. Kaffee wurde ausgeschenkt. Nein, Tee gab es nicht. Für alle dünnen Kaffee, das war einfacher.

Wieder ertönte gnadenlos das Glöckchen. »Alle, mal herhören! Hallo! … Den Kuchen hat heute Frau Alvermann gespendet. Sie hatte Geburtstag! Wir alle singen nun ein Lied für Frau Alvermann! … Hallo?«

Etwas genervt hatte die Leiterin diese Ankündigung in den großen Raum gebollert.

Erfreut darüber, zwei Euro gespart zu haben, wurde von den alten Leuten das Lied ›Hoch soll sie leben‹ angestimmt. Dann folgte das obligatorische An-den-Händen-Fassen und lallend der gemeinsame Spruch: »Gu-ten Ap-pe-tit«. Christel und Henriette sahen sich an wie zwei Verbündete und dachten das Gleiche: Kindergarten! Ein Haufen alter Menschen, die sich in Kindergartenkinder zurückentwickelten. Kaum das trockene Kuchenstück hinuntergewürgt, drängelten Leiterin plus Helferin die alten Leutchen aufzustehen, rissen ihnen fast den Stuhl unterm Hintern weg, um damit in der anderen Ecke des Raumes einen Stuhlkreis zu bilden. Nach einer Viertelstunde hatte sich auch das letzte Gruppenmitglied gesetzt und ein fein gekleideter Herr betrat den Raum und nahm in der Runde Platz. Er begann gleich mit seinem Vortrag über Dauergrabpflege, da er wusste, dass die Aufmerksamkeit alter Menschen schnell nachlassen konnte. Wenn überhaupt noch was zu holen war, dann bei den alten Leuten. Ungeahntes Kapital saß hier herum, wusste er. So redete er sich um Kopf und Kragen, in der Hoffnung, möglichst viele Verträge über 25-jährige Dauergrabpflege abschließen zu können. Drohte die eine oder der andere einzuschlafen, wurden sie von der Leiterin oder deren Helferin sanft wachgerüttelt. Nach einer knappen Stunde waren die meisten der alten Leutchen kaum mehr aufnahmefähig, und auch nachdem man Vereinzelte zur Toilette geführt hatte, war der Faden gerissen. Die Alten hatten genug gehört.

Ein schlechter Nachmittag für den redseligen Herrn, der doch in guter Absicht gekommen war.

»Wollen wir uns nicht mal woanders treffen?«, fragte Christel Alshut Henriette beim Verlassen der kirchlichen Räumlichkeiten. »Irgendwie ist das für uns beide nicht das Richtige, oder?«

Überrascht schaute Henriette Koletzki Christel mit großen Augen an. »Ja, gerne. Wo denn?« Damit hatte sie nun gar nicht gerechnet. Wer interessierte sich schon für sie? Klar, war sie nicht ganz glücklich über den Ablauf der Seniorenstunde. Obwohl sie sich gefreut hatte, als ihr eine Einladung dazu ins Haus geflattert war. Besser als einsam sein, hatte sie gedacht. Aber wirklich einsam war sie nicht. Sie hatte ja noch Karol. Karol, der ihr oft schlaflose Nächte bereitete. Von der Mehrarbeit ganz zu schweigen. Sie seufzte und ließ die Schultern hängen.

»Vielleicht mal im Berger Park. Am Fontänenteich kann man günstig Kaffee trinken und sich ungestört unterhalten. Sie können mich jederzeit anrufen.« Hastig zog Christel einen Zettel aus ihrer Tasche und notierte ihre Telefonnummer.

Völlig überrascht steckte Henriette Koletzki den Zettel in ihre Jackentasche. Wieso nicht?, sagte sie sich, ist vielleicht mal was anderes als dieses Kinderverwahrprogramm.

Die ist die Richtige, sagte sich Christel. Verschwiegen, nicht so ein Quasselmaul wie die anderen. Nach einem kräftigen Händeschütteln trennten sich ihre Wege.

Während die Düsen der Fontäne kräftig das Wasser gen Himmel spritzen ließen, saßen sich die beiden ungleichen Frauen nah am Wasser gegenüber. An einem Campingtisch, auf ebensolchen Stühlen, hingen beide ihren Gedanken nach. Das prasselnde Geräusch des Wassers, wenn es zurück auf die Oberfläche des Teiches fiel, erinnerte Christel an die tosende raue Nordsee. Von dem nur einige Meter entfernten Kiosk hatten sie sich Berliner Weiße mit Himbeersaft geholt und genossen nun die eisgekühlten Getränke. Früher, in den Urlauben mit Heinz, hatte sie auch immer Berliner Weiße getrunken, in Büsum, an der Strandpromenade.

Henriette kannte dieses wohlschmeckende Getränk nicht. Sie war stolz, hier mit der feinen Christel zu sitzen. Immer trug sie modische Kleidung, nicht, wie sie selbst, abgetragene Sachen irgendwelcher Verwandten, die man der lieben Deutschstämmigen aus Polen gnädig schenkte, weil man sie selbst nicht mehr wollte. Die kann doch ganz andere Freundinnen haben als mich unscheinbare Person, dachte Henriette, während sie gierig die kalte Flüssigkeit mit einem Strohhalm aufsog.

Ja, Christel hatte genug sogenannte Freundinnen, Mitglieder irgendwelcher Vereine, angefangen beim Kegelverein bis hin zum Frauenverein des Schrebergartens. Aber sie war sie leid, diese neunmalklugen Weiber, die kaum, dass man ihnen den Rücken zukehrte, verbal über einen herfielen. Henriette ist anders, wusste sie schon nach ihrem ersten Treffen in diesem Kleinod am Fontänenteich. Bescheiden ist sie. Geprägt durch die schlimmen Zeiten in Polen ist sie genügsam geblieben. Und geduldig zuhören konnte sie, die Gute. Alles

Eigenschaften, die Christel schätzte. Und welche Zufälle es sogar in einer knapp 300.000-Einwohner-Stadt gab! Zufällig wohnte die Ex-Lebensabschnittsgefährtin ihres Sohnes im Nebenhaus Henriettes.

Eigentlich konnte Henriette sich gar kein zweites Glas der leckeren Berliner Weiße leisten, aber sie konnte nicht widerstehen. Vielleicht würde ihr Karol morgen wieder etwas geben. Schließlich musste sie sich ja auch mal etwas gönnen.

Der durch die Süße unterschätzte Alkoholgehalt des süffigen Getränks löste Henriettes Zunge mehr, als ihr lieb war. Und so berichtete sie ihrer neuen Freundin bei ihrem dritten Treffen von ihrem ominösen Untermieter. Vielleicht wusste die gute Freundin einen Rat, wie man ihn wieder loswerden konnte, dachte sie.

Christel fühlte sich geschmeichelt, dass Henriette sie ins Vertrauen zog, und lauschte mit wachen Ohren den Erzählungen ihrer Freundin über den Mann, den es gar nicht gab und den sie vor der Außenwelt versteckt hielt. Der ungewohnte Alkohol tat bei ihr ebenso seine Wirkung, und sie gab Henriette Tipps vom Allerfeinsten. Natürlich unter dem großen Siegel der Verschwiegenheit und gegen tausend Versprechen, auch ja alles soeben Gehörte für sich zu behalten. Vergifteter Pudding wäre eine tolle Lösung, meinte sie. Mach es doch wie das Blaubeermariechen vom Niederrhein, damals in den 80er-Jahren. Die hatte gleich fünf Menschen mit dem Pflanzenschutzmittel E 605 umgebracht. Ab damit in den Blaubeerpudding, schön umgerührt und fertig. Heinz hatte für sein Leben gern Blaubeerpudding gegessen, schmunzelte Christel.

Aber wohin mit der Leiche, wollte Henriette wissen, offiziell gab es ihn ja gar nicht, den guten Neffen aus Polen.

Schieb ihm einfach was in die Schuhe, dann kommt er ins Gefängnis. Dort hat er es warm, bekommt sein Essen und du hast deine Ruhe, meinte die nicht mehr ganz nüchterne Christel. Obwohl das mit dem Pudding eine tolle Sache ist, war Henriette überzeugt. Ganz bestimmt, eine todsichere Sache!

Nicht mehr ganz sicher auf den Beinen, Christel bei Henriette untergehakt, traten die Frauen den Weg zur Bushaltestelle an. Beide freuten sich auf ihr Wiedersehen. In drei Tagen wollten sie sich erneut treffen. Bei schönem Wetter am Teich im Berger Park. Dann werde ich noch mal nachhaken, wegen Karols Liebchen aus dem Nebenhaus, nahm Christel sich vor. Es konnte sich ja nur um die liebe Margareta handeln. Das treue liebe Gretchen! Bertl musste es unbedingt wissen. Sofort am Abend wollte sie ihm davon erzählen.

12.

Man kam einfach nicht weiter im Mordfall Sabine. Rätsel über Rätsel taten sich auf, fast täglich stand etwas davon in der Zeitung. Auch Margareta kam in ihren Ermittlungen nicht weiter. Ob sie noch einmal den Dachboden drüben inspizieren sollte? Oder vielleicht den Keller der Koletzki?

Grübelnd saß sie am Küchentisch ihrer Eltern. Ihr gegenüber saß ihre Mutter, die missgelaunt dabei war, grüne Bohnen zu schnippeln.

»Warum tust du das? Gibt es doch bei Bofrost schon fertig geschnitten!«

»Frisch schmeckt es immer noch am besten. Dazu herrliche Kassler Koteletts. Hm, das isst dein Vater am liebsten.«

»Und du? Was schmeckt dir am besten? Du reißt dir für ihn ein Bein aus und er? Ist er wieder bei der Alten nebenan?«, wollte sie von der Mutter wissen.

»Da geht er nicht mehr hin. Habe ich ihm verboten!« Trotzig schaute die Mutter auf ihre Bohnen.

»Ach ne, wieso denn?« Margareta musste schmunzeln.

»Er hat es halt übertrieben. Ich kam gestern eher aus der Stadt zurück, da war er wieder drüben. Da bin ich explodiert. Gelacht haben sie, dass man es schon unten im Treppenhaus hören konnte.«

»Und da hast du bei ihr geschellt und ihr ein paar reingehauen!«

»Nein, natürlich nicht. Ich habe ihn auf seinem Handy angerufen. Als er dann rüberkam, sah er aus wie ein Penner. Und wie er roch!«

»Gab's dann Saures?«

»Nein, ich habe ihm einen Schlaftrunk bereitet und er hat bis heute Morgen durchgeschlafen!«, grinste Waltraud vor sich hin.

»Was für einen Schlaftrunk?« Margareta war neugierig geworden.

»Ich habe ihm acht Tütchen Magnesium in ein Glas Orangensaft gerührt!«

»Und dazu zwei Dulcolax-Dragees, und er hat sich im Schlaf auch noch in die Hose gemacht!«, mutmaßte Margareta.

»Bin ich blöd? Das hätte ich wegmachen müssen!«

»Und zur Belohnung bekommt er sein Lieblingsgericht! Was hast du ihm denn heute darunter gemischt?« Margareta war erstaunt. Für so abgebrüht hatte sie ihre Mutter gar nicht gehalten. Das war allerdings auch eine Art der Bestrafung. Ihre Gehirnzellen fingen an zu arbeiten. Betäuben! Dass ich da nicht eher draufgekommen bin!

Gerade als ihr Vater die Küche betrat, stand sie von der Eckbank auf, um den Heimweg anzutreten. Allein sein Anblick hatte ihr genügt. Fettige, verfilzte Haare, aufgedunsenes, ölig glänzendes Gesicht, so als hätte er sich seit Wochen nicht gewaschen. Auf eine Unterhaltung mit ihm legte sie absolut keinen Wert. Was war bloß mit ihm los?, wunderte sie sich erneut. Eine böse Vorahnung beschlich sie. Hatte der Alkohol ihm dermaßen sein Hirn vernebelt oder war es die Nachbarin?

Gespannt wie ein kleines Kind vor der Weihnachtsbescherung war Margareta, und sie musste zugeben, es hatte was. Ein nächtlicher Spaziergang auf dem Friedhof im Wonnemonat Mai war aufregend. Sternenklarer Himmel, milde Nachtluft und ein Traum von Mann an ihrer Seite, schlenderte sie über den unbeleuchteten Hauptweg, vorbei an der Trauerhalle. Von der entfernten Straße fiel ein wenig Licht der Beleuchtung herüber. Hin und wieder erblickte man ein flackerndes Grablicht. Sie spürte Karols sehnige Hand, die fest die ihre drückte und mit sich zog. Wie hatte er sich gefreut, als sie ihm – eher spaßeshalber – nach dem Sex den Vorschlag machte, ein wenig über den Friedhof zu schlendern. »Jetzt, um Mitternacht?«, hatte er sie mit großen Augen erwartungsvoll gefragt. Was von ihr als Scherz gedacht war, konnte sie ihm nun nicht mehr abschlagen. Ihr erster gemeinsamer Spaziergang, nachts, auf einem Friedhof. Gelegentlich blieb er stehen und zog sie an sich, küsste sie zart auf die Stirn oder den Mund. Sie sah nicht, dass er gelegentlich grinste, so als freue er sich, dass sie so langsam aber sicher Wachs in seinen Händen wurde. Glaubte er zumindest. Und Margareta ließ ihn in dem Glauben. Klar hatte sie sich inzwischen sehr an ihn gewöhnt und mochte die zärtlichen Stunden mit ihm nicht mehr missen. Eine Zukunft mit all den Problemen, die noch auf sie zukommen würden, konnte sie sich aber nicht vorstellen. Sie wünschte ihm jedoch von Herzen, dass er sich bald auf die Suche nach seiner Mutter machen und sie auch finden würde. Dass das Versteckspiel ein Ende haben würde. Ein menschenwürdiges Leben soll er führen. Ja, das wünschte sie ihm.

Morgen würde Henriette zu ihrer Schwester nach Kamp-Lintfort fahren und nachts nicht zu Hause sein, hatte Karol ihr erzählt. Das war eine gute Gelegenheit, ihn in Tiefschlaf zu versetzen und sein Zimmer auf den Kopf zu stellen. Allerdings hielt sie Magnesium für ungeeignet und würde zu schärferen Mitteln greifen. Wo ihre Mutter das bloß gelesen hatte, dass man mit Magnesium jemanden halb betäuben konnte. Sicherlich in der Apotheken-Umschau, die sie fast so gerne las wie ihre Regenbogenblätter.

Als sie das Feld passierten, auf dem Sabine tot aufgefunden worden war, seufzte Karol tief und wollte schnell weitergehen. Ein schlechtes Zeichen. War er etwa nicht so unschuldig, wie er vorgab? Margaretas euphorische Stimmung bekam einen Dämpfer. Zweifel nagten an ihr und sie hoffte, sie würden unbegründet sein.

Es gibt keine gruseligen Keller. Es gibt überhaupt keine gruseligen Räume. Ein Keller ist ein Keller, ist ein Keller, sagte Margareta sich immer wieder und versuchte, ihre Angst in den Griff zu bekommen. Alles andere spielt sich nur in deinem Kopf ab. Dieses Kellerloch eines fast 100 Jahre alten Hauses war eine schwärende Wunde eines makellosen Körpers. Margareta leuchtete mit der Taschenlampe in den großen rechtwinkeligen Raum und erschauderte. An den Schlüssel zu kommen, war gar nicht so einfach gewesen. Den Haustürschlüssel des Nebenhauses hatte sie sich inzwischen nachmachen lassen. Wie sie den Kellerschlüssel allerdings wieder unbemerkt an das Schlüsselbrett in Koletzkis Wohnung hängen sollte, war ihr ein Rätsel.

Die Wände waren aus Bruchstein und ungestrichen, und die Decke war so niedrig, dass selbst Margareta den Kopf einziehen musste. In jeder Ecke vermutete sie Schrankgespenster und Waldtrolle. Auf der rechten Seite standen zwei vergammelte Holzregale, auf denen sich alter Plunder, dick überzogen mit Staub und Spinnweben, befand. Ein uralter, ehemals weißer Küchenschrank mit einem Vitrinenaufsatz stand auf der linken Seite. Dahinter sowie an die gegenüberliegende Wand gelehnt befanden sich jede Menge Kartons, prall gefüllte Plastikmüllsäcke, Eimer und Gartengeräte. Neugierde ließ sie den alten Küchenschrank öffnen. Was verbarg sich in dem Vitrinenschrank, dessen dichte Scheibengardine keinen Blick nach innen freigab? Knarrend ließ sich der verrostete Schlüssel herumdrehen, und schon öffnete sich die Tür. Kinderspielzeug, altes anrührendes Kinderspielzeug befand sich darin. Ein Teddybär, der stolz seine Glieder von sich streckte, dessen liebes Gesicht Margareta im Schein der Taschenlampe anlächelte. Dahinter saß eine Puppe in einem bunten Kleidchen, welche schon bessere Zeiten gesehen hatte. Ihre Zöpfchen hingen trostlos herunter, die braunen Augen blickten sie an, als würden sie sagen: ›Nimm mich mit, lass mich hier unten nicht vergammeln!‹ Kleine Püppchen, ein Holzpferdchen, dessen Farbe abgeblättert war, waren ihre Kumpane. Tränen schossen Margareta in die Augen. Was tust du hier? Wühlst in der Vergangenheit einer alten Frau herum, in der Hoffnung, irgendetwas zu finden, was ihren Neffen belastet. Schäme dich. Margareta verschloss den wundersamen Schrank und verließ den modrig riechenden Keller wieder.

Ihre Zusammenkünfte beschränkten sich in letzter Zeit nicht mehr nur auf rein sexuelle Aktivitäten. Inzwischen machte es sich Karol immer öfter auf Margaretas Sofa bequem, um mit der Fernbedienung zwischen den verschiedenen TV-Programmen hin und her zu zappen. Wahrscheinlich durfte er das bei Henriette nicht. Da musste er schauen, was auf den Bildschirm kam. In seinem Zimmer hatte er nur ein Radio, wie er Margareta berichtete. Ein altes Kofferradio, welches ihm Henriettes Bruder gnädigerweise geschenkt hatte.

Wie der Hausherr persönlich machte er sich, die Füße auf dem Tisch lässig abgelegt, bei Margareta breit, ließ sich eine Kleinigkeit zu Essen richten, klopfte großzügig auf den Platz neben sich, um sie zum Hinsetzen aufzufordern. Heute fühlte er sich besonders wohl. Die innere Unruhe war von ihm gefallen. Tantchen war verreist und er hatte schon um 22 Uhr bei seiner Geliebten auf der Matte gestanden. Nachdem er sich eine Tiefkühlpizza reingezogen hatte, lehnte er sich zurück und sah sich einen Krimi an. Überhaupt kein Verlangen nach Sex schien er heute zu haben. Als Margareta sich zärtlich an ihn kuscheln wollte, sagte er nur, ohne den Blick vom Fernseher abzuwenden: »Später, Liebes, später!«

Wie du willst, dachte Margareta. Noch bestimme ich, was in meiner Wohnung geschieht. Sie ging in die Küche, nahm die Flasche Sekt aus dem Kühlschrank und öffnete sie gekonnt mit fliegenden Fingern. Die zwei Valium-Tabletten, die sie zuvor mit dem Mörser zerstoßen hatte, gab sie zuerst in eines der beiden Gläser, bevor sie den eiskalten Sekt hinzugab. Es sprudelte zum Verrücktwerden. Eine schäumende Gischt, die dem lieben Karol bald einen schönen Schlaf schenken würde. Vorsichtig goss sie Sekt nach. Als beide Gläser ziemlich gleich aussahen, balancierte sie diese ins Wohnzimmer, um ihm seinen Drink zu reichen.

»Komm, stoße mit mir an, Liebling!«

Verdutzt sah er sie an. »Sekt? Wieso?«

»Nur so«, honigsüß lächelnd reichte sie ihm das Glas. »Komm, sei kein Spielverderber!«

»Haben wir einen Grund zu feiern?«, wollte er wissen und vergaß für einen Moment den spannenden Krimi.

»Zum Wohl, Liebling«, säuselte Margareta und kippte ihr Glas auf Ex hinunter, in der Hoffnung, er würde es ihr gleichtun.

Und auch Karol trank seinen Sekt in einem Zug. Er schüttelte sich. »Schmeckt irgendwie bitter. Puh!«

»Ein trockener Riesling-Sekt.« Margareta musste schmunzeln.

Karol stellte sein Glas auf den Tisch und wandte sich nun Margareta zu. Na, ob das noch was wird?, fragte sie sich, als er sie mit funkelnden Augen sachte ins Schlafzimmer schob. Zum Glück setzte die Wirkung des Valiums erst 20 Minuten später ein, sodass sie den Sex mit Karol voll genießen konnte.

Was will ich hier?, grübelte Margareta, als sie schließlich mit zitternden Fingern den Schlüssel ins Schloss der Wohnungstür von Frau Koletzki steckte, während der liebe Karol nebenan in ihrem Bett den Schlaf des Gerechten schlief.

In der Wohnung war es stockfinster. Margareta brauchte ein paar Momente, um sich zu orientieren und einen Lichtschalter zu finden. Ihr war kalt, trotz der schon recht hohen Temperaturen des Wonnemonats Mai. Vorsichtig wanderte sie durch die Diele und beschritt anschließend das Wohnzimmer. Ein Wohnzimmer wie aus einer anderen Welt. Alles war ordentlich, sauber und aufgeräumt, und strahlte eine spießige Gemütlichkeit aus. Sofakissen hier, Sofakissen da, Lampenschirmchen mit Troddeln, Hardanger-Tischdecke auf dem Couchtisch. Ein Nussbaum-Wohnzimmerschrank auf der linken Seite, mit etlichen gerahmten Fotos irgendwelcher Urahnen in den offenen Fächern, ein Bild mit einem röhrenden Hirsch auf der rechten Seite über dem Sofa.

Lass es, Margareta, sagte sie sich. Was erhoffst du dir hier zu finden? Dringst in die Privatsphäre dieser alten Frau ein. Letztlich siegten Neugier und Trotz und sie ging zurück in die Diele. Sie entschied sich für die Tür ganz rechts, weil die Lage des Zimmers, sofern sie es von ihrem Schlafzimmerfenster aus richtig eingeschätzt hatte, passen müsste. Vorsichtig drückte sie die Türklinke herunter. Und richtig. Es war Karols Zimmer. Sie betätigte den Lichtschalter. Der Raum überraschte sie. Sie fühlte sich um mindestens 50 Jahre zurückversetzt. Geradeaus unter dem Fenster stand Karols Werkbank, ordentlich aufgeräumt. Links daneben eine Schleifmaschine, auf der rechten Seite zwei Wannen mit Schuhen, dahinter ein Regal, in dem sich ordentlich aufgereiht ebenfalls Schuhe befanden. Auf der linken Seite des Zimmers stand ein altertümliches

Holzbett, das Bettzeug mit dem zarten Blümchenmuster war ordentlich gefaltet. Die Tapete an den Wänden zierten ebenfalls neckische Streublümchen. In der Mitte des Zimmers, genau unter der mittelalterlichen Deckenlampe, stand ein alter Holztisch, mit Deckchen und Blumenvase. Um ihn herum reihten sich vier Stühle. Oh, Mann, wie bieder! Rosamunde Pilcher für Arme. Auf der rechten Seite stand ein passender zweitüriger Kleiderschrank. Antike Möbel für einen jungen Mann wie Karol. Kein Sofa, kein Couchtisch, nichts. Eine sehr starre Gemütlichkeit. Er war auf Tantchens Gnade angewiesen, dass sie ihn abends in ihr heimeliges Wohnzimmer ließ.

Gerade als Margareta den Kleiderschrank öffnen wollte, hörte sie Schritte hinter sich. Ihr Herz begann zu rasen. Wirkte das Valium bei Karol etwa nicht? War er ihr gefolgt? Sie wusste, was das zu bedeuten hätte. Langsam drehte sie sich um und stand Henriette Koletzki gegenüber. Uraltes, verwaschenes Nachthemd, offene lange Haare, keine Zähne im Mund. Die schwammen derweil sicherlich im Corega-Bad.

»Was wollen Sie hier?«, nuschelte Frau Koletzki wütend.

»Ich dachte, Sie sind verreist!« Margareta starrte die Frau an, die nun ganz nah an sie herangekommen war. Diese Augen. Fürchterliche, kalte blaue Augen hatte sie.

»Der Zug ist mir vor der Nase weggefahren. Bin ich wieder zurück mit der Straßenbahn nach Hause. Wo ist Karol? Was haben Sie mit ihm gemacht?«

Margaretas Herzschlag normalisierte sich so langsam wieder, obwohl die Angst vor der alten Frau blieb. Mit der stimmt was nicht, stellte Margareta erschrocken fest. Von wegen harmlose Vertriebene aus dem Osten. »Nichts habe ich mit ihm gemacht! Für was halten Sie mich? Er schläft drüben bei mir.«

»Ewig schleicht er sich nachts zu Ihnen. Sie haben ihn verhext!« Koletzki kam so nah an Margareta heran, dass diese den typischen Alte-Leute-Mundgeruch wahrnahm. Fragt sich, wer hier wen verhext, dachte Margareta. Diese Frau hat büschelweise Haare auf den Zähnen. Plötzlich verstand sie, wieso Karol solchen Respekt vor der Alten hatte. Nix mit liebem Tantchen. Die hatte es faustdick hinter den abstehenden Ohren.

»Also, was wollen Sie hier?«

»Tja, wenn ich das wüsste!« Margareta war ratlos. Wie sollte sie diese prekäre Situation erklären? Tantchen war schließlich nicht dumm.

»Sie spionieren ihm hinterher. Wenn er das wüsste!« Die Alte schüttelte den Kopf, dass ihre graue Mähne nur so hin und her flog.

Wer konnte schon ahnen, dass sie so blöd war, den Zug zu verpassen?

»Ich will einfach nur sicher sein, dass er mit dem Mord an der jungen Frau nichts zu tun hat. Mehr nicht.«

»Und was suchen Sie da? Was soll in seinem Schrank oder unter seinem Bett sein?« Seufzend watschelte die alte Frau zu ihrem Sofa und setzte sich.

An die gebisslose Aussprache hatte sich Margareta inzwischen gewöhnt. Sie zuckte mit den Achseln. »Ich weiß nicht, was ich suche. Ich weiß es wirklich nicht!«

»Wissen Sie, Karol ist ein netter junger Mann, ist fleißig, bescheiden. Aber er ist illegal hier. Will sich nicht den Behörden stellen. Ich bin eine alte Frau. Habe Unvorstellbares mitgemacht. Mir wird das alles zu viel. Ständig zucke ich zusammen, wenn es an der Tür klingelt. Was mutet man mir zu?« Tränen liefen über die Wangen der alten Frau. »Ich koche für ihn, ich kaufe ein, ich wasche seine Sachen. Es reicht mir. Meine eigenen Kinder, die, die mir geblieben sind, sind erwachsen. Er ist mir ganz einfach lästig. Außerdem hieß es, nur für einige Wochen. Nun lebt er schon bald ein Jahr bei mir.«

»Aber er arbeitet doch!«, verteidigte Margareta ihn.

»Mädchen! Was verdient er denn da? Mal 100, mal 150 Euro die Woche. Davon muss er Material kaufen und die Schleifmaschine und das Werkzeug abzahlen, welches ihm Slavko besorgt hat.«

Margareta fühlte sich unwohl und wollte gehen. »Werden Sie es Karol erzählen?«

»Was würde das bringen?«

So leise, wie sie gekommen war, verschwand Margareta wieder, in der Hoffnung, die alte Frau würde die Klappe halten. Was würde Karol sagen, wenn er morgens in die Wohnung käme und Tantchen schon daheim wäre? Soll nicht meine Sorge sein, sagte Margareta sich. Sie würde ihn um 7 Uhr wecken, einen starken Kaffee machen, ihn ein wenig bemitleiden, weil er so müde und zerschlagen war. Ihm den Rat geben, keinen Sekt mehr zu trinken, wenn er ihn nicht vertrug, und tschüss.

13.

Er hätte halb liegend dagesessen, als schliefe er, die Arme über der Brust gekreuzt, an einen großen Stein gelehnt, der neben dem plätschernden Bächlein stand, erzählte man sich. An diesem Rinnsal, welches der Quelle im Märchengrund entsprang und im Quellteich mündete. Sein Fahrrad stand, unverschlossen, wenige Meter weiter an einer Bank gelehnt. Nur selten führte ihn sein Weg durch den Berger Park, wenn er von seinen Einkäufen auf dem Buer'schen Wochenmarkt nach Hause fuhr. Er hatte wohl eine Rast eingelegt und schon mal ein wenig von den gut duftenden Einkäufen genascht. Ein kleines Stückchen Wurst vom polnischen Wurststand oder eine Ecke des frischen Streuselkuchens vom Bäcker gegenüber. Dabei sah er auf die Bronzefigur ›Nixe‹, die mit ihrer schlanken Silhouette auf der kleinen Insel thronte.

Ein Spaziergänger hatte ihn gefunden. Hatte gedacht, ihm sei schlecht geworden und er hätte sich deshalb dort hingesetzt. Er hatte ihn angesprochen und leicht an der Schulter gerüttelt, dann aber gemerkt, dass er wohl tot war. Mit seinem Handy rief er die Polizei. Es folgte das übliche Prozedere. Die Polizisten forderten Verstärkung an. Die Kripo und ihr Gefolge rückten aus. Der Tatort wurde weitläufig abgesperrt.

Nur eine knappe Stunde später, nachdem die Polizei da war, rief Waltraud ihre Tochter Margareta an und berichtete ihr, dass man ihren Vater im Märchengrund tot aufgefunden hatte.

Ihre Putzorgie unterbrechend, raste Margareta im Jogginganzug mit dem Auto zu ihrer Mutter, um sie abzuholen und mit ihr zum Fundort zu eilen. Doch sie bekamen Günther nicht mehr zu sehen. Er wurde gerade in einem Zinksarg davongetragen und in einen Leichenwagen verladen.

Margareta konnte nicht glauben, dass ihr Vater in dem Sarg liegen sollte. Sie stand völlig unter Schock. Ihr lieber guter Vater. Alle bösen Anschuldigungen der letzten Wochen, was seine Flirterei mit der Nachbarin betraf, waren vergessen. Das hatte er nicht verdient. Sie wunderte sich über die Ruhe, die ihre Mutter ausstrahlte. Völlig gefasst sprach sie mit dem Kommissar und fragte ihn nach der Todesursache, brachte den Mord an Sabine ins Spiel und sprach gar von einer Mordserie. Konnte man bei zwei Morden innerhalb weniger Wochen in einem Stadtteil schon von einer Serie sprechen? Der Kommissar zuckte nur mit den Schultern, erzählte von einer Platzwunde am Kopf, welche nicht unbedingt die Todesursache sein musste. Die Gerichtsmediziner würden es klären, meinte er.

»Was meint du, Gretchen, ist ein Reihengrab besser oder soll ich eine Gruft nehmen?«, fragte Waltraud ihre Tochter, die mit verweinten Augen am Tisch saß, den Kopf nach vorn gebeugt.

»Wie du redest! Als handele es sich um eine Neuanschaffung im Haushalt und nicht um das Grab deines Ehemannes.«

»Was soll ich tun? Soll ich mich etwa aufhängen? Ich muss einen kühlen Kopf bewahren.« Waltraud setzte Teewasser auf und holte Tassen aus dem Schrank.

»Dein Kopf ist nicht kühl, der ist kalt wie Eis!« Margareta konnte nicht fassen, wie ihre Mutter mit der Situation umging.

»Ach, Kind, rede du nur! Ich bin dir nicht böse. In deinem jetzigen Zustand weißt du nicht, was du sprichst.«

Warum tat ihre Mutter bloß so, als ginge sie das alles überhaupt nichts an? War das ein Schutzmechanismus? Würden die Trauer und der Zusammenbruch noch kommen? Dann, wenn sie registriert hatte, dass ihr Ehemann tot war und nie mehr zurückkäme?

Es klingelte an der Haustür. Gisbert und seine Holde betraten die Küche und redeten gleich drauf los. Vergleichbar gefühllos und geschäftig wie Waltraud, die inzwischen Kekse auf einen Teller schüttete. Ob er das gute Fahrrad seines Vaters haben könne, wollte Gisbert wissen.

Ich muss hier raus, dachte Margareta. Sofort. Nur weg hier von dieser gefühllosen Bande. Lass ihn gewesen sein, wie er war, aber so ein Verhalten hatte er nicht verdient.

Während sie in ihrem alten Jogginganzug ziellos durch den Stadtwald schlenderte, lief das Leben ihres Vaters wie ein Film in ihrem Kopf ab. Bilder aus glücklichen Tagen. Bilder aus weniger glücklichen Tagen. Urlaube in den Bergen. Sie in kurzem Rock mit weißen Sandalen, ihr Bruder Gisbert in kurzer Lederhose. Wanderungen an heißen Tagen bis zum Umfallen.

Respekt vor dem Vater ließ die Kinder kaum aufbegehren. Neben ihm lächelnd ihre Mutter. Waren sie da glücklich gewesen? Ja, sie glaubte zu wissen, dass sie auf ihre Art glücklich waren. Wie sie ihn oft angehimmelt hatte, ihren Gebieter und Ernährer, war Margareta bereits als Kind aufgefallen. Mindestens dreimal im Jahr erzählte er auf Familienfeiern, wie er seine Frau aus dem Konsum befreit hätte. Er, der große Held, hatte die 18-jährige Waltraud aus dem ortsansässigen Supermarkt befreit. Eine wahre Heldentat. Als Kind dachte Margareta, dass die Arbeit im Konsum etwas furchtbar Schlimmes sein musste und sie stolz auf ihren Vater sein konnte, weil er ihre Mutter von dort befreit hatte und sie ab dem Tag der Hochzeit da nicht mehr hinmusste. Erst in der Pubertät kamen ihr langsam Zweifel und sie fragte sich bei solchen Machosprüchen oft: Hej, was erzählt er da für 'ne Kacke! Ein Heimchen am Herd hatte er haben wollen. Ein unterwürfiges Hascherl, welches ihn bekocht und versorgt, ansonsten die Klappe hielt, wenn der große Gebieter sprach. Sie hatte sich oft gewundert, dass ihre Mutter bei solchen Sprüchen milde und gütig lächelte. Oft saß sie da wie eine Märtyrerin, und Margareta hätte sie liebend gerne kräftig geschüttelt: Wach auf! Lass dir nicht alles gefallen! Ich werde es anders machen, werde fleißig arbeiten, um von einem Mann unabhängig zu sein, schwor sie sich. Doch als sie nach Beendigung der Realschule aufs Gymnasium wollte, um ihr Abitur zu machen, begehrte der Zechenarbeiter auf. »Du machst eine Ausbildung. Wer weiß, was kommt, da hast du was Solides. Abitur, pah! Wichtiger ist ein Lebensabitur, gut kochen können und die Familie versorgen, das zeichnet eine Frau aus.«

Du musst es wissen, du Blödmann!, hätte sie ihrem Vater am liebsten ins Gesicht geschleudert. Kannst ja nur nicht haben, wenn jemand schlauer ist als du! Doch sie verkniff es sich, biss die Zähne zusammen und ließ ihn reden. Was war außerdem an ihrem lausigen Verkäuferinnenjob solide? Und große Sprünge konnte sie mit ihrem Gehalt keine machen. Aus Trotz hatte sie sich bis kurz vor der Schulentlassung nirgendwo beworben. Mit ihren guten Zeugnissen hätte sie locker eine viel bessere Ausbildung machen können. Zum Schluss blieb ihr nur der Ausbildungsplatz in dem großen Kaufhaus. Im vorigen Jahr hatten sie ihr 20-jähriges Firmenjubiläum gefeiert. Doppeltes Gehalt gab es. Was ihr nach all den vielen Abzügen blieb, investierte sie in ein besseres Auto.

»Du wirst sowieso heiraten und dann sorgt dein Mann für dich«, war ein weiterer Spruch aus Papa Günthers verstaubten Lebensweisheiten. Einen anständigen Mann sollte sie sich suchen. Doch was war anständig?, fragte sie sich damals, als sie um die 20 Jahre alt war. Sollte er so anständig wie mein Vater sein? Treu sorgend und unterdrückend? Unter all den Typen, die sie in den Diskotheken kennenlernte, war der große Erlöser nicht zu finden. Weder Christian noch Bernhard oder Rolf waren besonders fleißig, gingen gern zur Arbeit und hatten sich als Ziel gesetzt, eine Familie zu gründen und zu ernähren. Sie wollten nur mit ihr in die Kiste, polierten an ihren Autos herum und kippten sich jedes Wochenende einen hinter die

Binde. Nach drei Reinfällen machte sie eine Männerpause, um zu sich selbst zu finden. So fand sie Bertl. Einen gut aussehenden, ehrgeizigen Mann, leider nicht beziehungstauglich. Warum brachte man ihn eigentlich nicht um?, dachte sie, während sie an der Waldschenke vorbeilief, an schnatternden Menschen, draußen auf der Terrasse, an Tischen mit rot karierten Tischdecken.

Die Bilderserie in ihrem Kopf war noch nicht zu Ende. Sie und ihr Vater beim Drachenbau. Ihr Vater mit selbstgefalteter Papiermütze auf der Leiter stehend, um ihre Wohnung zu tapezieren. Ihr Vater, lächelnd, die Börse zuckend, um ihr heimlich ein Scheinchen zuzustecken, wenn sie wieder einmal knapp war.

Während Margareta neben ihrer Mutter, direkt nach dem Pfarrer, hinter dem Sarg ihres Vaters herging, konnte sie nach wie vor nicht glauben, dass er in dieser Eichenkiste auf dem mit einer grünen Samtdecke geschmückten Katafalk lag und zu seiner letzten Ruhestätte gebracht wurde. Er stand doch noch mitten im Leben. Nächste Woche wollte er mit Waltraud in den Urlaub fahren. 14 Tage Schwarzwald.

Die letzten Tage waren für sie die Hölle gewesen. Inzwischen war es amtlich, dass ihr Vater mit einem stumpfen Gegenstand erschlagen worden war. Sie grübelte jede Nacht, suchte nach vielleicht vorhandenen Zusammenhängen der beiden Morde. Aber gab es diese überhaupt? Wer brachte zuerst eine junge Frau um und anschließend einen alten Mann? Was waren die Motive?

Margaretas Mutter hatte ganz andere Sorgen. Man könnte meinen, sie wäre die Managerin eines Sterbebetreuungsdienstes, so wie sie sich um alles kümmerte, so, als ginge sie der Tod des Ehemannes selbst überhaupt nichts an. Als handele es sich um den Tod irgendeines Nachbarn. Sie schien seit der Todesnachricht ihres Ehemannes richtig aufgeblüht zu sein. In den vier Tagen, in denen Margareta die meiste Zeit Löcher in die Luft gestarrt hatte, hatte Waltraud nicht nur ihren gesamten Haushalt auf den Kopf gestellt, sie war auch täglich am Sarg ihres Mannes gewesen, um ordentlich Abschied zu nehmen, was nach ihren Worten sehr wichtig sei, um richtig trauern zu können.

Wann würde sie endlich damit anfangen?, fragte sich Margareta. Bis jetzt war bei Waltraud von Trauer keine Spur. Den ganzen Tag über telefonierte sie mit irgendwelchen Verwandten und Freunden, managte Blumenbestellungen, Übernachtungsmöglichkeiten für die Auswärtigen, suchte Sprüche für die Grabrede aus der Bibel, rief 120-mal den Pfarrer an, weil sie eine weitere Idee hatte, was bei der Andacht besser zu machen sei. In dem Café ging sie mehrmals höchstpersönlich vorbei, um die Details des Leichenschmauses durchzusprechen. Was anderen frischen Witwen zur Qual wurde, sich um so belanglose Dinge zu kümmern, während sie mit dem schmerzlichen Verlust fertig werden mussten, war für Waltraud ein echter Kick. Margareta konnte es nicht fassen, was sie erlebte. Ist diese euphorisch zeternde Frau wirklich meine Mutter?, wunderte sie sich mehrmals während dieser Tage.

In weiter Ferne sah sie Karl-Heinz, den Späher

mit den Eisaugen, der dem Trauerzug voranschritt. Erschrocken gegrüßt hatte er, als er die verheulte Margareta unter den Trauergästen erkannte. Ob er wusste, dass in dem Sarg, für dessen freies Geleit er heute sorgen musste, ihr Vater lag?

Selbst die erfahrenen, sehnigen Hände und der muskulöse Körper des tollen Karols hatten sie in der letzten Nacht weder in Ekstase bringen noch trösten können. Traurig hatte er sie aus seinen braunen Augen angesehen, sie einfach fest in die Arme genommen und geschwiegen. Kein nerviges Gelaber wie: Es tut mir ja so leid um deinen armen Vater. Oder: Ich weiß, was du jetzt durchmachst. Er verzichtete auf diese hohlen Floskeln und war ganz einfach nur da. Dabei hatte er genug eigene Sorgen. Endlich wollte er sich den Behörden stellen, um aus der Illegalität herauszukommen.

»Ich bin mehr Deutscher als manch anderer!«, hatte er zu ihr gesagt. Er könne nicht verstehen, wieso er diesen Weg überhaupt gewählt und nicht, wie all die anderen, einen Aufnahmeantrag bei der deutschen Botschaft gestellt hatte, so wie es Jahre zuvor seine Familie getan hatte. »Hinterher ist man immer schlauer«, meinte er.

»Bei deinen perfekten Deutschkenntnissen wäre es doch kein Problem gewesen«, bestätigte Margareta. Ein Klacks. Er wäre legal über das Aufnahmelager Friedland nach Deutschland gekommen und irgendeiner Stadt zugewiesen worden. Ob sie sich dann allerdings jemals kennengelernt hätten, war fraglich.

Als der Trauerzug um die Ecke bog, konnte Margareta sehen, wie sich Karl-Heinz tief über das noch weit entfernte ausgehobene Grab beugte und angestrengt in die Kuhle starrte. So wie andere sich weit aus dem Fenster lehnen, beugte er sich mit seinem knitterigen Leinenanzug tief über das Grab. Was vermutete er dort? Dass schon jemand darin lag? Trotz ihrer Trauer musste Margareta schmunzeln, denn zeitweise sah es so aus, als würde er den Halt verlieren und in das Grab stürzen.

Knarrend und krachend wurde der Sarg von den teilnahmslosen Trägern heruntergelassen. Der schlimmste Augenblick für die Angehörigen. Die letzte Seilfahrt des Bergmanns Günther Sommerfeld führte ihn in seine Grube. Mutter Sommerfeld, mit neuer Dohle auf dem Kopf, verzog keine Miene. So, als spiele sie die Rolle einer leidenden zurückgelassenen Ehefrau, kam es Margareta vor. Das Kleid, welches sie sich am Vortag zusammen mit Margareta bei Hertie ausgesucht hatte, war viel zu auffällig für eine Beerdigung. Mehr weiß als schwarz war es. Die wellenartigen schwarzen Streifen stachen Margareta in die Augen. Als sie nach der Grabrede am offenen Grab Aufstellung nahmen, Waltraud, ihre beiden Kinder, die Schwiegertochter und die Enkel, schüttelten sie die Hände von mindestens 70 Personen.

Margareta fragte sich, ob sich unter den vielen Menschen, die tröstende Worte sprachen, vielleicht der Mörder ihres Vaters befand. Verwandte, Nachbarn, ehemalige Arbeitskollegen passierten die Familie. Sie schüttelte auch vielen Menschen die Hand, die sie gar nicht kannte. Sogar Bertl war gekommen und hatte Margareta – eh sie sich versah – an seine Brust gerissen und sie anschließend auf beide Wangen geküsst. »Du kannst auf mich zählen«, hatte er ihr ins Ohr geflüstert. Ich pfeife darauf, hätte sie gerne gesagt. Sie wünschte sich Karol herbei. Sie stellte sich vor, wie er in einem schwarzen Anzug aussähe. Eine gute Figur würde er machen. Er wäre die ideale Schulter zum Anlehnen, genau die, die sie jetzt gebrauchen könnte.

In den zwei lässig gekleideten Herren, in Lederjacken und Jeans, die etwas abseits vom Geschehen standen, vermutete Margareta die Kripo.

Beim Kaffeetrinken in dem Café direkt gegenüber dem Friedhof herrschte ein heilloses Durcheinander. Für 50 Personen war vorbestellt worden – Waltraud hatte zwei Tage lang an der Liste der Geladenen gearbeitet –, doch hatte sie es ja nicht lassen können, darüber hinaus noch Hinz und Kunz, die ihr am Grab die Hand gereicht hatten, ebenfalls einzuladen. Nun war man bemüht, zusätzliche Plätze zu schaffen, Tische zusammenzurücken und klappernd Geschirr aus den Schränken zu reißen. Margareta hasste so unplanmäßige Verläufe. Allein dafür hätte sie ihrer Mutter in den Hintern treten können. Wieso musste das Begräbnis überhaupt so groß aufgezogen werden?, grübelte sie. Es hätte sie kaum gewundert, wenn sie sogar Karl-Heinz, den Späher, eingeladen hätte. Karl-Heinz, ich muss ihn mir unbedingt noch einmal vorknöpfen, nahm sich Margareta vor. Wie ein ertapptes Huhn hatte er sie nach der Beisetzung angesehen. Waltraud war in ihrem Element und managte das ganze Event. Ihre lauten Zwischenrufe gingen Margareta so an die Nieren, dass sie am liebsten auf dem Absatz kehrtgemacht hätte. Tränen schossen ihr in die Augen. Als befände ihre Mutter sich in der manischen Phase einer psychischen Erkrankung. Was würde jetzt bloß werden? Würde sie sich an sie klammern und ihr im Nacken hängen wie ein lästiger Kleiderbügel?

Zwei ihrer nervigen Tanten, jüngere Schwestern ihrer Mutter, drängten sich mit an den Tisch der engsten Verwandten, an dem schon Kaugummi kauend, die Arme aufgestützt, ihr lieber Bruder Gisbert saß und auf das wartete, was gleich kommen würde. Lecker Essen und ein Bierchen. Lecker Essen und Bierchen kamen für Gisbert an erster Stelle. Seine beiden Nachkommen bettelten nach Cola.

»Papa! Ich will Cola. Ich hab sonn Dorst!«, kam von beiden in halbminütigem Abstand. Ihre Schwägerin, die Mutter dieser verzogenen Rotznasen, saß in ihrem Kostüm zu 20 Euro da und grinste nur. Was sollte sie auch sagen? ›Ich bin da, um schön auszusehen‹, war ihre Devise.

Nach einer weiteren Cola-Ansage gingen Margareta die Nerven durch. Sie schlug mit der Faust auf den Tisch und rief lautstark: »Kerl, haltet jetzt die Klappe und wartet, bis ihr dran seid!«

»Ihr müsst es Gretchen nachsehen«, rief Waltraud mit gnädigem Blick durch den Gastraum, »sie befindet sich in einem Ausnahmezustand, ihr Vater ist schließlich ermordet worden.«

Und du, Mutter? Was ist mit dir, wollte sie gerade schreien. Dein Mann wurde heute beerdigt und du führst dich auf, als ginge dich das alles gar nichts an. Du behauptest, ich befände mich im Ausnahmezustand? Margareta fand die Äußerung ihrer Mutter geradezu grotesk.

Die nächste Stunde war die schlimmste, an die sie sich erinnern konnte. Ihre verschwitzte Mutter neben sich, pausenlos, mit Rührei bekleckertem Mund, irgendwelche hohlen Monologe durch den ganzen Raum brüllend. Zur Rechten ihr Bruder, der sich den Bauch vollschlug, als hätte er drei Wochen nichts bekommen. Daneben Schwägerin, mit verschmiertem Lippenstift, Kaffee schlürfend. Die Kinder hatten schon jeder die vierte Cola und Tischsitten wie die Steinzeitmenschen. Ja, und dann die Tanten, angereist aus dem fernen Sauerland. Woll nicht? Besserwissend, Tipps verteilend, gütige Blicke aussendend. Das war zu viel. Ich muss hier raus, dachte Margareta und spürte eine Riesen-Panikwelle auf sich zukommen. Sie schnappte ihre Tasche, sagte zu ihrer Mutter kurz: »Ich geh dann mal«, und hastete zum Ausgang.

»Aber Gretchen! Am Beerdigungstag bleiben die engsten Verwandten den ganzen Tag zusammen, um sich zu trösten. Wir gehen alle noch zu mir.«

Margareta brauchte jetzt ganz anderen Trost. Starke Arme, die sie festhielten, ein Mund, der ihren Hals küsste, Hände, die suchend über ihren Körper fuhren und Augen, die sie liebevoll ansahen. Dein Vater wurde vor ein paar Stunden beerdigt und du kollerst dich hier mit einem Kerl im Bett herum, schimpfte sie sich. Obwohl ihre Gedanken um den Mörder ihres Vaters kreisten, ließ sie sich von Karol ablenken. Sie war heute der passive Teil und genoss ganz einfach nur seine Zärtlichkeiten. Verwundert stellte sie fest, dass sie ihn gar nicht mehr, wie vor ein paar Wochen, loswerden wollte. Sie hatte sich tatsächlich so an ihn gewöhnt, dass sie sich vorstellen konnte, irgendwann einmal ganz mit ihm zusammenzuleben. Natürlich nur, wenn sein Aufenthalt legalisiert worden war. Arbeit müsste er natürlich haben. Ob er jedoch bei der schlechten Arbeitsmarktlage überhaupt einen Job in seinem Beruf finden würde, war mehr als fraglich. Für sie stand inzwischen eindeutig fest, dass er mit dem Mord an Sabine nichts zu tun hatte. Und mit dem an ihrem Vater erst recht nicht. Er hatte ja überhaupt keine Motive.

Er war mehr als fürsorglich, kochte ihr hinterher Tee, hörte ihr zu, tröstete sie, wenn sie nicht aufhören konnte zu weinen. Sie fragte sich, ob das schon Liebe war, was sie für diesen Mann empfand.

Vor einigen Tagen hatte sie ihren Vater noch wüst beschimpft und einen Sittenstrolch genannt. Das tat ihr jetzt leid. Sie zermarterte sich das Hirn, wer ihn umgebracht haben könnte. Er war doch überall, trotz seiner Macken, sehr beliebt. Wieso hatte er ausgerechnet im Märchengrund eine Pause eingelegt? Das war eigentlich nicht seine Strecke, wenn er von Buer nach Hause fuhr. War er vielleicht mit jemandem verabredet gewesen? Mit weit aufgerissenen Augen sprang sie vom Sofa auf und rannte in ihrem Wohnzimmer auf und ab. Nur eine Person kam als Mörder infrage, fiel es ihr wie Schuppen von den Augen.

Das Telefon schreckte sie am anderen Morgen aus dem Schlaf. Margareta hatte sich am Tage nach der Beerdigung ihres Vaters freigenommen. Ein Blick auf den Wecker sagte ihr, dass es erst kurz nach sieben Uhr war. Was wollte Waltraud denn um diese Uhrzeit?, ärgerte sie sich. Bereits am aggressiven Klingeln meinte sie erkennen zu können, dass am anderen Ende der Leitung nur ihre Mutter sein konnte. Sie seufzte, bevor sie ein mauliges »Hallo« in den Hörer rief. Fang schon an mit deiner Gardinenpredigt, dachte sie. Beschimpf mich, dann habe ich es hinter mir. Ja, es ist eine bodenlose Frechheit, beim Beerdigungskaffee einfach abzuhauen. Ja, die guten Tanten, die man ja so selten sieht! Ja, was mögen die wohl gedacht haben? Überraschenderweise kam nichts dergleichen von ihrer Mutter. Sie hatte ganz andere Sorgen.

»Gretchen, nun rate mal, was passiert ist?«, schrie ihre Mutter fast in den Hörer, sodass Margareta ihn ein paar Zentimeter vom Ohr entfernt hielt. Was soll denn passiert sein? Mein Vater ist tot, meine Mutter lebt, wie man unschwer hören konnte.

»Erna Hartmann ist heute Nacht gestorben! Stell dir das mal vor! Der arme Walter ist völlig hilflos. Regelrecht zusammengebrochen ist er.«

»Ja, was hast du denn damit zu tun?« Margareta konnte nicht fassen, wieso sich ihre Mutter dermaßen darüber entrüstete. Eine alte Nachbarin war gestorben. Traurig, aber leider nicht zu ändern.

»Nun erlaube mal! Walter hatte nur noch seine Mutter. Außerdem ist er ein Kollege deines Bruders. Wie kannst du da so herzlos daherreden?«

»Erinnere dich, dass du gestern deinen Mann zu Grabe getragen hast. Du hast wirklich andere Sorgen!«

»Also, etwas Verständnis hätte ich schon von dir erwartet. Ich bin maßlos enttäuscht.«

»Ja, wenn du meinst!« Wer fragt denn, wie es mir geht?, wollte sie hinterherschießen. Zählte ein verkappter alter Sohn, der noch mit 50 an Muttis Busen hing, etwa mehr als eine leibliche Tochter? Würde sie sich um meine Arbeitskolleginnen genauso kümmern?

»Du, ich muss jetzt los, ich habe Walter versprochen, dass ich ihm bei den Formalitäten helfe. Der Junge ist ja völlig hilflos.« Und schon hatte sie aufgelegt. Diesen alten Vorstadtcasanova ›Junge‹ zu nennen, war witzig. Da hatte er ja gleich den nächsten Busen gefunden, an den er sich in seiner Verzweiflung schmeißen konnte. Und Waltraud kannte sich ja inzwischen mit Bestattungen bestens aus. Sie würde Walter schon beistehen. Lachhaft, einfach lachhaft, fand Margareta. Sei doch froh, sagte eine andere Stimme in ihr, wenn das ihre Art von Trauerbewältigung ist, hast du immerhin deine Ruhe.

14.

Man hatte die Wohnung der Koletzki auf den Kopf gestellt. Gleich mehrere uniformierte Polizisten sowie Kripomänner in Zivil standen gestern mit einem Durchsuchungsbefehl vor der Wohnungstür und wollten zu ihrem Neffen. Nachdem man nichts Verdächtiges gefunden hatte, nahm man den Keller in Augenschein und anschließend den Dachboden. Dort entdeckten sie die Stiefel, verglichen das Profil mit dem Gipsabdruck vom Leichenfundort und nahmen Karol mit. Nie würde sie den verzweifelten Blick vergessen, mit dem er sie, bevor er unsanft in den Polizeiwagen verfrachtet wurde, durch ihr Küchenfenster bedachte. Ihr Herz hämmerte wie verrückt. Wieso nahm man ihn mit? Nach so vielen Wochen. Warum? Woher wusste die Polizei auf einmal von ihm? Eine halbe Stunde später klingelte sie an Koletzkis Tür. Nachdem Henriette die Tür aufriss, als erwarte sie Besuch, fielen Margareta sofort die eiskalten Augen auf. Sie hat die gleichen Eisaugen wie Karl-Heinz, dachte sie. Die Pupillen waren winzig klein und blickten beängstigend scharf.

»Was war los? Wieso hat man Karol mitgenommen?«

Die alte Koletzki zuckte nur mit den Schultern. »Wird schon seine Richtigkeit haben.«

»Was hat seine Richtigkeit?«, herrschte Margareta die alte Frau an.

»Na, haben sie die Stiefel auf dem Dachboden gefunden. Sohle stimmt überein mit Abdrücken am Fundort von der Leiche. Wird er verhört und kommt in Untersuchungshaft.«

Margareta hatte den Eindruck, die Koletzki war erleichtert, dass man ihren Neffen mitgenommen hatte und sie nun erst einmal eine Sorge los war.

»Aber jemand muss ihn doch angezeigt haben. Was sagt denn die Polizei?«

»Was weiß ich«, antwortete die alte Frau gleichgültig.

Ein weiterer Blick aus diesen stechenden Eisaugen, und Frau Koletzki schloss grinsend die Tür. Sie ging in die Küche und setzte sich zufrieden an den Tisch. War ein guter Tipp, den mir meine liebe Freundin Christel gegeben hat, dachte sie. Der liebe Gott möge mir verzeihen.

Schon wieder hatte Margareta sich freigenommen, was bei ihrem Chef gar nicht gut ankam. Doch sie musste Karol unbedingt sprechen. Mit klopfendem Herzen ging sie vom Parkplatz zum Besuchereingang der Justizvollzugsanstalt Essen in der Krawehlstraße und erledigte, nachdem sie dreimal den gleichen Spruch bei verschiedenen Leuten aufgesagt hatte, die Formalitäten.

Karol saß da wie ein Häufchen Elend. In wenigen Tagen um Jahre gealtert. Das hatte er nicht verdient. Sie war von seiner Unschuld überzeugt. Doch wieso fand man seine Stiefelabdrücke am Fundort der Leiche, hatte sie sich in den letzten Tagen immer wieder gefragt.

»Wie geht es dir?«, fragte sie ihn und schob ihm eine große Tafel Schokolade über den Tisch. Die Sprechzeit war begrenzt, zehn Minuten hatte man ihr zugestanden.

»Schön, dass du da bist.« Ein zaghaftes Lächeln war auf Karols Gesicht zu erkennen. »Es geht mir gut. Ich habe einen netten Anwalt.«

»Aber du hast nichts damit zu tun, oder?« Margaretas Stimme war gerade so laut, dass sie hoffte, der Wachmann, der an die Wand gelehnt in der Ecke saß, möge ihre Worte nicht hören.

»Ich habe sie nicht umgebracht.« Er nahm die Schokoladentafel in die Hand und strich gedankenverloren über das Papier.

»Aber du warst auf dem Friedhof?«, fragte ihn Margareta, nichts Gutes ahnend.

»Ja, ich war dort und habe sie gesehen.« Er blickte Margareta nicht in die Augen, konzentrierte sich wieder auf die Schokolade.

»Warum hast du mir nichts davon erzählt?« Sie konnte es nicht fassen, was sie da hörte.

»Was hätte es gebracht? Ich habe sie nicht umgebracht. Sie war schon tot! Was hätte ich denn tun sollen? Die Polizei verständigen? In meiner Lage?«

»Du hast sie tot da liegen sehen und bist nach Hause gegangen, als wäre nichts gewesen? Was, wenn sie zu dem Zeitpunkt noch gelebt hat?«

»Sie war tot! Hätte ich die Polizei gerufen, wäre sie auch nicht wieder lebendig geworden.«

Margareta fielen die schrecklichen Fotos ein, die man ihr in den Briefkasten gesteckt hatte. Jetzt war ihr klar, wieso Karol so komisch reagiert hatte, als sie ihm die Fotos zeigte. »Hast du sie fotografiert?«

»Sag mal, spinnst du? Ich habe überhaupt keinen Fotoapparat. Außerdem, für wie pervers hältst du mich?« Enttäuscht sah er sie an.

»Dann muss der Täter sie fotografiert haben. Oder es war noch jemand dort. Hast du was bemerkt?«

»Nein, es hat geregnet. Es war 2 Uhr nachts. Ich war ganz allein auf dem Friedhof.«

»Hast du dem Anwalt wenigstens die Wahrheit gesagt?«

»Ja, ich habe ihm alles erzählt. Er will sich auch um mein Aufnahmeverfahren beim Bundesverwaltungsamt kümmern.«

Na wenigstens etwas, dachte Margareta, dann ist er endlich nicht mehr illegal in Deutschland. Wenn er auch noch alle von seiner Unschuld überzeugen kann, haben wir vielleicht eine Chance. Obwohl sie schon enttäuscht war, dass er ihr nichts von seinen Beobachtungen in der Mordnacht erzählt hatte.

»Die Besuchszeit ist um«, sagte der Wachmann genervt.

Karol drückte zärtlich Margaretas Hände und sah sie mit feuchten Augen an. »Du glaubst mir doch, oder?«

»Ja, ich glaube dir«, sagte sie mit einem Kloß im Hals. Was hätte sie sonst sagen sollen? Etwa: Na, so ganz ja nicht. Leise Zweifel bleiben mir.

Sie folgte dem Wachmann zur großen Eisentür, die er gewichtig aufschloss. An der Pforte bekam sie ihren Personalausweis wieder ausgehändigt, und als das grüne Lämpchen an der Tür leuchtete, stand sie wieder draußen.

Sie musste so schnell wie möglich mit Karl-Heinz sprechen. Die Fotos mussten von ihm sein. Er wusste mehr, als er zugab. Sie würde ihn so in die Mangel nehmen, bis er endlich redete. Notfalls würde sie Gewalt anwenden, beschloss sie. Sie machte sich die größten Vorwürfe, die Fotos nicht längst der Polizei übergeben zu haben. Außerdem musste sie unbedingt ein weiteres Mal mit der Koletzki sprechen. Sie wird sicher bemerkt haben, dass Karol in der Nacht weg war. Hatte sie ihn vielleicht bei der Polizei verpfiffen, die alte Schlange?

Margareta hatte das Gefühl, ihr Leben spielte sich nur noch auf dem Friedhof ab. Als gäbe es für sie lediglich Trauer, Tod und dunkle Tage. Es kam ihr vor wie ein Déjà-vu. Wieder rannte sie einem Sarg hinterher. Wieder ihre Mutter an der Seite, wieder Karl-Heinz, der Späher, vorneweg. Sie hatte ihn bisher nicht zu fassen bekommen, obwohl sie ihm schon mehrfach auf dem Friedhof sowie an seiner hauseigenen Selterbude aufgelauert hatte. Er war tagelang wie vom Erdboden verschluckt.

Wieder war es ein Sarg aus guter alter Eiche, sogar der gleiche Pfarrer wie bei der Beerdigung ihres Vaters schlich mit gesenktem Kopf hinter diesem her. Danach der gute Walter, neben seiner zierlichen Tante Notburga, die eigens zum Begräbnis ihrer Schwester aus Hückeswagen angereist war. Und gleich hinter den beiden Waltraud und Margareta, als gehörten sie zur

Familie. Margareta fand es unmöglich, gleich hinter Sohn und Schwester dem Trauerzug zu folgen. Doch Walter hatte es angeblich so gewollt. Er trug einen Anzug, wie ihn Margareta nie zuvor live gesehen hatte. Ihre Augen bissen sich regelrecht in dem Muster fest. Rock Hudson hatte in einem Fernsehfilm, den sie vor Jahrzehnten gesehen hatte, ein ähnliches Uraltmodell getragen. Um seine Filmpartnerin Doris Day zu beeindrucken und ihr seine Unerfahrenheit mit Frauen glaubhaft zu machen, ließ er sich einen alten Ladenhüter aus dem Keller eines Bekleidungsgeschäftes holen. Walters Anzug sah original genauso aus. Ein grobes Pfeffer-und-Salz-Muster, riesiges Revers und dazu eine Schlaghose. Eindeutig ein Wintermodell und das im Monat Juni, bei 30 Grad im Schatten. Das weiße Hemd darunter stammte ebenfalls aus den frühen 60er-Jahren und hatte einen übergroßen Kragen. Schon als Walter ihr am Morgen an der Trauerhalle entgegenkam, ein Pfund Pomade im Haar, musste sie wie gebannt auf den Hosenschlitz seines tollen Anzugs starren. Eine monstergroße Öffnung war das. Da hätte man wer weiß was hervorholen können. Der Schlitz war so lang, weil die Hose ihm bis fast unter die Brust reichte. Selbst jetzt, während sie dem Sarg folgte, hatte sie ständig den langen Hosenstall vor Augen und fragte sich, ob das, was sich dahinter befand, vielleicht auch eine solche enorme Länge aufwies. Sie hätte würgen können, wenn sie sich Walter nackt vorstellte.

Wieso hatte sie sich bloß dazu überreden lassen, ihre Mutter zu begleiten? War sie vom Tod ihres Vaters und der Verhaftung Karols noch so benebelt?

Die nur etwa zehn Trauergäste stellten sich um das Grab auf und lauschten den Worten des Pfarrers. Wieder die große Seilfahrt, Hände schütteln, ein paar Schüppchen Erde knallend auf den Sarg geworfen. Alles unterbrochen von dem peinlichen Geschluchze Walters. Tante Notburga wurde an seinem Arm hin und her geschleudert, so wild gebärdete sich Walter.

»Oh, Muttihi! ... Oh, meine liebe Muhuttihi!« Er heulte wie ein Irrer, sodass sogar die Leute, die 100 Meter und weiter entfernt waren, sich umdrehten und begeisterte Zuschauer dieses Schauspiels wurden. Walters zurückgekämmte Fettmähne fiel dabei nach vorn und reichte ihm bis zum Kinn.

»Wähähä!«, donnerte es in einer Lautstärke über den Friedhof, dass sich sogar der Pfarrer verlegen räusperte. Peinlich. Dieses ›Wähähä‹ wäre weitergegangen, wenn Gisbert seinem Kollegen nicht einen kräftigen Stoß in die Rippen gegeben hätte.

»Mensch, reiß dich mal zusammen!«, zischte er ihm zu. »Das ist der Lauf der Zeit. Deine Mutter hat ihr Leben gelebt.«

Wütend schaute Walter Gisbert an, hielt aber noch lange nicht den Mund. »Jetzt hab ich keine Mutti mehr! Wähähä!«, wehklagte er lautstark weiter.

Nun folgte Waltrauds großer Auftritt. Da das 40-Kilo-Tantchen mit dem großen stattlichen Mann an ihrer Seite nicht fertig wurde, hakte Waltraud sich energisch bei ihm unter. Sie schob ihn, Worte des Trostes herunterleiernd, Richtung Trauerhalle, immer den Blick zum Pfarrer gerichtet, ob er ihre große Güte bemerkte.

Als Margareta gerade ihre Autotür öffnete und sich davonstehlen wollte, kam Waltraud in ihrem blauen wehenden Kaftan auf sie zugerannt. »Wir fahren Walter nach Hause. Der ist am Ende.«

»Wieso denn? Der wohnt doch nur zehn Meter vom Grab entfernt. Was schleppst du den auch bis hierher? Heute Morgen kam er auch zu Fuß!«

Ehe Margareta davonfahren konnte, musste sie zusehen, wie sich der riesige Walter und die zarte, übelriechende Tante Notburga in den Fond ihres Kleinwagens quetschten. Ihr blieb keine Wahl. Alle anderen Trauergäste waren plötzlich wie vom Erdboden verschwunden.

Als sie wenige Minuten später vor dem Haus, in dem Walter wohnte, hielt – die ganze Fahrt hatte er in einem grausamen Heulgesang seine Mutti betrauert –, wurde sie auch noch genötigt, auf ein Tässchen Kaffee mit in Walters Wohnung zu gehen. Sie sah ihre Mutter wütend an. Das hatte sie ja schön eingefädelt!

In der spießigen, nach Franzbranntwein miefenden Dachwohnung war man auf alles vorbereitet. Tantchen aus Hückeswagen hatte wohl schon am frühen Morgen ein bescheidenes Tischleindeckdich vorbereitet. Jetzt hastete sie, während Margareta und ihre Mutter sich zwischen den Troddelkissen auf das Uralt-Mohairsofa setzten, zu dem alten Kühlschrank der Marke Opel, der in der anderen Ecke des Zimmers stand, und holte eine Coppenrath-Torte ›Pfirsich-Melba‹ aus ihm hervor. Ein aufgeschnittener Christstollen – haben wir nicht Juni?, fragte sich Margareta währenddessen – stand schon auf dem Tisch und trocknete vor sich hin. Zwei Fliegen schlugen sich um die matschigen Rosinen darin. Lecker!

Margareta kannte zwar viele Wohnungen in der Siedlung, aber eine der Dachwohnungen hatte sie nie zuvor von innen gesehen. So ließ sie erst einmal neugierig ihren Blick schweifen. Seit 1965 hatte man innerhalb dieser vier Wände nichts mehr verändert. Da war sie sich sicher. Der Wohnraum war gleichzeitig die Küche. Neben dem Opelkühlschrank befand sich ein quadratisches Waschbecken, daneben ein Elektroherd. Die Sitzecke in verschossenem, hellgrünen Mohair befand sich in der rechten Ecke des Zimmers, links und rechts davon jeweils ein kleines Fenster in einer Gaube. Niedliche nostalgische Scheibengardinen erschwerten den Blick nach draußen. Die schrägen Wände ließen das Zimmer noch kleiner wirken. Ein großer Tisch stand in der Mitte des Raumes, weit entfernt von der Polstergarnitur. Um ihn herum reihten sich vier museumsreife Stühle in schwarzem Holz mit einer Sitzfläche aus grünem Stoff. Das Geschirr auf dem Tisch hatte einen zarten Goldrand, die Tischdecke ein schockierendes Mohnblumenmuster in rot. Der Schrank ihr gegenüber war, wie nicht anders zu erwarten, Gelsenkirchener Barock, vollgestopft mit albernem Klimbim. Hinter dem Vitrinenteil, damit ja nichts drankam, standen gerahmte Fotos. Der kleine Walter in Lederhose, Walter bei der Einschulung, Walter und Mutti in den Bergen.

Die Wohnung verfügte nur über zwei Zimmer, wie Walter soeben unter Schluchzen erzählte, und über sage und schreibe ganze 45 Quadratmeter. Die Tür zum anderen Zimmer stand offen. Ein Ehebett aus den 20er-Jahren mit einer weinroten, volantverzierten Tagesdecke faszinierte Margareta. In diesem Bett hatte Mutti Hartmann mit Sicherheit in der Hochzeitsnacht ihre Unschuld gelassen.

Walter hatte also kein eigenes Zimmer. Er hatte all die Jahre nach seines Vaters Tod mit Mutti in einem Ehebett geschlafen. Und als der Vater noch lebte? War bis dahin ein Kinderbett Walters Nachtlager? Da wird er sich wohl gefreut haben, als er nach Papas Ableben dessen Stellung einnehmen konnte.

Als der handgebrühte Kaffee den großen Melitta-Kunststofffilter verlassen hatte und glucksend in die Kanne geplätschert war, bat man zu Tisch. Von ihrem Platz aus hatte Margareta einen noch besseren Blick auf das Ehebett, auf dessen linker Seite ein großer Teddy thronte. Walter schläft in seinem Alter mit einem Teddy, dachte sie. Sie konnte sich nicht auf das Tischgespräch konzentrieren. Ihre Gedanken schweiften immer wieder ab. Sie stellte sich bildlich vor, was Walter Nacht für Nacht mit dem großen Teddy anstellte. Ob er ihn sich zwischen seine sehnigen Beine klemmte und dann …?

»Was ist denn los, Gretchen?«, wurde sie von ihrer Mutter regelrecht angebrüllt. »Willst du nun ein Stück Torte oder lieber ein Stück Christstollen, hat Walter dich gefragt!«

Da es unhöflich gewesen wäre, beides abzulehnen, entschied sie sich nach einem Blick in Tantchens trübe Augen für das kleinere Übel, die Pfirsich-Melba-Torte. Immer wieder redete sie sich gut zu: Sie war eingefroren, es kann dir nichts passieren. Doch wenn sie sich diese Kühl-Gefrierkombination ansah, war sie sich nicht sicher, ob das Gefriergut genug Minusgrade um sich gehabt hatte. Sie hatte nie zuvor einen Kühlschrank von Opel gesehen. So manches Museum würde sich sicherlich um das gute Stück reißen. Alle redeten von der Opelkrise und hier stand ein Uralt-Kühlgerät dieser Marke herum und demonstrierte die gute Qualität eines Opel-Produktes.

Als sie sich den ersten Löffel der Pfirsich-Melba-Masse in den Mund schob und dabei in Walters Gesicht ihr direkt gegenüber sah, hätte sie sich übergeben können. Der ist aber wirklich keine Schönheit. Verheult, mit dieser unmöglichen Django-Frisur, dazu die aufgeplatzten Lippen, der ausgedörrte Hähnchenhals. Der würde nie eine Frau finden. Sein Zug war längst abgefahren. Auch wenn es für jeden Topf angeblich einen Deckel geben soll, konnte Margareta sich schlecht vorstellen, dass es für dieses verbeulte und verrostete Vorkriegsmodell nur annähernd so etwas wie einen Verschluss gab, der sich auf diesen Topf drücken ließ.

Waltraud redete und redete. Ihre manische Phase hielt nun schon seit Tagen an. Tantchen aus Hückeswagen und Walter waren von ihr allerdings ganz angetan und lauschten ihrem nicht endenden Redeschwall. Walter und Waltraud schmiedeten Pläne für die nächsten Tage. Was noch alles zu erledigen sei: gemeinsame Friedhofsgänge, Danksagungskarten schreiben, Zeitungsabos kündigen. Der eine als die Stütze des anderen. Akribisch genau, mit einer riesigen verklebten Lesebrille auf der Nase, notierte Walter die Termine, nachdem Waltraud sie abgenickt hatte, in einen winzigen Taschenkalender aus der Apotheke. Verbindet gemeinsames Leid tatsächlich? Mir egal, dachte Margareta, besser, als wenn meine Mutter mir die Ohren volljammern würde.

Vielleicht sollte ich froh sein, dass sie nun diesen Walter hat. Ich habe schließlich ganz andere Sorgen. Ich muss mich um den Mord an Sabine kümmern, damit Karol entlastet wird. Als Waltraud ihre Tochter in ihre Planungen mit einbeziehen wollte, stopfte sie sich hastig die ekelige Tortenmasse in den Mund, spülte alles mit dem Kaffee hinunter und stand hastig auf. Nein, kein klebriger Pfirsichlikör zum Aufwärmen an diesem heißen Sommertag.

Als sie die knarrenden Holztreppen des Wohnhauses hinunterging, hatte sie immer noch das Bild vor Augen, wie ihre Mutter zärtlich Walters behaarten Arm streichelte. Die wird sich hoffentlich nicht an den alten unschuldigen Kerl ranschmeißen und ihn verführen? Oder will sie ihm vielleicht die Mutti ersetzen?, fragte sich Margareta. Schwer vorstellbar, dass ihre Mutter in Zukunft zu einem 20 Jahre jüngeren Mann in dessen Puppenstuben-Dachwohnung aus den 60ern ziehen würde. Oder nistete sich Walter womöglich in die Wohnung ihrer Eltern ein und spielte die Rolle ihres neuen Stiefpapas? Abwarten, erst einmal abwarten, sagte sie sich. Andererseits, auch gar kein so schlechter Gedanke. Bevor meine Mutter im Alter allmählich schwächer, schusseliger und vergesslicher würde und ich mich damit herumschlagen könnte, war so ein Walter vielleicht das kleinere Übel.

»Was ist denn daaas?«, fragte Margareta angeekelt ihre Mutter, die gerade dabei war, Kleidungsstücke in verschiedene blaue Müllsäcke zu verfrachten, die sie aus den geöffneten Türen ihres Schlafzimmerschrankes holte. Margareta hielt ein schwimmringähnliches, aufblasbares Teil mit einem Loch in der Mitte in der Hand.

»Das ist ein Hämorrhoiden-Sitzring. Gib mal her. Der kommt in Walters Sack!«, bestimmte Waltraud energisch.

Margareta hatte beim Anblick dieses pervers aussehenden Gegenstandes eher an ein Sex-Spielzeug von Beate Uhse gedacht als an einen sogenannten Hämorrhoiden-Sitzring.

»Und was soll Walter damit?«

»Ja, der hat doch so Last mit Hämorrhoiden.«

»Hat er dir erzählt?«

»Ja sicher«, antwortete Waltraud wie selbstverständlich.

Da sind die sich ja in der einen Woche nach der Beerdigung ganz schön nahegekommen, dachte Margareta. Nachdem sie in der letzten Woche nur immer kurz mit ihrer Mutter telefoniert hatte, um erst einmal nichts vom schönen, armen Walter zu sehen und zu hören, ging das nun wieder los.

Als wenn es das Selbstverständlichste der Welt wäre, kramte Waltraud die Kleidung ihres Ehemannes hervor, um sie in blaue Säcke zu stopfen. Margareta spürte den schmerzlichen Verlust des Vaters in jeder Faser ihres Körpers. Sie fühlte sich ausgebrannt und schuldig. Schuldig, weil sie ihn in seinen letzten Tagen so übel verdächtig hatte und sie ihm nie mehr sagen konnte, wie leid es ihr tat. Und was machte ihre Mutter? Viel zu schnell gab sie die guten Sachen ihres Vaters an Walter. Soeben stopfte sie den blau gestreiften Seidenschlafanzug, den Margareta ihrem Vater zu Weihnachten geschenkt hatte, ebenfalls in den prall gefüllten Waltersack. Margareta konnte den Anblick nicht länger ertragen. Sie verließ das Schlafzimmer und ging in der Küche unruhig auf und ab. Warum hatte ihre Mutter es denn so eilig, die Erinnerungen an ihren Mann, Margaretas Vater, aus dem Haus zu tragen? Gisbert fuhr bereits mit dem schönen Fahrrad ihres Vaters durch die Gegend. Unfassbar. Die letzte gemeinsame Radtour ihrer Eltern war keine zwei Wochen her. Fröhlich hintereinander herradelnd waren sie durch die Straße gekommen, als Margareta gerade ins Auto steigen wollte. Bei herrlichem Wetter sollte ihre Tour sie den Rhein-Herne-Kanal entlangführen. Immer geradeaus, die Cranger Straße herunter, dann den Kanal entlang, am Zoo vorbei, Richtung Wanne-Eickel. Begeistert hatten sie ihrer Tochter am Abend erzählt, dass sie es bis zum Schiffshebewerk nach Henrichenburg geschafft hatten. Hatte Waltraud das alles vergessen? Wie konnte sie das schöne Fahrrad so schnell weggeben?

Schließlich blieb Margareta am Fenster stehen. Sie sah nach links oben, zu Walters Dachwohnung auf der gegenüberliegenden Straßenseite. Als sie sich anschließend auf die Eckbank setzte, fiel ihr Blick auf den schweren Granitmörser, der sich auf der Fensterbank befand. Wo war der Stößel? Der Mörser war leer, der

Stößel fehlte. Ein Stößel, so groß und schwer, dass man jemandem damit den Kopf einschlagen konnte, war verschwunden.

15.

Margaretas Blick aus ihrem Schlafzimmerfenster hinüber zu Karols Zimmer machte sie traurig. Kein emsig zuschlagender Mann, der bemüht war, Schuhe zur Zufriedenheit seiner Kunden zu reparieren, war zu sehen. Sein Platz am Fenster war verwaist, alles aufgeräumt, die Gardine einen Spaltbreit geöffnet. Nie hätte sie sich vorstellen können, ihn einmal so zu vermissen. Dachte sie zuerst, es wäre nur reiner Sex, der sie beide verband. Der Sex mit ihm war schon erste Sahne. Karol war kein naiver Junge mit schwitzigen Händen, der Unerfahrenheit auf dem Gebiet der Liebe an den Tag legte. Er wusste, worauf es ankam. Aber da war mehr zwischen ihnen beiden. War es vielleicht Liebe?, fragte sich Margareta in den letzten Tagen oft. Sie musste sich eingestehen: Ja, es war Liebe. Sie hatte ihm sogar verziehen, dass er ihr seinen Aufenthalt auf dem Friedhof in der Mordnacht verschwiegen hatte. Die tote Sabine zu sehen und nichts zu unternehmen, war wirklich starker Tobak gewesen. Wer so etwas verzeiht, der liebt.

Koletzki ging ihr aus dem Weg, neigte den Kopf und murmelte einen leisen Gruß, wenn sie Margareta zufällig traf. Sie verkörperte das leibhaftige schlechte Gewissen. Nun ist sie ihn los, ihren lieben Neffen, der angeblich so viel Arbeit gemacht hat, dachte Margareta. Der ihr den Kühlschrank leer gegessen hat. Der abends neben ihr auf der Couch saß und in die Glotze schaute, sodass sie sich nie gehen lassen konnte. Was verstand sie bloß unter ›sich gehen lassen können beim Fernsehen‹? Konnte sie sich nicht ausgiebig genug am Hintern kratzen? Nicht tief genug in der Nase popeln? Das Badezimmer hätte er vollgesaut und die Bude mit seinem Kleber vollgestunken. Überhaupt, allein seine Anwesenheit hatte der alten Frau Kopfschmerzen verursacht. Alles gelogen. Margareta hatte Karol als überaus ordentlichen Menschen kennengelernt. Wenn er nach dem Sex in ihrer Wohnung duschte, sah das Badezimmer hinterher besser aus als vorher. Alles, was er im Wohnzimmer stehen ließ, und sei es nur ein Glas gewesen, räumte er weg. Er bewegte sich fast lautlos. Außerdem war er ganz gewiss keiner von den krümelnden, laut bollernden Stehpinklern. Nicht Karol. Für Margareta stand fest, dass die Koletzki ihn verpfiffen hatte und das einzig und allein, um ihn loszuwerden. Bloß, wieso nach so vielen Wochen? Sie hatte die Stiefel mit Sicherheit schon eher entdeckt und auch von seinen nächtlichen Ausflügen gewusst, da war sie sich sicher.

»Sammeln Sie HeppiDitsches-Punkte? Haben Sie schon unsere Kundenkarte?«, leierte Margareta den Spruch automatisch bei jedem Kunden herunter.

Auftrag von oben: Jeden Kunden auf die tollen hauseigenen HappyDigits-Punkte hinweisen. Leute, sammelt Punkte, bis der Arzt kommt! Dann könnt ihr euch irgendwann, wenn ihr genug Punkte zusammenhabt, irgendeinen Dreck aussuchen, den ihr überhaupt nicht gebrauchen könnt. Hauptsache, ihr habt ihn.

Margareta hatte sich ihre Kunden überhaupt nicht angesehen, scannte wie in Trance die drei flott gepunkteten Herrenunterhosen ein und wies, nachdem sie den Betrag genannt hatte, auf das HappyDigits-System hin.

»Aber Gretchen, klar sammle ich die Punkte! Ich habe auch eine Kundenkarte. Das weißt du doch!«

Vor ihr standen Waltraud und Walter, das Paar des Jahres. Das Traumpaar der Siedlung. Waltraud sah in ihrem blauen Kostüm und der gelben Bluse wie eine demütige, in sich ruhende Bürgersfrau aus. Walter grinste verlegen. Er trug die blaue Windjacke ihres Vaters, mit der dieser noch vor gut drei Wochen durch die Gegend geradelt war. Allerdings sah sie jetzt aus, als hätte Walter die Nacht darin verbracht. Die Ärmel waren ihm viel zu kurz, aber Hauptsache umsonst eine Jacke abgestaubt. So sind die Beamten. Margareta kannte Walter eigentlich nur in seinem hellen Trenchcoat, der ihm viele Jahrzehnte treue Dienste geleistet hatte. Die Härte war jedoch, dass Waltraud mit ihm Unterhosen kaufen ging. Modische Unterhosen versteht sich! Wahrscheinlich hatte sie ihm in ihrer hilfsbereiten Art sogar in der Umkleidekabine geholfen, diese anzuprobieren, sich gebückt und nachgeschaut, ob der Zwickel genau dort saß, wo er zu sitzen hatte.

Mit Sicherheit waren das für den 50-jährigen Walter die ersten Unterhosen ohne Eingriff. Margareta stellte sich, während sie die Hosen in eine Tüte stopfte, vor, wie Walter mühselig sein kostbares Teil durch den Eingriff einer Doppelripp-Unterhose hervorkramte.

»Was wollt ihr denn hier?«, fragte Margareta die beiden, nicht ohne den Blick von Vaters Jacke zu wenden.

»Wie? Was wollt ihr denn hier? Ich helfe Walter beim Einkaufen!« Jetzt war Waltraud beleidigt. Sie zog ihren berühmten Schmollmund. »Hast du schon mal was von Nächstenliebe gehört, mein Kind?«

»Ist das Nächstenliebe, ein paar Tage nach dem Tod des Ehemannes mit einem 20 Jahre jüngeren Kerl Unterhosen zu kaufen?« Margareta warf Walter das Wechselgeld hin und zog die Kundenkarte durch das Lesegerät. Was geht es mich an, dachte sie. Ich kann es nicht ändern. Nächstenliebe! Pah!

Ohne einen Gruß verließ das ungleiche Paar den Laden. Vielleicht lief da vorher schon was mit Walter, schoss Margareta durch den Kopf. Und dann hat sie meinen Vater mit dem 18 Zentimeter langen und schweren Granitstößel Goliath – eine Empfehlung des Fernsehkochs Tim Mälzer – ins Jenseits befördert. Eifersüchtig auf die Nachbarin, mit der mein Vater mal ein bisschen geflirtet hatte? Alles Tarnung.

Es war kurz vor 20 Uhr, als Margareta an Karl-Heinz' Wohnungstür klingelte. Sie hatte lange überlegt, ob sie es wagen sollte, ihn zu Hause aufzusuchen. Die Angst, dass er falsche Schlüsse daraus ziehen könnte, hatte sie bisher daran gehindert. Doch da sie ihn weder am Kiosk noch auf dem Friedhof angetroffen hatte, entschied sie sich, ihm zu Hause einen Besuch abzustatten.

Völlig verdutzt öffnete er die Tür und ließ sie sofort hinein. Nach alter Oma roch es bei ihm. Verlegen ging er voraus ins Wohnzimmer. Es war aufgeräumt, aber trotzdem kam ihr die Wohnung schmuddelig vor. Anders als am Karfreitag, als sie zum Fischessen eingeladen war. Karl-Heinz trug ein weißes T-Shirt und hatte seine Haare nass nach hinten gekämmt. Wahrscheinlich hatte er gerade geduscht. Sie setzten sich nebeneinander aufs Sofa. Im Fernsehen lief gerade ›Lästige Musikanten‹ mit Marianne und Michael. Was zieht der sich denn da für eine Sendung rein?, dachte Margareta.

Er beugte sich zu ihr herüber und fragte, ob sie etwas trinken möchte, was sie dankend ablehnte. Er trank Bier, direkt aus der Flasche. Nach einem kräftigen Schluck und einem zufriedenem »Ahhh!« stellte er die Flasche wieder auf den Tisch.

In seinen Augen blitzte es auf. Gleich wird er mich küssen. Er wird seinen Mund auf meinen pressen. Seine eingezogenen Lippen werden wie ein Gummisauger an meinen andocken. Dann wird seine Zunge meinen Mund erforschen wollen. Igitt! Denk an was anderes, Margareta!

»Du warst in der Mordnacht auf dem Friedhof, gib es zu!«, kam es von ihr wie aus der Pistole geschossen. Immer in die Vollen, war für sie die beste Methode.

»Nein, wie kommst du bloß darauf.« Enttäuscht sah er sie an. Seine Pupillen blickten so scharf, dass Margareta dachte, sie würden gleich ein Feuer entfachen.

»Du hast mir die ekeligen Fotos geschickt. Ich werde zur Polizei gehen und die Fingerabdrücke untersuchen lassen. Dann bist du dran!« Der Kerl sah wirklich so aus, als könne er kein Wässerchen trüben. Er machte den Eindruck, dass er sich keiner Schuld bewusst war. Während das Fernsehen nicht enden wollende Herzschmerzlieder in die heimischen Wohnzimmer schickte, wurde dieser arme Mann verhört wie ein Schwerverbrecher.

Nach einer guten Stunde gab Margareta auf. Während er den Tränen nahe, schweißgebadet und völlig verzweifelt immer wieder beteuerte, er habe mit der Sache nichts zu tun, war Margareta immer lauter geworden.

Der Kerl ist zäh. Aber mit seiner Unschuldstour kommt er bei mir nicht durch, dachte sie.

»Ich komme wieder!« Die Haustür zuknallend, verließ sie seine Wohnung. Karl-Heinz brach weinend, mit dem Kopf nach vorn, auf dem Wohnzimmertisch zusammen, während die Kastelruther Spatzen das Echo der Berge besangen.

16.

Heitere Sommerstimmung am Fontänenteich im Berger Park. Lachende Kinder, Kaffee und Bier trinkende Erwachsene, fröhlich quakende Entenfamilien auf dem Wasser. Zwischen dem munteren Idyll Christel und Henriette. Ihre Stimmung war gedrückt. Heute gab es statt Berliner Weiße Kaffee. Beide hatten wohl Angst, unter Alkoholeinfluss wieder zu redselig zu werden. Obwohl Christel es in den letzten Wochen wie eine Art Therapie sah, sich bei Henriette das Herz auszuschütten. Sie hatte gemerkt, dass es ihr half, einer wenig bekannten Frau wie einer Beichtmutter im herrlichen Ambiente des Schlossparks ihre Erlebnisse anzuvertrauen.

Ähnlich dachte auch Henriette. Hatte Vertrauen zu der vornehmen Christel gefasst und an ihren Lippen gehangen, ihren oft makaberen Worten geglaubt. Nun quälte Henriette das schlechte Gewissen. Sie war Karol zwar los, ihr Leben lief wieder in geregelten Bahnen, aber wohl war ihr nicht dabei. Sie hatte sich von Christel blenden lassen. War beeindruckt gewesen von ihren schönen Kleidungsstücken, hatte fasziniert ihren Erzählungen gelauscht von den vielen Reisen, die sie unternommen hatte. So eine kultivierte Dame, dachte sie. Henriette war nie im Urlaub gewesen, hatte immer sparen müssen. Als Christel von den Marotten ihres Ehemanns sprach, hatte sie ihr oft beigepflichtet. Die Parallelen zu ihrem wortkargen Exemplar von Ehemann waren erschreckend. Sie konnte sich, obwohl er zum Glück rechtzeitig gestorben war, noch genau an ihn erinnern, an die vielen Macken, die er hatte, an die Demütigungen, die sie von ihm hatte hinnehmen müssen. Ob Hausfrauendasein in Polen oder hier in Deutschland, überall der gleiche Mist, dachte Henriette. Man selbst kam immer an letzter Stelle, hatte wenig zu melden und war des Mannes Untertan. Obwohl es die deutschen Frauen schon besser hatten als sie damals in Polen. Das Geld war knapp, und so tolle Haushaltsgeräte wie hier hatte es in Polen nicht gegeben. Eine Nähmaschine hatte Henriette, mit Fußantrieb. Darauf hatte sie die Kleidung für sich und die Kinder genäht. Christel hatte es mit Sicherheit nicht so schwer wie ich, dachte Henriette. Sie war auch immer noch nicht dahintergekommen, ob sie ihren Heinz nun geliebt hatte und vermisste oder ob sie froh war, dass er das Zeitliche gesegnet hatte. Christel hatte zwei Gesichter, erzählte mal so, mal so. ›Vor solchen Menschen, die mit gespaltener Zunge reden, musst du dich hüten, Henriettchen‹, hatte ihre Mutter immer gesagt.

Christels Miene drückte ebenfalls Unbehagen aus. Sie fand, dass sie der alten Frau viel zu viel erzählt hatte, und hoffte, dass diese daraus keine falschen Schlüsse ziehen würde. Vielleicht hat sie die Geschichten vom Blaubeermariechen ja längst vergessen. Eigentlich kann sie mir dankbar sein, fand Christel. Ihren Neffen war sie ja nun los. Was wollte sie mehr?

Es wollte einfach keine Unterhaltung zustande kommen. Unterschwellige Wut hatten beide aufeinander, keine hätte jedoch genau sagen können, wieso.

Ich habe mich von Äußerlichkeiten blenden lassen, dachte Henriette. Sie tut bloß so nett, mimt die feine Dame.

Was will ich mit Henriette?, dachte Christel. Die kann mir in keiner Weise das Wasser reichen. Wir haben überhaupt keine Gemeinsamkeiten. Ich werde die Freundschaft – war es überhaupt schon Freundschaft? – beenden, beschloss sie. Ich werde mich einfach nicht mehr mit ihr verabreden, nicht mehr ans Telefon gehen und die Sache aussitzen, bis sie sich von selbst erledigt hat. Ja, so werde ich es machen. Seufzend rührte Christel in ihrem Kaffee.

»Sag mal, du ziehst ein Gesicht wie sieben Tage Regenwetter. Was ist denn los?« Bertl konnte sich die schlechte Laune seiner Mutter nicht erklären.

»Schau dir den Kerl an. Poussiert da mit dieser blonden Frau herum, dass die ganze Nachbarschaft es mitbekommt!«

Christel und ihr Sohn saßen bei herrlichem Sonnenschein auf der Terrasse und frühstückten. Selten genug hatte ihr Sohn an einem Samstagmorgen Zeit für solch eine ausgiebige Mahlzeit. Er hatte Brötchen vom Bäcker geholt, den Tisch hübsch gedeckt und sogar Eier gekocht. Eine Art Dankeschön-Frühstück für seine Mutter. Ein Dankeschön für die Handlangerarbeiten, die sie stillschweigend in seiner Wohnung verrichtete. Für die Diskretion, die sie an den Tag legte, wenn er es mit seinen Weibern über ihr mal wieder zu doll trieb. Doch sie war seine Mutter. Eine Mutter verzeiht alles. Bei Nachbarn setzte Christel die Messlatte allerdings viel höher an.

Nun starrte diese ach so gütige Mutter wie gebannt auf den gegenüberliegenden Garten und beobachtete das junge Paar, wie es halb nackt auf der Terrasse herumquiekte und sich lustvoll neckte.

»Nun lass Michael doch. Nur weil seine Frau abgehauen ist, kann er nicht wie ein Mönch leben!« Bertl klopfte lustvoll sein Ei auf und besah sich wohlwollend die neue Eroberung seines Nachbarn Michael Bracht. Eine wahre Augenweide war seine neue Flamme. Wo er die bloß wieder aufgegabelt hatte?, dachte Bertl. Das war ein ganz anderer Typ als Sabine, die gegen diesen flotten Käfer eher bieder gewirkt hatte.

»Seine Freundin ist gerade mal ein paar Wochen tot und er hat schon wieder eine andere. Geschieden ist er auch nicht!« Christel konnte das Verhalten des Nachbarn nicht gutheißen. Obwohl ihr Sohn es noch viel doller trieb als dieser Michael Bracht. Das ignorierte sie allerdings eisern.

»Soll er etwa Jahre um Sabine trauern?«

»So mir nichts, dir nichts zur Tagesordnung überzugehen ist aber auch nicht schön!« Christel bestrich sich eine Brötchenhälfte mit der selbst gemachten Erdbeermarmelade und biss genüsslich hinein. »Außerdem hat Sabine sich besser benommen als dieses Flittchen da drüben.«

Das blonde Gift setzte sich nun zu Michael auf den Schoß, sodass Mutter und Sohn das Ächzen des Gartenstuhls bis auf ihre Terrasse hören konnten. Nun begann dieser Model-Typ, Michael leidenschaftlich zu küssen. Er öffnete im Gegenzug ihren Büstenhalter und Bertl fielen fast die Augen aus dem Kopf, als er auf den wippenden Prachtbusen der Frau starrte.

»Also, da hört sich doch alles auf. Das ist ja schon Erregung öffentlichen Ärgernisses!« Christel legte ihr

Brötchen auf den Teller zurück und schüttelte den Kopf.

»Och, ich finde den Anblick nicht schlecht«, meinte Bertl.

»Das hätte Sabine …«

»Ach, hör doch auf mit Sabine, Mutter. Die ist tot. Ich glaube, mit den beiden lief das in der letzten Zeit nicht mehr besonders gut. Du hast selbst gehört, wie oft sie sich gezankt haben!«

»Ja, das ist wahr. An dem Tag, bevor sie ermordet wurde, war es ganz schlimm. Ob Michael was damit zu tun hat?«

»Mutter, jetzt spinnst du aber. Michael ist mit Sicherheit kein Mörder. Außerdem hast du doch erzählt, dass man den Neffen deiner Freundin verhaftet hat. Er ist dringend tatverdächtig.«

»Henriette ist nicht meine Freundin.« Empört schaute sie ihren Sohn an.

»Aber du fandest sie doch so nett.«

»Da habe ich mich eben getäuscht.«

Bertl hielt es für besser, seine Mutter nicht weiter auszufragen, da er merkte, wie grantig sie wurde.

Irgendetwas stimmt nicht mit ihr. Was mag sie wohl bedrücken?, fragte er sich. Ob sie immer noch um Vater trauert? Er biss zufrieden, mit Blick auf das Liebespärchen gegenüber, in sein Leberwurstbrötchen und freute sich auf den Abend. Er hatte am Vorabend in einer schmierigen Kaschemme in Recklinghausen eine Eroberung gemacht und wollte sich heute Abend mit ihr treffen. In Gedanken spielte er den Abend durch und war gerade an der Stelle angekommen, wo er sie mit nach Hause nahm. Zufrieden leckte er sich über seine Lippen.

Um 6 Uhr an einem frühen Augustmorgen herrschte auf dem Friedhof emsiges Treiben. Die soeben aufgegangene Sonne ließ den feuchten Nebel langsam abziehen. Man konnte den Herbst bereits erahnen. Zwei Herren des Grünflächenamtes waren gerade dabei, mit einem kleinen Minibagger ein Grab zu öffnen, nachdem man den Rasen vorsichtig abgelöst und beiseite gelegt hatte. Das ganze Feld war mit rot-weißem Flatterband abgesperrt, obwohl um diese Uhrzeit eigentlich nicht damit zu rechnen war, dass Friedhofsbesucher auftauchen würden. Kommissar Blauländer und sein Assistent Kornblum schauten missmutig auf den freigelegten Sarg hinunter. Eigentlich hatten sie sich die Exhumierung sparen wollen, weil sie nicht recht an einen Mordfall glaubten. Aber da die Dame mit dem polnischen Akzent immer wieder im Kommissariat anrief und felsenfest behauptete, Heinz Alshut wäre keines natürlichen Todes gestorben, sondern von seiner Ehefrau vergiftet worden, beantragte Blauländer bei der Staatsanwaltschaft eine Exhumierung nach § 87 Abs. 4, Satz 1 der StPO. Er wusste, dass er sich warm anziehen musste, wenn Alshut nicht vergiftet worden war. Die ältere Dame – Blauländer nahm an, dass es sich bei der Frau um eine ältere Dame handelte, im Allgemeinen konnte er Telefonstimmen sehr gut einschätzen – war jedoch so beharrlich, dass er nun hier zu beinahe nachtschlafender Zeit, in Anwesenheit eines Gerichtsmediziners und zwei Leuten eines Bestattungsunternehmens, herumstand. Ihren Namen wollte die Dame nicht nennen. Er hätte Christel Alshut natürlich ins Präsidium bestellen und verhören können. Seine innere Stimme sagte ihm dahingegen, dass es besser sei, sie mit den Tatsachen zu konfrontieren. Falls es diese überhaupt gab.

Wann hatten wir eigentlich die letzte Exhumierung? Es musste lange her sein, denn er konnte sich nicht daran erinnern. Jedenfalls hatte diese hartnäckige Frau ihm noch gefehlt. Hatte er nicht schon genug Überstunden abgeleistet in den letzten Wochen? Erst dieses Mädchen vom Reiterhof – er betete, dass dieser Deutschstämmige aus Polen, den man verhaftet hatte, tatsächlich der Täter war und endlich gestehen würde –, dann dieser alte Radfahrer, dem man mit einem stumpfen Gegenstand eins über die Birne gegeben hat, aus welchem Grund auch immer. Verzweifelt suchte er nach einer Verbindung zwischen beiden Morden. Er konnte aber weder daran glauben, dass der Aussiedler, der eigentlich einen recht netten Eindruck machte, der Mörder war, noch, dass es einen Zusammenhang zwischen den Morden gab.

Nun begann die Arbeit des Bestatters, der im Beisein des Gerichtsmediziners dafür zu sorgen hatte, dass der Sarg möglichst unbeschadet geborgen und in die Gerichtsmedizin transportiert wurde.

Die Alshut hätte es gemacht wie das Blaubeermariechen, erzählte die anonyme Anruferin dem Kommissar. Woher kannte eine alte Frau mit polnischem Akzent die Geschichte vom Blaubeermariechen?, überlegte er. Er musste schmunzeln. Ja, das war ein

Ding, damals, 1983. Er konnte sich gut daran erinnern, so als wäre es erst gestern gewesen. Gerade fertig mit der Polizeischule, fand er die Story äußerst interessant. Eine Frau zeigt ihre Schwiegermutter an, weil sie befürchtete, sie selbst könne vergiftet werden. Sobald man der Schwiegermutter aufgrund der gefälschten Unterschrift des Ehemannes bei der Bank auf die Spur kam, wurde einer Exhumierung des Göttergatten zugestimmt. Tatsächlich fand man im Magen der Leiche Reste von Thiophosphorsäure, des Wirkstoffs in dem bekannten Pflanzengift E 605. Die Verdächtige wurde vorgeladen, eine biedere alte Frau, Mutter von sechs Kindern. Sie gestand, zwei Ehemänner und einen Lebensgefährten mit Gift umgebracht zu haben. Nach neun Tagen legte sie nach und machte reinen Tisch: Anfang der 60er-Jahre hatte sie schon ihren Vater mit vergiftetem Blaubeerpudding umgebracht, nachdem der tyrannische Mann zum Pflegefall wurde. Später folgte eine alleinstehende Tante, welche die Mörderin in die Familie aufgenommen hatte. Als sie pflegebedürftig wurde, musste auch sie sterben. Penibel und herrschsüchtig seien die Ehemänner und der Partner gewesen. Auch damit die Unterschlagungen nicht auffielen, wurden sie ins Jenseits befördert. Das Blaubeermariechen aus Mönchengladbach wurde zu lebenslanger Haft verurteilt.

Ein neues Blaubeermariechen in unserer Stadt? Das wäre doch mal was, fand Blauländer.

Als Christel nur wenige Stunden später ihrem Goldfasan auf dem Friedhof einen Besuch abstatten wollte und das provisorisch verschlossene, mit Flatterband abgesperrte Grab vorfand, brach sie weinend zusammen.

Karl-Heinz, der Späher, fand sie kurz danach, als er von einer Beisetzung auf dem Weg zurück zur Trauerhalle war, teilnahmslos auf einer Bank sitzend. Er kümmerte sich rührend um sie, nahm sie mit zur Trauerhalle, holte ihr aus dem Büro des Friedhofamtes gleich nebenan ein Glas Wasser und redete beruhigend auf sie ein. Er war empört, nachdem Christel ihm weinend erzählt hatte, was sie vermutete. Man hätte die Frau vorwarnen müssen, fand er. Einfach das Grab öffnen und den Sarg entnehmen war nicht die feine Art.

»Diese Schlange! Das war die Koletzki. Die will mir was anhängen. Die ist verrückt. Ich habe meinen Heinz geliebt. Wieso hätte ich ihn umbringen sollen? Die neidische Kuh!« Immer wieder sprudelten die gleichen Sätze aus ihrem schön geschminkten Mund. Karl-Heinz konnte gut zuhören. Zuhören und trösten.

17.

Er war rastlos ohne Ende und spürte ein unbändiges Verlangen. Hunger, den er glaubte, nur auf eine bestimmte Art und Weise sättigen zu können. Auf seinem Rücken rann Schweiß herunter. Ein Schwall

Schweiß sprudelte aus den Poren auf seiner Stirn hervor, das konnte er spüren. Doch niemand würde es in der Dunkelheit bemerken. Der Hunger wurde schlimmer. Er bekam ihn einfach nicht mehr in den Griff. Immer schneller wurden seine Schritte. Eilig überquerte er bei Rot die Fußgängerampel an der Cranger Straße und befand sich sogleich im Berger Park. Er nahm den Hauptweg, immer geradeaus, direkt auf den Fontänenteich zu, den er mehr erahnen als sehen konnte. Irgendwann hatten ihm Träume nicht mehr gereicht. Träume, in denen er Frauen demütigte und quälte. Bestialisch quälen, bis sie ihr Leben ausgehaucht hatten. Seine Augäpfel zuckten nervös hinter halb geschlossenen Lidern, seine Hände zitterten. Doch er lächelte. Er fragte sich, ob das Mädchen begriffen hatte, wofür es bestraft wurde. Er stellte sich seine Angst vor. Drei Monate waren vergangen, und nun fing es wieder an. Dieser Hunger, diese Gier. Das endlose Verlangen.

Erst eine ging auf sein Konto, die Nächste hatte nicht die geringste Ahnung, dass ihre Tage auf dieser Welt gezählt waren. Er hatte sie beobachtet. Tagelang. Nächtelang. Als er zuschlagen wollte, war sie wie vom Erdboden verschwunden. Verreist, wie er später erfuhr.

Vielleicht suche ich mir eine Neue. Eine Neue, die für all das bezahlt. Jung muss sie sein. So jung wie die vom Friedhof. Im Schloss Berge brannte noch Licht und er konnte einige wenige Personen sehen, die im Wintergarten des Schlosses einen Absacker zu sich nahmen. Er setzte sich auf eine der Steinbänke in dem französischen Schlosspark. Der Zufall wird mir heute

Nacht eine über den Weg schicken. Er spürte es. Das Zittern ließ nach. Die Vorfreude überwog. Bald würde es so weit sein.

18.

Margareta hatte nach einem anstrengenden Arbeitstag Karol im Gefängnis besucht. Im Feierabendverkehr die 22 Kilometer von Buer bis nach Essen zu fahren, war kein Pappenstiel. Zu Hause angekommen, warf sie ihre Tasche in eine Ecke der Diele. An diesem Abend war sie besonders müde, ihr Körper verlangte nach Schlaf, doch sie war viel zu aufgedreht, um daran denken zu können. So sehr sie sich auch bemühte, sie wurde den Gedanken nicht los. Kaution! Auf Kaution könnte Karol freikommen, hatte sein Anwalt gesagt. Aus Mangel an Beweisen müsse man ihn früher oder später sowieso freilassen. Weil sein Aufnahmeverfahren noch liefe, könne er das Gefängnis allerdings nur auf Kaution verlassen. 15.000 Euro. Woher soll ich bloß 15.000 Euro nehmen?, fragte sich Margareta. Mit Mühe könnte ich 3.000 locker machen. Ob meine Mutter mir helfen kann? Hoffnung keimte in ihr auf. Sie bekommt bald das Geld aus der Lebensversicherung meines Vaters. Vielleicht leiht sie mir was.

Im Kühlschrank fand sie eine Pizza. Sie schaltete den Backofen an und füllte sich ein Glas Wein aus der angebrochenen Flasche, die im Kühlschrank stand. Ihre Gedanken kreisten erneut um Karol. Zurück zu seiner Tante nebenan konnte er nicht mehr. Er müsste schon zu mir ziehen. Doch ob das gut geht? Andererseits sehnte sie sich nach ihm, nach seinem verschmitzten Lächeln, seinem muskulösen Körper, seiner ganzen ruhigen Art. Wir würden es einfach versuchen. Wenn es nicht klappen sollte, können wir immer noch weitersehen. Positiv denken! Das hatte ihr Vater ihr immer geraten. Morgen gehe ich erst einmal zu meiner Mutter und frage sie, ob sie mir das Geld leiht. Mein Vater hätte mir sofort geholfen, war sie sich sicher. Allerdings war er tot. Erschlagen mit einem stumpfen Gegenstand. Margareta war fest davon überzeugt, dass der Stößel des Mörsers, der auf der Fensterbank in der Küche der Wohnung ihrer Eltern stand, ihm das Leben ausgehaucht hatte. Wer hatte ihn benutzt? Waltraud selbst? Nein, so abgebrüht ist sie nicht, dachte Margareta. Obwohl sie schon tagelang mit dem Gedanken schwanger ging, ihre Mutter sei eine Mörderin. Und wenn nicht sie, wer dann? Ein Geisteskranker? Der gleiche Psychopath, der Sabine umgebracht hat? Gab es etwa einen Zusammenhang?

Ihre Mutter öffnete ihr fröhlich die Tür. Die Geräuschkulisse, die aus der Wohnung ihrer Eltern drang, hörte sich nach lustiger Familienfeier an. Sie betrat die Diele und hörte neben ihr bekannten Stimmen auch welche, die sie nicht kannte. Als sie die angelehnte Wohnzimmertür aufschob, hätte sie fast der Schlag getroffen. Mitten auf dem Sofa ihr direkt gegenüber saß Walter. Auf dem Platz, wo ihr Vater Zeit seines Lebens gesessen hatte. Einen seiner langen Arme lässig auf der Lehne, den anderen souverän auf seinem übergeschlagenen Knie abgelegt, sprudelte dummes Zeug über seine Lippen. Jetzt erst bemerkte Margareta, dass er Haare auf den Händen und in den Ohren hatte. Links neben ihm saß seine Tante aus Hückeswagen, rechts neben ihm der Sohn der Tante, Walters Großneffe Ludger aus Solingen.

Was schleppte der seine Verwandten mit hierher?, dachte Margareta wütend. Rechts, auf der Zweiercouch unter dem Fenster, saßen ihr Bruder Gisbert und ein weiterer Kollege aus dem Rathaus, der Walter huldvoll in einer Wahnsinnslautstärke mit seinen Reden Paroli bot. Er sah aus wie ein bekleideter Orang-Utan.

»Setz dich, Gretchen!« Waltraud rückte ihrer Tochter einen Stuhl zurecht und nahm schnell wieder auf ihrem Sessel Platz, so als hätte sie Angst, etwas Wichtiges zu verpassen.

»Was geht denn hier ab?«, fragte Margareta in den Raum, ohne ihren Blick von Walter zu wenden, der scheinbar im Begriff war, ihres Vaters Stellung einzunehmen. Von seiner großen Trauer um seine Mutti war nichts mehr zu spüren.

»Bleib mal locker, Schwesterchen«, gab nun Gisbert von sich. »Wir statten Walter und Mutter nur einen Trauerbesuch ab. Zufällig kamen auch gerade Walters Tante und ihr Sohn zu Besuch. Für Trauernde ist Ablenkung das Allerwichtigste!«

Darauf konnte Margareta nichts erwidern. Die beiden Trauernden hatten in den letzten Wochen mehr als genug Ablenkung, die sie sich ja täglich selbst aufs Neue verschafften.

Der Rathausbeamtenkollege mit dem klangvollen Namen Hans-Joachim Rasokat, kurz Jacki genannt, hielt leidenschaftliche Vorträge, als käme er frisch von einem Rhetorikseminar.

»Ja, in Sankt Franzisko ist es wirklich schön«, sagte er und schwang einen seiner behaarten Arme durch den Raum. »Die Skyline! Einmalig!«

Soviel ich weiß, heißt die Stadt San Francisco und nicht Sankt, wie Sankt Martin, dachte Margareta kopfschüttelnd.

»Ja, aber hier ist es auch schön«, ging es bei 100 Dezibel Lautstärke weiter, »auf der Erler Straße kann man so toll einkaufen, viel besser als auf der Hochstraße in Buer.«

»Ach?«, sagte das Tantchen aus Hückeswagen zum wiederholten Male verzückt.

Margareta schüttelte erneut den Kopf. Soviel ich weiß, heißt die Einkaufsmeile in Erle Cranger Straße und nicht Erler Straße. Eine Erler Straße gibt es im Stadtgebiet überhaupt nicht. Und so ging es die ganze Zeit weiter. Bla, bla, bla. Diesem Beamten zuzuhören war eine Qual für den Verstand. Tantchen aus Hückeswagen hingegen, ihr geistig beschränkter Sohn – diese dörfliche Inzucht – sowie auch Waltraud saugten Jackis grausames Fehlwissen lustvoll in sich auf und sahen ihn bewundernd an. Dass so was in ihrer Heimatstadt frei herumlief, war für Margareta unbegreiflich. In einem Dorf hätte sie sein Verhalten ja verstanden, aber nicht in einer Großstadt.

Margaretas Blick blieb immer wieder angewidert an Walter hängen. Dass er sich auf dem Mohairsofa ihrer Eltern breitmachte, war ihr ein Dorn im Auge. Vor gut zwei Wochen wollte er sich noch aus purer Verzweiflung zu seiner Mutter ins Grab stürzen. Hätte er es mal getan! Jetzt spielte er sich auf, als wäre er hier der Hausherr. Wenn sich ihre Blicke zufällig trafen, lief Margareta ein kalter Schauer über den Rücken. Die Pupillen seiner hellblauen Augen waren ebenfalls scharf begrenzt und äußerst winzig. Auch er hatte Eisaugen, fiel Margareta auf. Hässlich blickende eiskalte Augen. Wenn er lachte, wirkte er auf sie gefährlich. Er konnte ihrem Blick nie lange standhalten und schaute jedes Mal wie ertappt weg, so als hätte er ein schlechtes Gewissen. Wozu er allen Grund hatte, fand Margareta. Er trägt meines Vaters Kleidung, sitzt auf meines Vaters Sofa, flirtet mit der Frau meines Vaters, bedient sich am Kühlschrank meines Vaters. Bedient er sich etwa schon an der Frau meines Vaters?

Erst nach einer guten Stunde gelang es Margareta, ihre Mutter kurz in die Küche zu locken. Nur widerwillig folgte Waltraud ihrer Tochter.

»Ich muss dich sprechen!«, sagte Margareta, während sie sich auf die Eckbank setzte.

»Jetzt?« Waltraud schien Angst zu haben, während ihrer Abwesenheit im Wohnzimmer etwas zu verpassen. »Was gibt es denn so Wichtiges?«

»Sag mal, Walter fühlt sich ja hier wie zu Hause. Schläft der etwa schon hier?« Nervös formte sie das Deckchen, welches auf dem Tisch lag, zu einer Rolle.

Ihre Mutter blieb genervt ans Fenster gelehnt stehen. »Sag mal, ist das nicht geschmacklos, was du mich da fragst?«

»Deutet schließlich alles darauf hin.«

»Ich gebe Walter ein wenig Geborgenheit, seit seine Mutti tot ist. Was ist schlimm daran?«

»Man könnte meinen, es handelt sich bei Walter um ein Kind. Der Kerl ist über 50!«

»Na und. Außerdem lenkt es mich von meinem eigenen Kummer ab.«

»Von deinem Kummer habe ich nichts bemerkt!«

»Ist es das, was du mir sagen wolltest?«, fragte Waltraud ihre Tochter traurig.

»Nein, natürlich nicht. Ich wollte dich fragen, ob du mir Geld leihen kannst.«

»Ja, wie viel brauchst du denn, Kind?« Nun war Waltraud wieder ganz die liebevolle Mutter, die sich um ihr Kind sorgte.

»12.000 Euro … Du bekommst es zurück!«

»So viel? Wofür brauchst du so viel Geld?« Bestürzt sah Waltraud Margareta an.

»Ich muss jemandem aus der Patsche helfen«, druckste Margareta verlegen herum.

»Einem Mann? Hast du etwa einen neuen Verehrer?«

»Ja, ich habe einen Mann kennengelernt.«

»Du meinst hoffentlich nicht diesen Pollack, den man verhaftet hat? Der nachts immer zu dir geschlichen ist, um sich mit dir auf der Matratze zu wälzen?«

Plötzlich war Waltraud wieder die Waltraud, die Margareta kannte.

»Wer erzählt so was? Zu mir geschlichen?« Margareta war entsetzt. Hatte sich das bereits in der Siedlung herumgesprochen. Hatte die Koletzki den Schnabel nicht halten können?

»Die Wände haben Ohren, mein Kind. Die ganze Siedlung weiß davon!«

»Pass du mal lieber auf dich auf, Mutter. Außerdem ist Karol kein Pollack. Und mit dem Mord hat er nichts zu tun!«

»Jedenfalls kann ich dir nichts leihen. Ich habe Walter versprochen, ihm finanziell unter die Arme zu greifen.«

»Ja, dann tue das!«, rief Margareta ihrer Mutter noch in der Küche zu und verließ mit Tränen in den Augen die Wohnung ihrer Eltern.

»Das darf nicht wahr sein«, fluchte sie im Treppenhaus lautstark. Dieser blöde Walter, der ein festes Beamtengehalt bezieht, wird von meiner Mutter unterstützt. Seine Mutter war eine Bergmannswitwe mit dicker Rente gewesen. Wo ist denn deren ganze Kohle geblieben? Wütend lief sie die Straße hinunter nach Hause. Soll Waltraud sich ihr Geld sonst wohin stecken. Nehme ich eben einen Kredit auf. Aber so einfach konnte Margareta das Erlebte nicht vergessen.

In der Nacht träumte sie von Walter. Nur mit einem Lendenschurz bekleidet, wie Tarzan, stand er vor ihrem Bett und winselte um Einlass. Die Nachttischlampe warf ein gespenstisches Licht auf seinen rothäutigen Körper, der über und über mit grauen Locken bedeckt war. Sein erhitztes Gesicht glänzte. Er leckte sich grinsend über die Lippen, seine Augen starrten auf ihren Busen.

»Zieh dein Nachthemd aus! Los!«, herrschte er sie mit heiserer Stimme an. Doch er konnte nicht abwarten, stürzte sich mit einem Urlaut auf sie und riss ihr mit einer seiner Riesenpranken das Nachthemd vorn auf, sodass sie barbusig dalag. In der anderen Hand hielt er den schweren Granitstößel aus dem Mörser ihrer Mutter. Er beugte sich über sie. Seine aufgesprungenen Riesenlippen saugten sich an ihrer Brust fest. Sein fettiges Haar streifte dabei ihren Mund und sie musste würgen. Oh, was habe ich bloß verbrochen?, sendete sie Stoßgebete zum Himmel. Sie spürte seine knochigen langen Beine an ihren entlangschrammen. Konnte spüren, wie eine Heerschar Mikroorganismen und Keime von seinem Leib auf ihren übersprangen, um sie zu besiedeln und zu verseuchen. Nun küsste er grob und ungeschickt ihren Hals. Dabei streifte eins seiner Ohren, groß wie ein Unterteller, das ihre, und sie war nah dran, die Besinnung zu verlieren. Sie konnte den Lockenpelz seiner Brust, der sich anfühlte wie ein Topfkratzer, auf ihrer zarten Haut spüren. Er wird mir meine ganze Brust zerschaben, dachte sie noch einen letzten klaren Gedanken.

Schweißgebadet wachte sie auf. Es war kalt in ihrem Schlafzimmer und sie zitterte. Der Regen peitschte gegen das Fenster und sie hörte den Wind, wie er den Turm mit all seiner Kraft umwehte. Dem Blitz, der ihr Zimmer für einen kurzen Augenblick erhellte, folgte ein gnadenlos lauter Donnerschlag. Ein Traum! Ich habe nur geträumt. Margareta befühlte vorsichtig ihre Brüste. Alles in Ordnung, meine Haut ist unverletzt, beruhigte sie sich selbst. Es war nur ein böser Traum. Mit beiden Händen tastete sie nun suchend in ihrem Bett herum. Da war kein Stößel. Alles nur ein Traum.

Doch wo befindet sich der Stößel? Wenn ich meine Mutter danach frage, rastet sie aus, dachte Margareta. Hat man überhaupt den Tatort richtig abgesucht? Ob ich Kommissar Blauländer noch einmal anrufen soll? Ich darf ihm natürlich nicht sagen, dass der schwere Stößel aus dem Mörser meiner Mutter fehlt. Damit würde ich nur schlafende Hunde wecken. Was, wenn meine Mutter unschuldig ist und es eine ganz einfache Erklärung für das Verschwinden des Stößels gibt? Nee, nee, da kümmere ich mich selbst drum, nahm sie sich vor. Angesichts der neuen Aufgabe, die sie sich in diesem Moment selbst auferlegte, erholte sie sich schnell von ihrem Walter-Albtraum und schlief bald darauf wieder ein.

Mit einer Arbeitsunfähigkeitsbescheinigung und einem Rezept über eine N2-Packung Voltaren 25 mg verließ sie gut gelaunt die Praxis ihres Hausarztes in der Frankampstraße. »Nein, ich möchte keine Akupunktur«, hatte sie ihm klarzumachen versucht. »Klar hilft das bei Verspannungen. Momentan habe ich wenig Zeit, wissen Sie.« Mit all ihrer Überzeugungskraft versuchte sie, die zehn Akupunktursitzungen zu verhindern. Natürlich war ihr Hausarzt ein armer Mann und musste sehen, dass er sich durch die Nadelsitzungen etwas nebenbei verdiente. Und mag ja sein, dass diese Folterqualen wirklich halfen. In Margaretas Planungen hatten solche Sitzungen jedoch zurzeit keinen Platz. Wenn sie sich schon zwei Wochen Auszeit auf Krankenschein erkämpft hatte, wollte sie diese anders nutzen.

Nachdem sie ihrem gestrengen Personalchef ihre Arbeitsunfähigkeitsbescheinigung höchstpersönlich, ungeschminkt und mit einem Schal um den Hals, vorbeigebracht und ein paar aufmunternde Worte mit auf den Weg bekommen hatte, fuhr sie eilig nach Hause, um sich umzuziehen. Komisch, fiel ihr unterwegs im Auto auf, er hat überhaupt nicht gemeckert. Kein Wort über den hohen Krankenstand in seinem ihm anvertrauten Kaufhaus. Was hatte er sonst für einen Aufstand gemacht, wenn jemand aus gesundheitlichen Gründen ausfiel. Wahrscheinlich war ihm eh alles egal, da er wusste, dass seine Filiale sowieso bald die Pforten schließen würde. Jetzt, wo es Fakt war, ängstigte Margareta die Tatsache nicht mehr so sehr wie vorher, als stets nur gemunkelt worden war, dass Hertie in Buer bald dichtmachen würde. Obwohl sie einer ungewissen Zukunft entgegensah, interessierten sie andere Dinge mehr, zum Beispiel Karol und wann er endlich freikäme, wer Sabine ermordet hatte und wer ihren Vater. Sie werden mich schon in irgendeine andere Filiale versetzen, war sie sich sicher. Ihr Bankberater sah das allerdings weniger positiv, als sie vor ein paar Tagen wegen eines Kredits bei ihm vorstellig wurde. Ziemlich direkt sprach er sie auf die Schließung der Hertie-Filiale an und offenbarte ihr, nachdem er etliche Male mit seinem monströsen Tischrechner hin und her gerechnet hatte, dass er ihr allerhöchstens 6.000 Euro geben könne. »Das reicht nicht«, teilte Margareta ihm mit. Da könne er nichts machen, meinte er und zuckte nur mit den Schultern. Den Rest muss die Koletzki dazugeben, beschloss Margareta und nahm sich vor, sie deswegen gelegentlich aufzusuchen. Schließlich hatte sie Karol verpfiffen und war zudem mit ihm blutsverwandt, was sie moralisch einfach dazu verpflichtete, ihm zu helfen. So eilig, um bei ihr nach Geld für Karols Kaution zu betteln, hatte sie es allerdings gar nicht. Hatte sie vielleicht Angst, dass die Probleme noch größer würden, wenn man Karol aus dem Gefängnis entließ und er bei ihr wohnen würde?

Sie zog sich ihre alte Jeans, ein Sweatshirt und Turnschuhe an und machte sich hoch motiviert auf den Weg zum Berger Park. Dieser blöde Stößel ließ ihr keine Ruhe. Sie wollte sich im Märchengrund ein weiteres Mal umsehen.

Ein kalter Wind schlug ihr entgegen, als sie aus dem Auto stieg. Nun fing es auch noch sachte an zu regnen. Da Margareta direkt an der Straße geparkt hatte, waren es nur wenige Meter, die sie zu laufen hatte. Vorbei an der großen Sonnenuhr, die oben an der Wegkreuzung in den Boden eingelassen war. Die Treppen hinunter, und schon sah sie die Skulptur mitten im Wasser sitzen, wie sie ihren linken Arm mit geöffneter Hand weit ausstreckte. Grazil und traurig saß sie seit eh und je da. Könnte sie reden, würde sie ihr erzählen, wer ihren Vater umgebracht hatte. Margareta ging auf die Bank an der rechten Seite des Teiches zu und setzte sich kurz. Ein herrliches Fleckchen Erde, ein Kleinod in der großen Stadt, wo man noch Ruhe und Frieden findet. Ruhe schon, dachte Margareta, Frieden jedoch nicht immer, obwohl im Fall ihres Vaters war es der ewige Frieden gewesen.

Hatte ihr Vater an jenem Morgen auch Frieden gesucht, als er hier eine Rast einlegte? Ein wenig Ruhe vor seiner keifenden Frau? Schilf und Wasserpflanzen ragten dicht aus dem Teich, links plätscherte das kleine Rinnsal aus dem Quellgrund, hübsch in Steine eingefasst. Sie besah sich noch einmal den großen Findling, an dem man ihren Vater aufgefunden hatte. Gleich rechts daneben befand sich die andere Bank, an der sein Fahrrad lehnte, mit dem jetzt ihr Bruder Gisbert wild durch Buer fuhr. Wie hatte er letztens zu seiner Mutter gesagt: »Aih, Modder, tollet Dingen, dad Rad, echt spitze, äih!« Alles, was Gisbert umsonst bekam, fand er spitze. Da verfiel er schon mal gern in den echten Ruhrpott-Slang.

Margareta schaute an der hohen Steinmauer hinter dem Findling hoch. Hier hatte man eine Schneise in den Wald geschlagen und alles mit Steinen eingefasst. Wenn der Täter von oben durch den Wald gekommen war, musste es sich um einen sehr sportlichen Mörder handeln. Ihre Mutter Waltraud schied da aus. Wenn sie von oben durch den Wald diese Böschung heruntergekraxelt wäre, hätte sie sich mit ihrem Ischiasnerv, der sie oft quälte, kaum mehr rühren, geschweige denn ihrem Mann anschließend mit dem schweren Mörser eins überbraten können. Rechts führte ein Weg aus dem Märchengrund hinaus, der von hohen dunklen Tannen umgeben war. War der Täter vielleicht von dort gekommen? Margareta ging hinter die Bank in den Wald hinein und entdeckte in einiger Entfernung eine breite Stahltür, halb in den Waldboden eingelassen, versteckt zwischen Bäumen, unter Bergen von Laub. Sie nahm an, dass es sich um einen früheren Luftschutzbunker handelte. Warum ist mir diese Tür bisher nie aufgefallen?, wunderte sie sich. Sie inspizierte gründlich den umliegenden Wald, schob mit den Füßen das alte Laub auseinander, bückte sich, wenn sie einen Gegenstand, der ihr verdächtig vorkam, fand. Von einem Stößel war weit und breit nichts zu sehen. Blöd wird die Kripo ja auch nicht sein, musste sie sich eingestehen, die werden wohl alles genau abgesucht haben. Nach gut zwei Stunden und etlichen dummen Bemerkungen von Joggern und Spaziergängern, die sie von den Wegen aus neugierig beobachteten, gab sie auf und fuhr nach Hause.

So viele Fragen gingen ihr durch den Kopf. Wo mache ich weiter, war eine der wichtigsten, die sie sich stellte. Knöpfe ich mir Karl-Heinz erneut vor? Hat er doch was mit Sabines Tod zu tun? Spreche ich meine Mutter auf den fehlenden Stößel an? Werde ich sie überhaupt noch mal alleine zu Gesicht bekommen oder hat sie wieder ihren Hofnarren im Schlepptau? Ihren abgehalfterten Cowboy aus den 70er-Jahren. Wie eine Klette hatte sich Walter an ihre Mutter gehängt, so wie er vorher an seiner Mutter gehangen hatte. Wenn die Gefühle mütterlich bleiben, geht es ja noch, dachte Margareta. Hoffentlich kommen die beiden nicht auf dumme Gedanken und es wird mehr daraus. Nicht auszudenken.

Ich müsste Karol besuchen, dachte Margareta. Karol, der ihr einen herzzerreißenden Liebesbrief geschrieben hatte. Ja, und Bertl müsste ich anrufen. Er hatte ihr am Vorabend auf den Anrufbeantworter gesprochen. Man hätte das Grab seines Vaters geöffnet und die Leiche in die Gerichtsmedizin schaffen lassen. Seine Mutter, die gute Christel, stehe unter Verdacht, ihn vergiftet zu haben. Als Margareta das hörte, konnte sie sich der aufkommenden Schadenfreude nicht erwehren. Ihr fielen die etlichen Pfeilspitzen ein, die Christel in den Jahren, als sie mit Bertl zusammen war, gegen sie abgeschossen hatte. Die Frau war zwar ein Luder, aber einen Mord traute Margareta ihr nicht zu.

Aber ist es nicht so, dass jeder im Leben irgendwann seine gerechte Strafe erhält? Sollte die liebe Christel tatsächlich ihre letzten Jahre im Kittchen verbringen? Schon wieder musste sie schmunzeln. Der Lohn für Gerechtigkeit! Pah! Wann endlich würde der Goldregen auf sie fallen?

19.

Die blöde Gans schnüffelt mir hinterher. Was hat sie da bloß gesucht im Berger Park? Und was auf dem Friedhof? Auf dem Feld, wo man das Mädchen gefunden hatte. Diese Schnüfflerin.

Er fragte sich, als er seinen klopfenden Penis wahrnahm, was sie wohl davon hielt, wenn er ihr das Licht ausknipsen würde. Er vergegenwärtigte sich ihr angstverzerrtes Gesicht und wie sie um ihr Leben betteln würde. Nur würde es vergebens sein. Totale Panik würde ihr Herz fast zum Stillstand bringen.

Er fühlte sich stark, mächtig stark.

Aufkeimende Vorfreude nahm Besitz von seinem Körper.

Er konnte es kaum erwarten.

Mit schmerzender Erregung flüsterte er: »Bald bist du dran, du kleine Schlampe.« Wie gern würde er sie jetzt besitzen. Ihr zeigen, dass er mit ihr tun konnte, was er wollte. Mit dem Polen kann ich es allemal aufnehmen, dachte er.

Sein Puls beschleunigte sich immer mehr. Er senkte langsam den Kopf über das Foto, sodass ihr schönes, lächelndes Gesicht vor seinen Augen verschwamm. Bald, bald bist du fällig. Dann drückte er, mit geschlossenen Augen, einen zarten Kuss auf die Fotografie.

20.

Die gleißende Hitze nahm Christel die Luft zum Atmen. 32 Grad im Schatten zeigte das Thermometer und ein Ende des Azorenhochs, welches die ganze

Stadt lähmte, war nicht in Sicht. Bekleidet mit einer lila gestreiften Bluse und einer weißen Hose schlenderte sie durch den Haupteingang des Friedhofs an der Immermannstraße. Eine flotte Föhnfrisur hatte sie sich vor ein paar Tagen verpassen lassen. Ade, du altmütterliche Einheitsdauerwelle. Doch auch das veränderte Aussehen konnte Christels Stimmung nicht heben. War der gute Heinz also tatsächlich vergiftet worden. In seinem Magen hatte man Spuren von Thiophosphorsäure, des Wirkstoffs des Pflanzenschutzgiftes E 605, gefunden. In der nächsten Woche wollte man ihn jedoch genauso unauffällig, wie man ihn aus seiner letzten Ruhestätte herausgerissen hatte, wieder beisetzen. Kommissar Blauländer hatte Christel heute erneut vorladen lassen, um sie abermals in die Mangel zu nehmen. Genau wie bei den letzten Verhören sagte sie ihm immer wieder das Gleiche, nämlich, dass sie mit der ganzen Sache nichts zu tun hätte.

»Papperlapapp, was die Alte Ihnen da erzählt hat, Herr Kommissar! Anonym hat sie angerufen? Da sehen Sie mal, was das für eine ist. Henriette Koletzki heißt sie. Mich unschuldige Witwe des Mordes an meinem Mann zu bezichtigen, ist das Allerletzte. Erst zeigt sie ihren Neffen an, will ihm gar einen Mord unterschieben, und dann mich. Obwohl wir befreundet waren. Ich habe mich der armen Frau angenommen. Und was ist der Dank? Wieso sollte ich meinen guten Heinz, der ein Leben lang für mich gesorgt hat, umbringen?« Wieder schluchzte sie dem Kommissar die Ohren voll.

Er schüttelte den Kopf. »Fakt ist, Ihr Mann ist vergiftet worden. Woher konnte die Frau davon wissen, wenn nicht aus Ihren Erzählungen? Haben Sie sich ihr anvertraut?«, fragte er sie erneut. Und wieder verneinte Christel die Frage.

Blauländer war einen Moment lang unsicher. Was mache ich bloß mit der? Zweifelsohne eine sympathische Frau. Aber Sympathie war hier nicht gefragt. Wie eine Mörderin sieht sie eigentlich nicht aus. Macht einen vernünftigen, äußerst seriösen Eindruck. Doch aus seiner langjährigen Erfahrung wusste er, dass Mörderinnen oder Mörder oft nicht den eigenen vielleicht auch naiven Vorstellungen entsprachen, der Schein trog oft.

Eigenartig, dass ausgerechnet die Koletzki, die ihren Neffen wegen Mordes an dem Reitermädel verhaften ließ, die anonyme Anruferin gewesen war, wie Christel Alshut behauptet hatte. Koletzki gab ja auch alles zu, als sie von Blauländer aufs Präsidium bestellt worden war. Erzählte haargenau, was Christel Alshut ihr geraten hatte und woraus sie schloss, dass sie es war, die ihren Mann vergiftet hatte.

Gab es einen Zusammenhang zwischen den Morden? Es muss einen geben, war er sich sicher. Ich werde mit der Staatsanwaltschaft sprechen und ein Ermittlungsverfahren gegen die Alshut einleiten. Sollte sich der Tatverdacht erhärten, werde ich einen Haftbefehl beantragen. Vorerst werde ich sie gehen lassen.

Christel setzte sich, an der Trauerhalle angekommen, auf eine der schattigen Bänke und schaute auf das bunte Treiben davor. Nimm dir einen Anwalt, Mutter, hatte Bertl ihr geraten. Allein kommst du aus der Sache nicht heraus.

Eine Trauerfeier war gerade zu Ende. Man lud einen schweren Eichensarg auf den bereitstehenden Katafalk, der mit einer schwarz gemusterten Samtdecke bestückt war, die Karl-Heinz, der Späher, erst vor zwei Minuten hinter der Halle gründlich ausgeschlagen hatte. Verschwitzte Trauergäste stürmten aus der kühlen Halle. Dem Sarg folgte der Pfarrer, der den Sargträgern das Zeichen gab, dass es losgehen konnte. Auf zur letzten Fahrt! Ein jämmerliches Mütterchen, für das, wenn es mal starb, eine Gebeinskiste zur Bestattung durchaus ausreichen würde, wurde von zwei Männern im mittleren Alter, wohl ihre Söhne, gestützt. Für die alte Frau – Christel schätzte sie auf mindestens 80 Jahre – war der Zug längst abgefahren, wusste Christel. Ihr Witwendasein konnte sie nicht mehr genießen, so gebrechlich wie sie aussah. Da hatte sie schätzungsweise Dreiviertel ihres Lebens mit dem Kerl da in der Kiste verbracht, ihn womöglich zum Schluss gepflegt, bis sie selbst zum Krüppel wurde. Nun wog sie nur noch allerhöchstens 35 Kilo und sah in ihrem schwarzen Kostümchen aus wie eine Marionette der Augsburger Puppenkiste. An ihren Fäden zogen nun ihre Kinder. Würdevoll würde sie die Beerdigung hinter sich bringen, um dann irgendwann in den nächsten Wochen, wenn alles vorbei war, endgültig zusammenzubrechen. Dann begann für die Kinder das gleiche Spiel von vorn. Bestatter aufsuchen, Trauergespräch, Sarg aussuchen, Beerdigung, Kaffeetrinken und so weiter. Dazu kam allerdings die Haushaltsauflösung. Vielleicht erben sie ja ordentlich was, damit sich der ganze Stress wenigstens ein klein wenig rechnen würde.

Ich habe mir doch geschworen, es anders zu machen, sagte sich Christel. Ich bin erst 68 Jahre alt und körperlich fit. Die Zeit der tiefen Trauer dürfte nun, nach fast vier Monaten, vorbei sein. Du wolltest noch einmal anfangen zu leben. Was ist mit deinem Vorsatz? Wann willst du ihn endlich in die Tat umsetzen? Ja, okay, aber Blauländer kam mir dazwischen. Wer konnte denn ahnen, dass Henriette mich anzeigt? Hätte ich ihr gar nicht zugetraut. Jetzt wird ein Ermittlungsverfahren gegen mich eingeleitet, obwohl ich unschuldig bin. Wird es trotzdem eine Gerichtsverhandlung geben? Heinz hat ein erfülltes Leben gehabt. Man soll gehen, wenn es am schönsten ist, hieß es. Wer weiß, was ihm alles durch seinen frühen unfreiwilligen Abgang erspart geblieben ist? Ein paar Jahre später wäre er vielleicht einem Krebsleiden erlegen. Hätte sich monatelang herumgequält und wäre mir und Bertl zur Last gefallen. So war es schon besser. Was hatte er auch seine Nase in Dinge gesteckt, die ihn nichts angingen. Es war nie gut, zu viel zu wissen. Und er mochte nun mal Blaubeerpudding für sein Leben gern. Der schmeckt so schön herb, freute er sich immer, wenn es welchen gab.

Christel seufzte, stand von der Bank auf und ging zum hinteren Ausgang des Friedhofs, um den Bus nach Hause zu nehmen. Trotz der Hitze tat ihr der Weg gut. Um das Grab ihres Mannes machte sie heute einen Bogen. Nächste Woche, wenn er wieder da drin liegt, werde ich ihn besuchen, nahm sie sich vor. Das gehört sich nun mal für eine anständige Witwe.

Man muss schließlich Opfer bringen. Es war gut so, redete sie sich unentwegt ein. Heinz hatte zwar kein allzu langes Leben, aber dafür ein schönes. Hatte all das erreicht, was er sich vorgenommen hatte. Beruflich und privat. Haus gebaut, Baum gepflanzt, Kind gezeugt. Das war es, was einen richtigen Mann ausmacht. Oder etwa nicht?

Während der Bus gemächlich über die Ortbeckstraße holperte, versank Christel immer tiefer in ihren Tagträumen. Komischerweise erinnerte sie sich nicht an die schönen Dinge – man sagte doch, im Nachhinein würde man sich nur an die schönen Dinge erinnern –, nein, Christel fielen immer mehr Unarten von Heinz ein. Dazwischen wieder und wieder die mahnende Stimme ihrer verstorbenen Mutter: »Kind, was willst du? War er nicht gut zu dir? Hat er dich nicht gut versorgt? Dich und deinen Sohn?«

Versorgt? Ja, aber zu welchem Preis!, schrie eine Stimme in ihr. Immer wieder hatte ihre Mutter ihr zu ihren Lebzeiten das Hausfrauendasein schönreden, idealisieren wollen. Als wäre es der Hausfrauenhimmel auf Erden. Das war es nicht, war Christel sich sicher. Ich habe nicht darum gebettelt, nur Hausfrau zu sein. Immerhin war Heinz es, der meinen gut bezahlten Job, ohne mich zu fragen, gekündigt hatte. Wie gern hätte ich weitergearbeitet, damals, 1962. Meine Mutter hätte den Kleinen nehmen und Heinz mir im Haushalt helfen können. Doch dafür war er sich zu schade. Mal sonntags die Betten machen oder gelegentlich ein Süppchen kochen, wenn sie krank war, war das Äußerste, zu dem er sich herabließ. Ein echter Mann hat dafür seine Frau. Christel hier, Christel da, Christel mach mal, Christel schau mal. Das Essen ist dir heute aber nicht gut gelungen. Zu wenig Salz. Schon wenn er zur Tür hereinkam, konnte sie an seinem Gesicht sehen, wenn er schlechte Laune hatte. Und da reichte bereits ein wenig fehlendes Salz am Essen und er wurde zornig. Ja, er konnte zornig werden. Wenn nicht alles so lief, wie er wollte, wurde der Perfektionist Heinz sauer. Wenn sie im Bett nicht willig war – schließlich gab es so was wie eine eheliche Pflicht –, sprach er eine Zeit lang nicht mehr mit ihr. Da kam ihr ihre Monatsblutung oft wie gerufen.

»Was, so lange hast du deine Tage?«, fragte er dann genervt.

»Ja, stell dir vor, dieses Mal dauern sie schon zwei Wochen.«

Nicht zu vergessen, sein Sparsamkeitstick. Trotz eigenem Haus und gefüllter Sparbücher reichte oft ein seiner Meinung nach zu teures Toilettenpapier, um ihn hochgehen zu lassen wie ein HB-Männchen. War ja sowieso alles nur sein Verdienst. Die vielen Über- und Sonntagsschichten brachten viel Kohle. Unter Tage und über Tage. »Während ich mich da unten vor Kohle abrackere, sitzt du mit deinem Hintern auf dem Sofa«, meinte er nicht selten. Habe ich mich darum gerissen?, dachte sie daraufhin müde.

Dem Jungen, dem hat er alles in den Hintern geschoben. Mit 16 Jahren bekam er ein Moped, mit 18 ein Auto. Wie gerne hätte auch ich den Führerschein gemacht, dachte Christel. Wenn sie Heinz damit kam, schüttelte er nur lachend den Kopf. »Wozu? Ich fahre dich überall hin.« Er wollte keine selbstständige Frau, wurde ihr bald klar. Ein dummes Hascherl wollte er. Was wäre es schön, wenn ich jetzt das Auto, das noch immer in der Garage steht, fahren könnte. Ich wäre auf niemanden angewiesen. Brauchte Bertl nicht für jeden Sprudelkasten in den Hintern zu kriechen.

Als der Bus fast vor ihrer Haustür hielt und zischend die Türen öffnete, fiel Christels Blick sofort auf Bertls Auto, das in der Einfahrt stand. Hat er schon wieder früher Feierabend gemacht? In letzter Zeit schien er überhaupt keine Lust mehr zum Arbeiten zu haben. Hurt jedes Wochenende mit irgendwelchen dahergelaufenen Weibern herum. Die vom letzten war ja wohl die Härteste in seiner Sammlung. Von hinten gesehen sah sie mit ihrer eierlikörfarbigen Haarpracht toll aus. Kaum hatte sie sich allerdings umgedreht, sah man zuerst in zwei riesige, von schweren Tränensäcken gezeichnete Augen. Da war Derrick ein Waisenknabe gegen. Ihre Haut war schweinchenrosa und faltig. Das gelbe Top, das sie trug, war für ihr Alter, Christel schätzte sie auf Mitte 40, viel zu gewagt. Ihre Brüste hingen eine Etage tiefer als normal. Die rote Leggings war voller Knötchen und ging ihr bis zum Knie. Blaurot marmorierte Waden kamen darunter zum Vorschein. Die letzte Rasur lag mindestens drei Wochen zurück und dunkle Stoppelhaare drängten sich ans Tageslicht. Leichengelbe Hornhauthacken lugten aus den lila Riemchensandalen hervor.

Bertl bat Christel sogar zum abendlichen Grillen. Doch das Geturtel der beiden Verliebten ging Christel dermaßen an die Nieren, dass sie weder den Wein noch das Essen genießen konnte. Auf die hohlen Sprüche dieser Dame konnte Christel nichts erwidern. So dummes Zeug hatte noch niemand in ihrem Garten dahergeredet. Wie heißt es so schön: ›Dumm fickt gut!‹, und das schien Bertl momentan das Wichtigste zu sein. Das Maß an Geschmacklosigkeit war voll, als er seiner Flamme mit der Fleischgabel eine Riesenportion knuspriger Haut, die er für das Beste am Schwein hielt, in ihren Mund stopfte. Christel zog sich daraufhin in ihre Wohnung zurück. Beinahe bereute sie, dass Margareta nicht mehr da war. Gegen all diese Frauen, die Bertl da anschleppte, war sie ein wahres Juwel gewesen, musste sie zugeben. Wieso habe ich mich bloß nicht mit ihr arrangiert?, fragte sie sich mehr als einmal.

Sie betrat das Haus und schlich nach oben. Sie hatte keine Lust auf ihren Sohn und schon gar keine auf seine verlodderte Wohnung. Am letzten Montag hatte sie nämlich zum ersten Mal gestreikt. Sie hatte sich geweigert, den Wochenendschmand aus seiner Wohnung zu entfernen. Nichts mehr mit lieber Mutti, die stillschweigend die Spuren seiner Orgien entfernte. Nach einer kurzen Inspektion aller Räume ging sie würgend wieder nach oben. Soll er seinen Puff mal schön selbst wieder in Ordnung bringen. Seitdem war die Harmonie zwischen Mutter und Sohn ein wenig in Mitleidenschaft gezogen, was Christel aber überhaupt nicht zu stören schien. Oben in ihrer Wohnung angekommen, ließ sie ihren Tränen freien Lauf, wusste aber gar nicht, was oder wen sie eigentlich genau bejammerte.

21.

In Margaretas Kopf war plötzlich ein leises Surren. Ihre Vernunftstimme meldete sich: Deine Mutter war immer gut zu dir, hat dich großgezogen, dich behütet und beschützt. Sie hat geduldig zugehört, wenn du ihr deine Schandtaten aus der Schule gebeichtet hast. Stolz war sie immer an deiner Seite, bei deiner Einschulung, deiner Konfirmation, deiner Schulentlassung. Bei Krankheit hat sie an deinem Bett gesessen und dich getröstet, Tag und Nacht. Hast du das alles schon vergessen?, fragte die innere Stimme. Wieso kann die Vernunftstimme nicht endlich ihre Klappe halten! Sei doch einmal ein klein wenig gnädig, fing sie wieder an. Gönne deiner Mutter die Freude. Freude? Bist du bescheuert, Vernunftstimme? Das soll eine Freude sein, sich mit diesem falschen Fuffziger gemeinsam in einem Raum aufzuhalten? Oh graus. Wie er wieder aussah! Er lag – wohlbemerkt lag – in seiner schlabberigen Schnellfickerhose und einem Doppelrippunterhemd bei Waltraud auf dem Mohairsofa und stopfte sich genüsslich ein Pfeifchen. Margaretas Mutter saß ihm schräg gegenüber auf dem Sessel und klebte Fotos ein. Ein Bild der vollkommenen Harmonie. Nicht auszuhalten. Sie sah Margareta an. Ihr Blick hatte etwas Flehendes. So, als wollte sie sagen: Bitte, Gretchen, beschimpfe ihn nicht wieder. Sei nett zu ihm!

Margareta zeigte ein zaghaftes Lächeln und zwang

sich zu einem »Guten Morgen«, woraufhin John Wayne für Kassenpatienten gütig lächelte und den Gruß erfreut erwiderte. Er roch nach verfaulten Orangen, was Margareta auf den Tabak schob. Wieso lag er hier in Jogginghose und Unterhemd auf der Couch? Die werden doch wohl nicht … Margareta zwang sich, den Gedanken nicht zu Ende zu denken. Nein, es kann nicht sein, was nicht sein darf. Schließlich ist meine Mutter in Volltrauer. Da schiebt man keine Nummer mit einem 20 Jahre jüngeren Kerl aus der Nachbarschaft, der sich ebenfalls in Trauer befindet. Andererseits steht er voll im Saft und hat sich ein halbes Jahrhundert aus Mangel an Gelegenheiten für eine Frau aufgespart. Sollte nun etwa meine Mutter in den Genuss gekommen sein mit ihm … Nicht weiter darüber nachdenken, sagte sich Margareta.

Bei genauerem Hinsehen stellte sie fest, dass ihre Mutter mit Begeisterung Beerdigungsfotos in ein Album klebte. Iiih, das ist ja ekelhaft. Fotos, die ihren Vater mit leichengelb gefalteten Händen aufgebahrt zeigten. Mal von Nahem, mal von weiter weg.

»Hat der Bestatter gemacht! Sind die nicht schön?«, fragte ihre Mutter sie mit leuchtenden Augen.

»Ich weiß nicht«, antwortete Margareta nur, weil sie nicht gleich wieder die Wahrheit sagen wollte. Nämlich, dass sie das, was ihre Mutter tat, einfach pervers fand. Die Vorstellung, überhaupt den Toten im Sarg abzulichten, war für Margareta der reinste Horror.

»Von meiner Mutter hat er auch so tolle Fotos gemacht. Willste mal sehen?«, fragte Walter Margareta voller Stolz.

»Nee, lass mal!« Margareta musste sich schwer beherrschen, nicht eins draufzusetzen.

»Bist du mir noch böse, Schatz?«, wollte Waltraud nun von ihrer Tochter wissen.

»Nein, wieso sollte ich?« Klar, bin ich sauer, schrie alles in ihr, doch sie zwang sich, ruhig zu bleiben.

»Ich habe noch mal nachgerechnet. Also, 3.000 Euro könnte ich dir geben, ich meine wegen …«, verschämt sah sie zu Boden.

»Lass mal, ich kriege das Geld schon irgendwie zusammen!«

Man merkte Waltraud an, dass sie bereute, was sie letzte Woche über Karol gesagt hatte. Margareta lächelte nur, was so viel heißen sollte wie: Vergessen wir das Ganze. Sie freute sich aber über den guten Willen ihrer Mutter.

Trotz allem Langmut war Walter Margareta ein Dorn im Auge. Mit welcher Selbstverständlichkeit er sich hier breitmachte. Dieser lange knochige Kerl nahm fast das ganze Sofa ein. Wahrlich eine stattliche Erscheinung! Zwar nicht schön, aber dennoch stattlich. Seine Augen! Seine Augen gefallen mir nicht, dachte Margareta. Trotzdem fürchtete sie sich nicht vor Walter. Vielleicht weil sie ihn so lange kannte? Bereits als Kind und Jugendlicher war er ein Sonderling. An eine Szene ihrer Kindheit konnte sie sich genau erinnern. Sie war ungefähr sechs Jahre alt und spielte mit den anderen Kindern auf dem Hof Ball. Da sah sie Walter an der Stalltür gelehnt stehen. Er musste ungefähr 18 Jahre alt gewesen sein. Er trug eine kurze Lederhose mit einem Latz, auf dem sich ein Plastikhirsch befand, so wie sie hier im Ruhrpott nur Kinder bis ungefähr zehn Jahre trugen. Die langen Beine zierten gestrickte Wollsocken. An den Füßen hatte er Wassersandalen in Orange. Das weiße Oberhemd ließ ihn älter wirken. Locken hatte er schon damals. Ordentlich von seiner Mutti mit Pomade nach rechts geharkt. Während andere mit dem Moped durch die Gegend fuhren und sich zur Fahrschule anmeldeten, hing er auf dem Hof ab. Immer, wenn er von der Arbeit nach Hause kam, wurde der gute Anzug an den Nagel gehängt und gegen die tolle Lederhose eingetauscht. Er hatte keine Freunde, geschweige denn eine Freundin. Von Gleichaltrigen wurde er oft gehänselt.

Sie konnte sich genau daran erinnern, wie ihre Freundin Corinna zu ihr sagte: »Schau mal, der Walter. Mein Papa hat gesagt, dem muss man ein Kotelett um den Hals hängen, damit wenigstens ein Hund mit ihm spielt!«

Und genau dieser Spruch ihrer Freundin fiel ihr jetzt, als sie ihn rauchend auf dem Sofa liegen sah, wieder ein. Aber nun hatte er ja Waltraud. Seine neue Ersatz-Mutti.

Während sie ihn weiter verstohlen betrachtete, war Waltraud in der Küche verschwunden, um Kartoffeln aufzusetzen.

Das Summen in Margaretas Kopf hatte aufgehört. Brav setzte sie sich zu ihrer Mutter und deren Pflegekind an den Tisch, um mit ihnen zu Mittag zu essen. Fast wie früher, dachte sie. Als sie mit dem Messer in das panierte Kotelett schnitt, hätte sie laut lachen können. Der Gedanke an das Kotelett um Walters

Hals machte sie dennoch irgendwie traurig. Was hatte seine Mutti damals bloß falsch gemacht?

Nach einem anschließenden Kaffee und einem ausführlichen Gespräch über den Stand der Dinge, was die beiden Morde an Sabine und ihrem Vater betraf, brach Margareta auf. Allerdings nicht, ohne sich herzlich von ihrer Mutter verabschiedet zu haben. Sie wird schon zur Vernunft kommen, irgendwann, hoffte sie.

In Koletzkis Küche herrschte peinliche Sauberkeit. Eine Küche wie aus den frühen 70er-Jahren. Die weißen Küchenmöbel waren zwar alt, doch kein einziger Fingerabdruck war auf ihnen zu erkennen. ›Meister Propper! Meister Propper putzt so sauber, dass man sich drin spiegeln kann, Meister Propper!‹ Das hatten sie früher im Fernsehen fast täglich gesungen. Hier war es Realität. Auf dem Tisch eine gestärkte weiße Tischdecke, ein Strauß Bartnelken in einer Uraltvase und zwei Kaffeegedecke mit zartem Goldrand. Aus einer Prinzenrolle kramte Henriette Koletzki für jeden genau drei Kekse hervor und legte sie direkt auf die Teller. Der Kaffee verströmte den Duft von heimeliger Gemütlichkeit. Kein wenig verlegen war Henriette, als Margareta vor ihrer Tür stand. So, als hätte sie mit ihrem Besuch gerechnet.

»Wie geht es Karol?«, wollte sie wissen und blickte beschämt zu Boden. Sie wusste genau, dass die Nummer voll daneben war, die sie abgezogen hatte. Den eigenen Neffen anzeigen. Wer macht denn so was?

»Ich brauche Geld für Karols Kaution. Mir fehlen 9.000 Euro. Ich dachte, Sie können mir helfen«, fiel Margareta mit der Tür ins Haus.

»Kindchen«, lachte Henriette, »ich bekomme knapp 700 Euro Rente. Das reicht weder zum Leben noch zum Sterben. Ich habe keine Ersparnisse. Bei mir sind Sie da völlig falsch.« Sie biss in einen Doppelkeks und kaute ein wenig schwerfällig, was wohl an ihrer schlecht sitzenden Zahnprothese lag.

»Sie sind seine einzige Verwandte. Außerdem haben Sie ihn in den Knast gebracht!«

»Ja, das stimmt. Ich habe ihn angezeigt. Und es tut mir leid. Es wurde mir einfach alles zu viel.« Tränen liefen der alten Frau die Wangen herunter. »Ich hätte es nicht tun dürfen.«

»Das war vielleicht gar nicht so schlecht. Er war's ja nicht. Nun läuft sein Aufnahmeverfahren. Er ist nicht mehr illegal hier. Aber er muss da raus! Verstehen Sie?«

»Was soll ich denn machen? Ich habe doch nichts!«

Margaretas Blick blieb an dem altmodischen rosa Strickkleid hängen, in dem Henriette Koletzki steckte. Sie musste zugeben: Die hat wirklich nichts. Würde ich in diesem Kleid herumlaufen müssen, würde ich eine Aschenputtelneurose bekommen, dachte sie mitfühlend. Ich drehe ja schon am Rad, wenn ich mir einen Monat mal nichts Neues zum Anziehen kaufen konnte, und diese Frau hier läuft in einem Kleid herum, das mindestens 30 Jahre auf dem Buckel hatte, was man ihm auch noch ansah.

»Wird Karol bei Ihnen wohnen, wenn er aus dem Gefängnis freikommt?«

»Ja, ich denke schon!« Obwohl Margareta bei dem Gedanken, ihn bald rund um die Uhr um sich zu haben, schon ein wenig mulmig wurde.

»Wird er mir verzeihen?«, fragte die alte Frau Margareta, als sie sich an der Wohnungstür voneinander verabschiedeten.

»Ich hoffe es«, sagte Margareta. Als sie den dunklen Treppenflur hinunterging, wunderte sie sich, was sie da eben gesagt hatte. Hey, bis du eigentlich bescheuert? Die Frau hat deinen Lover in den Knast gebracht und du gehst noch so liebevoll mit ihr um? Spendest ihr Trost? Du bist eigentlich hergekommen, um ihr ordentlich den Kopf zu waschen und die Kohle locker zu machen. Oder? Und? Was hast du erreicht? Wütend über sich, nahm sie sich vor, Karl-Heinz einen Besuch abzustatten. Der sollte mal die andere Seite von ihr kennenlernen. Schluss mit Sanftmut und Höflichkeit. Der kriegt jetzt richtig eins übergebraten!

22.

Dieses olle Weibsstück! Spielt sich auf wie eine Kommissarin. Schnüffelt überall herum. Zwei Stunden hatte er gewartet. Nun sah er ihren Wagen um die Ecke biegen, die Durchfahrt des Wohnturms passieren und links in die dunkle Hofeinfahrt einbiegen. Es hatte angefangen zu regnen. Er stand unter dem Gewölbe des Turmes, versteckt hinter einem Pfeiler, im Trockenen. Wo hatte sie sich wieder herumgetrieben, dachte er wütend. Ihr polnischer Lover sitzt ja nach wie vor im Knast. Hatte sie vielleicht schon wieder einen Neuen? In seiner Hose begann es zu pochen. Sein Gesicht begann zu glühen. Sie sollte endlich bekommen, was sie verdiente. Endlich. Wie die andere auch. Ob heute der richtige Tag dafür war? Er glaubte es. Sein Haar war schweißnass und klebte ihm am Schädel. Margareta schaltete den Motor ab, stieg aus und verschloss den Wagen. Mit schnellen Schritten ging sie auf den unbeleuchteten Hauseingang auf dem Hinterhof zu und schloss die Tür auf. Schwupps, war sie im Hausflur verschwunden. Er sah, wie das Licht anging. Kurz bevor die Haustür ins Schloss fiel, sprang er mit einem Satz zur Tür, um zu verhindern, dass das Schloss einrastete. Als er hörte, wie Margareta ein Stockwerk höher ihre Wohnungstür verschloss, schlich er sich ins Treppenhaus. Er wartete, bis das Flurlicht erlosch und ging langsam die Stiegen hinauf.

Ich komme, du Schlampe, ich komme! Ja, ich glaube, heute ist ein guter Tag, ums dir zu zeigen. Du wirst hinterher winseln, damit ich dich endlich erlöse. Er lachte leise, fühlte sich stark und mächtig.

Er legte sein Ohr an ihre Wohnungstür. Hörte, wie sie den Fernseher einschaltete. Wie sie mit ihrem Stechschritt summend durch die Wohnung ging. Jetzt zieht sie sich aus, vermutete er. Wie praktisch. Brauche ich es nicht mehr zu tun. Er griff in seine Hosentasche und holte einen Schraubenzieher hervor. Schraubenzieher war besser als der Scheckkartentrick, wusste er. Gleich bin ich bei dir, dann hat deine liebe Seele Ruhe. Gerade als er sich an dem Schloss zu schaffen machte, hörte er unten die Haustür. Gleich darauf ging das Licht im Treppenhaus an. Er vernahm das Räuspern einer tiefen Männerstimme und schwere Schritte die Treppe hinaufkommen. Schnell steckte er den Schraubenzieher in seine Manteltasche und ging die Stufen hinunter. Der heraufkommende Nachbar beäugte den fremden Mann misstrauisch. Grußlos gingen sie aneinander vorbei.

»Scheiße!«, knurrte er, als er draußen im Regen stand. »Dieser verdammte Dreckskerl!« Er ging bis zur nächsten Straßenecke, wo er sein Auto geparkt hatte, und fuhr wütend davon. Aufgeschoben ist nicht aufgehoben, sagte er sich. Die nächste Gelegenheit kommt bestimmt. Seine Wut über die Störung durch den Nachbarn verflog. Das Pochen in seinem Unterleib ließ nach. Sein Gesicht bekam wieder eine normale Temperatur. Abwarten und Tee trinken. Ja, ein Tee wäre jetzt nicht schlecht!

23.

Allein Margaretas Anblick ließ Karl-Heinz angst und bange werden. Nichts mehr mit freudiger Erregung, wenn er sie nur sah, so wie es vor ein paar Wochen der Fall war, als sie ihm noch nicht so übel zusetzte. Da hatte er Hoffnung, er könne bei ihr landen. Sie ist allein, ich bin allein, wieso tun wir uns nicht zusammen?, dachte er da. Dass sie ihn als Mann ätzend fand, konnte er nicht ahnen. Am liebsten wäre er auf der Stelle davongelaufen. Doch zu spät. Sie kam aus dem Gebüsch gesprungen, als er nach einer Beisetzung auf dem Weg zurück zur Trauerhalle war.

»Können wir reden?«, fragte sie ihn nicht gerade freundlich. Kein Wort des Grußes an diesem schönen Spätsommertag, nichts.

»Jetzt? Hier? Ich habe dir schon alles gesagt!« Er wirkte müde und ein wenig traurig. Traurig, dass sie ihn einzig und allein aufsuchte, um ihn in die Mangel zu nehmen. Welch schöner Gedanke wäre es, wenn sie ihm aufgrund der Tatsache, dass sie ihn mochte, aufgelauert hätte. Das konnte er sich abschminken, hatte er inzwischen kapiert. Sie setzt ihre Messlatte viel zu hoch an, war er überzeugt. Was gefällt ihr nicht an mir?, hatte er sich in den letzten Wochen oft gefragt und sich lange Zeit im Spiegel betrachtet. Sind es meine Zähne? Die eigenwillige Form meines Mundes? Er wusste keine Antwort. Er hätte sich in die Kategorie gut aussehender Mann eingeordnet.

»Ich bin überzeugt, du hast mir nicht alles gesagt! Also, wo können wir reden?« Man merkte, dass bei Margareta so langsam Schluss mit lustig war. Wie er wieder aussah, dachte sie. Wie kann man in einem lilafarbenen T-Shirt einer Beerdigung voranschreiten. Das ist doch wohl ein absolutes No-go!

»Willst du heute Abend zu mir kommen?« Seine Augen leuchteten. Ein klein wenig Hoffnung keimte in ihm auf, dass vielleicht nicht alles verloren war, was ihre gemeinsame Zukunft betraf.

»Nee, du, lass mal. Auf neutralem Boden wäre mir lieber.« Sie überlegte krampfhaft, wo sie sich mit ihm verabreden könnte. Er sollte nicht gleich wieder auf den Gedanken kommen, sie könnte an ihm interessiert sein. Bloß das nicht. Außerdem wollte sie den armen Kerl nicht in Verlegenheit bringen. Ihr fiel der Bäckerladen keine 50 Meter von ihrem Zuhause ein. Da hatte letztens in einem Hinterzimmer ein kleines Café eröffnet.

»Beim Bäcker an der Ecke? Um 15 Uhr?« Geniale Idee, fand Margareta. In der sterilen Atmosphäre des Bäckerladens konnte er nicht auf dumme Gedanken kommen.

Sein Mund fiel nach hinten in seinen Schädel hinein. Sein Kinn klappte ihm fast bis auf die Brust vor Enttäuschung. »Beim Bäcker? So früh?«

»Ja, wieso nicht? Also, bis nachher.« Ohne seine Antwort abzuwarten, ging sie in Richtung Parkplatz davon.

Er blickte ihr hinterher und zischte leise: »Blöde Ziege!«

Wenigstens hat er seine Haare gewaschen, dachte Margareta, als sie den Bäckerladen betrat und forsch nach hinten ins Café durchging, wo Karl-Heinz schon auf sie wartete. Er saß mit weit aufgerissenen Augen auf einem der schwarzen Stühle an einem ebensolchen Tisch und war gerade dabei, Würfelzuckerstückchen in seinem Tee versinken zu lassen. Mit seinem Grinsen im Gesicht sah er aus, als würde er jeden Moment anfangen zu heulen. Seine Mimik ist eigenartig, dachte Margareta und setzte sich ihm gegenüber. Direkt über seinem Kopf hing ein Bild von Hans Albers an der Wand, daneben eins von Marlene Dietrich. Requisiten aus längst vergangener Zeit. Er hatte sich das Frühstück ›Fleißiger Arbeiter‹ zu 2,75 Euro bestellt und wollte gerade herzhaft in eins der beiden gut belegten Brötchen beißen. Klar, für das Geld hat er richtig was auf den Teller bekommen. Zwei riesige Brötchen mit Wurst und dazu einen großen Pott Pfefferminztee. Margareta starrte ihn an und hoffte, dass seine kaum sichtbaren Kauleisten mit diesem großen Brötchen überhaupt fertig werden konnten.

»Willst du auch so ein Frühstück? Kriegt man hier den ganzen Tag!« In freudiger Erwartung schaute er sie an.

»Nein, danke, ich habe mir schon ein Stück Kuchen und einen Kaffee bestellt.« Dass sie beides vorn im Laden gleich bezahlt hatte, erzählte sie ihm nicht.

Bis auf die beiden an ihrem Ecktisch war das Café

leer. Draußen vor der großen Schaufensterscheibe des Bäckerladens saßen ein paar munter schnatternde Leutchen in der Sonne und tranken Kaffee.

»Ich glaub dir nicht, dass du mit dem Mord an Sabine nichts zu tun hast«, kam Margareta sofort zur Sache. »Ich spüre, dass du mir etwas verschweigst. Okay, dass du kein Mörder bist, davon bin ich mittlerweile überzeugt. Aber du weißt was, was du mir nicht erzählt hast!«

»Na ja, immerhin glaubst du mir, dass ich das Mädchen nicht ermordet habe. Und das bestimmt erst, seit sie diesen Polen verhaftet haben, der bei dir im Nachbarhaus gewohnt hat.« Er biss erneut in das Brötchen. Die fettige Jagdwurst, die an den Seiten heraushing, hatte sein Gesicht verschmiert.

»Erstens ist er kein Pole, er ist deutschstämmig, und zweitens hat er mit der Sache absolut nichts zu tun.«

»Klar, deshalb hat man ihn auch verhaftet!« Karl-Heinz lachte. Wenn er lacht, sieht er gar nicht gut aus, stellte Margareta fest.

»Man will ihm was anhängen. Bloß, weil er zufällig in der Mordnacht auf dem Friedhof war, ist er nicht gleich der Mörder!«

»Normal ist das aber nicht, mitten in der Nacht im Regen auf dem Friedhof herumzuhängen!«

»Woher weißt du, dass es in der Mordnacht geregnet hat? Etwa, weil du dort warst?« Er ist doch nicht ganz so stark mit Dummheit gepudert, wie ich vermutete, dachte Margareta.

»Ich war nicht da, wenn du das glaubst. Was hätte ich da zu suchen gehabt? Man hat mir erzählt, dass es in der Nacht geregnet hat.«

Er konnte ihrem Blick mit seinen Wick-Blau-Augen und den scharfen Pupillen problemlos standhalten, ohne nervös zu werden. Allerdings war Margareta felsenfest überzeugt, dass er ihr etwas verheimlichte. Da waren immer noch die Fotos, auch wenn er beteuerte, er habe damit nichts zu tun. Er hätte außerdem gar keinen Fotoapparat.

Sie hatte ihren russischen Zupfkuchen bereits verzehrt und den Kaffee ausgetrunken und war kein Stück weitergekommen. Ob ich es mal auf die kesse Art probieren soll?, dachte sie. Aber dann schöpft er wieder Hoffnung und nervt mich anschließend. Lieber die grobe Tour, entschied Margareta.

»Sag mal, hat man dich eigentlich schon verhört?«

Nun wurde er nervös. Seine Hand, die den fast leeren Teepott hielt, begann zu zittern. »Wieso sollte man? Ich habe mit der Sache nichts zu tun. Wie oft soll ich es dir noch sagen?«

»Okay, ich werde Kommissar Blauländer den Umschlag mit den Fotos geben und ihm mitteilen, dass sie von dir sind. Du sollst mal sehen, wie schnell man dich ins Präsidium bestellt!« Margareta lachte süffisant. »Und dein Chef, was wird der wohl dazu sagen?«

»Die Fotos sind nicht von mir!«

»Na, dann brauchst du ja keine Angst zu haben.«

»Ich will nichts mit der Polizei zu tun haben.« Schweißperlen bildeten sich auf seiner Stirn. Seine frisch gewaschenen Ponyfransen klebten darin fest.

»Dann erzähl mir, was du weißt!«

»Du scheinst den sechsten Sinn zu haben, was?«,

fragte er sie und starrte ihr dabei auf den Busen, der in einem tief dekolletierten, schwarzen Top steckte.

»Schieß schon los. Was weißt du?« Margareta kam sich echt cool vor, fast wie die Tatortkommissarin Lindholm.

»Ja, ich habe Sabine auf dem Friedhof getroffen. Einen Tag, bevor sie ermordet wurde. Sie lief heulend durch die Gegend. Völlig verzweifelt. Da habe ich sie angesprochen.«

Margareta riss die Augen auf. Damit hatte sie ja nun gar nicht gerechnet. Sie hatte zwar vermutet, dass der Späher ihr etwas verheimlichte, aber dass es an diesem Nachmittag in diesem Café so spannend werden würde, hätte sie nicht zu hoffen gewagt.

»Sie lief weinend über den Friedhof?«

»Ja, sie wusste nicht wohin, hatte wohl Ärger zu Hause, war dann tags zuvor zu ihrem Freund, mit dem sie sich aber zankte …, und dann wusste sie nicht wohin. Da habe ich sie mit zu mir genommen!« Die grellen Wick-Blau-Augen bohrten sich in ihr Gesicht.

»Ja, und dann hast du die Gelegenheit beim Schopf gepackt und bist über sie hergefallen«, mutmaßte Margareta so laut, dass der dickliche Bäckereifachverkäufer seinen Verkaufstresen verließ und neugierig den Kopf durch die Tür steckte. Margareta hatte wieder die schrecklichen Fotos vor Augen, das von der toten Sabine und die der beiden geschundenen Frauen.

»Nein, natürlich nicht. Ich habe ihr was zum Essen gemacht und wir haben geredet!«

Was hat er ihr wohl kredenzt?, dachte Margareta.

Fischstäbchen und dazu irgendeinen Pipiwein? Und als Nachspeise Apfelmus?

»Pah, nur geredet! Anschließend wolltest du mit ihr in die Kiste. Und weil sie nicht wollte, hast du ihr das Licht ausgemacht! Ein bisschen gewürgt, und zack war sie tot.«

»Nein! Bist du bekloppt?« Entsetzt sah er sie an. »Sie hat auf der Couch geschlafen und am anderen Morgen ist sie wieder gegangen. Das heißt, es war schon fast mittags. Sie sagte, sie wolle wieder nach Hause. Traute sich aber wohl nicht.«

»Du hast ihr also nichts getan?«

»Nein, verdammt noch mal. Sonst würde ich es dir nicht erzählen. Du behältst es aber für dich! Ist das klar?« Die Angst stand Karl-Heinz ins Gesicht geschrieben. Vor Aufregung schluckte er mehrmals hintereinander, was seinen Adamsapfel einen nervösen Tanz aufführen ließ.

»Aber deine Aussage könnte dem Kommissar vielleicht weiterhelfen«, versuchte Margareta ihn zu überzeugen.

»Nein, ich will das nicht, verstehst du? Die werden fragen, wieso ich erst jetzt damit komme, und dann werden sie mich in die Mangel nehmen. Du wirst den Mund halten!« Er nahm ihre linke Hand, die sie auf dem Tisch abgelegt hatte, und drückte sie so stark, dass ihre Fingerknöchel weiß hervortraten.

»Sag mal, spinnst du? Wie redest du denn mit mir? Und lass meine Hand los! Du tust mir weh!«

Erschrocken ließ er sie los. »Entschuldige … Ich will nichts mit der Polizei zu tun haben … Verstehst du?«

Völlig fertig verließ Margareta gegen 16.30 Uhr das kleine Café und ging nach Hause. Nicht ohne Karl-Heinz 150-mal versprochen zu haben, das eben Gehörte für sich zu behalten. Da hast du dich wohl etwas überschätzt, Frau Lindholm, sagte sie sich.

Sie hatte ihm Bücher mitgebracht. Er hätte schon die gesamte Gefängnisbibliothek quergelesen, hatte er ihr in seinem letzten Brief geschrieben. Wie schöne Zeilen er schreiben konnte. Für so gebildet hatte Margareta ihn gar nicht gehalten. Aber als Lektor eines wissenschaftlichen Verlages muss man das wohl können. Erst nachdem sie ihn schon eine Zeit lang kannte, rückte er damit heraus, womit er in Polen sein Geld verdient hatte. Womit andere sich gerühmt hätten, jahrelanges Studium, Examen und so weiter, das erwähnte er so ganz nebenbei. Und was hatte er in Koletzkis drittem Zimmer fast ein Jahr lang gemacht? Fremder Leute Schuhe repariert. Margareta war voller Hoffnung, dass er nach seiner Entlassung aus dem Gefängnis eine einigermaßen vernünftige Arbeit finden würde. Trotz schlechter Arbeitsmarktlage und Millionen Arbeitsloser. Undenkbar, wenn er zum Beispiel als Tiefkühlkostverkäufer oder Lagerjogi arbeiten müsste.

Für den Besuch bei Karol hatte Margareta sich nicht einmal freinehmen müssen. Sie hatte noch ›Krankenurlaub‹ und wollte den Tag, nachdem sie ihre ganze Wohnung gründlich geputzt hatte, weiterhin sinnvoll nutzen.

Karol empfing sie mit einem Lächeln auf dem Gesicht. Gut sah er aus, entspannt und zufrieden.

Das erste Mal seit langer Zeit, stellte sie fest. Sie hielten sich nicht mit dem Austausch von Höflichkeitsfloskeln auf und kamen sofort zur Sache. Sie legte ihm einen Stapel Bücher auf den Tisch, den sie sich in ihrem Bekanntenkreis zusammengeliehen hatte. Bring mir aber keinen Schund, hatte er ihr mitgeteilt, bring mir was Gescheites. Sie hoffte, dass die Bücher von Karen Duve, Frank Goosen und Simon Beckett seinen Geschmack treffen würden. Und vor allem, dass sie ihn vom tristen Gefängnisalltag ablenken würden. Natürlich brachte sie ihm wieder Schokolade mit, die er lächelnd entgegennahm.

Nach 25 Minuten Berichterstattung über das, was der Anwalt, dieser ach so tolle Dr. Dr. Hartholz, alles schon für ihn erreicht hatte, lehnte er sich zurück und schwieg.

»Ich rede und rede und lasse dich überhaupt nicht zu Wort kommen. Erzähl mal, was ist bei dir passiert?«

Plötzlich war es ihr nicht mehr wichtig, als sie ihn so glücklich und ausgeglichen erlebte, ihm unbedingt das Treffen mit Karl-Heinz gestern auf die Nase zu binden. Dass Sabine eine Nacht bei ihm verbracht hatte. Es würde Karol nur aufregen. Behalte es für dich, sagte sie sich. Auch die Lovestory ihrer Mutter mit diesem John-Wayne-Verschnitt hielt sie auf einmal nicht mehr für wichtig. Wenn er erst entlassen wird und wir gemütlich auf dem Sofa sitzen, abends, bei einem Glas Wein, kann ich ihm immer noch davon erzählen. Sie sah auf die Uhr. Nur noch drei Minuten. Was sage ich ihm noch, in drei Minuten?

»Hast du inzwischen was Neues erfahren? Ich meine, was die Morde betrifft?« Karol wurde ernst und sah sie aus seinen rehbraunen Augen an.

Statt ihn anzulügen, nahm sie sanft lächelnd seine Hand und sagte leise: »Ich liebe dich! ... Ich freue mich, wenn du bald nach Hause kommst!«

»Nach Hause? Wo soll das sein?« Sein eben noch sanfter, zärtlicher Blick wurde hart. »Ich habe kein Zuhause mehr!« Er starrte zur Decke und hatte unvermittelt Tränen in den Augen.

»Doch, du hast ein Zuhause, dein Zuhause ist ab jetzt bei mir!«

»Die Besuchszeit ist um«, verkündete der mit gleichgültiger Miene blickende Wachmann.

»Ich liebe dich, Margareta«, sagte Karol. »Und ich weiß nicht, wieso du das alles für mich machst!«

»Eben weil ich dich liebe«, sagte Margareta, lächelte ihm aufmunternd zu und folgte dem Wachmann zu der großen Eisentür, die er erhobenen Hauptes aufschloss. Wenig später war sie bereits an der Pforte, nahm ihren Personalausweis in Empfang und als das grüne Lämpchen an der Tür aufblinkte, stand sie wieder draußen. Sie hätte gerne eine halbe Stunde drangehängt, doch leider war das unmöglich. Ihre eigenen Sorgen und Probleme musste sie wieder mit nach Hause nehmen. Wie gern hätte sie sich an Karols warme, breite Brust geschmiegt, ihm ihr Herz ausgeschüttet und den einen oder anderen guten Rat mit auf den Weg genommen. Zu spät. Vielleicht das nächste Mal. Wen habe ich eigentlich, dem ich mein Herz ausschütten kann?, fragte sich Margareta. Mein besonnener Vater ist tot. Meine Mutter hat andere Sorgen. Meine Freundin Corinna weilt im Ausland. Sei stark, Margareta. Sie straffte die Schultern, atmete tief durch und fuhr nach Hause.

24.

Und wieder führte Walter Hartmanns Heimweg ihn über den Friedhof. Er hätte es nicht ertragen können, in den voll besetzten Bus der Linie 397 zu steigen, der ihn in kürzester Zeit in die Kolonie gebracht hätte. Nach dem Amtsstubenmief, der ihn den ganzen Tag umgeben hatte, brauchte er ganz einfach frische Luft, Ruhe und Frieden.

Seinen Popelinmantel hatte er schweren Herzens zur Altkleidersammlung gegeben. Sehr ungern, nachdem dieser ihm fast 30 Jahre lang die Treue gehalten hatte. Aber Waltraud hatte gemeint, er möge sich doch endlich von dem guten Stück trennen. Den Gürtel hatte er allerdings heimlich wieder aus dem Kleidersack geholt, aufgerollt und in seine Nachttischschublade gelegt. Wer weiß, wofür man ihn noch gebrauchen konnte, dachte er.

Nun trug er – bei 25 Grad im Schatten – statt des Mantels eine dunkelblaue Sympatexjacke des verstorbenen Günther Sommerfeld. Die Ärmel waren etwas zu kurz, aber Waltraud meinte, das mache gar nichts. Sie steht dir. Zieh sie an! Wie blöd die Kollegen wieder geschmunzelt hatten, als er zum ersten Mal mit dem Teil im Rathaus erschien. Sollen sie nur lachen, dachte er, haben alle nicht gelernt zu sparen. Ließen sich vom Modewahn mitreißen. Werden schon sehen, wie weit sie damit kommen. Immer nur auf Äußerlichkeiten achten. Wie weit bringt es einen denn? Auf die Idee, dass sie hauptsächlich deshalb lachten, weil er im Sommer mit so einer warmen Jacke erschien, kam er nicht.

Am Grab seiner Mutter blieb er stehen. Er stellte seine Aktentasche zwischen seine Beine und faltete die Hände zum Gebet. »Hallo, Mutti! Walter ist da. Hörst du?« Er betete inbrünstig das ›Vater unser‹, laut und deutlich, ohne sich zu vergewissern, ob ihn jemand belauschte. Es war ihm egal. Dann berichtete er Mutti von seinem anstrengenden Tag, so wie er es immer getan hatte, als Mutti lebte. Nun war sie tot und er konnte es trotzdem nicht lassen.

Anschließend folgten nicht enden wollende Lobeshymnen über Waltraud. »Mutti, die hat mir echt der Himmel geschickt. Dass ich es ohne dich überhaupt aushalte, verdanke ich nur dieser dynamischen Frau. Hat selbst ihren Mann verloren und kümmert sich um mich wie um einen Sohn, mehr nicht, Mutti. Oder vielleicht so wie um einen Freund, verstehst du?« Tränen rollten über seine Wangen und tropften, am Ende seines Gesichts angekommen, auf die Sympatexjacke.

Drei Gruften weiter goss eine junge Frau die Blumen auf einem Grab. Der kleine Blondschopf, der dabei war, musterte Walter ganz genau.

»Mama, warum betet der Mann so laut?«, wollte er von seiner Mutter wissen. Der Frau war Walters Auftritt peinlich, ja, er machte ihr sogar etwas Angst. Sie nahm den Jungen an die Hand, verstaute die Gießkanne hinter dem Grabstein und verließ das Feld. »Der Mann ist bestimmt traurig, weil er einen Angehörigen verloren hat, weißt du«, erklärte die Frau ihrem Kind.

Doch Walter war nicht nur traurig, er war ein wenig verrückt. Er trocknete seine Tränen und setzte sich auf die Bank schräg gegenüber der Gruft. War Waltraud vielleicht mehr als nur eine gute Freundin?, überlegte er. Während der Gedanke in seinem Kopf langsam Gestalt annahm, keimte Hoffnung in ihm auf. Was sind schon 20 Jahre Altersunterschied? Wenn ein Mann älter als die Frau ist, kräht kein Hahn danach. Im Gegenteil, er wird sogar bewundert. Ist die Frau älter als der Mann, stört es jeden. Mich auch?, fragte er sich. Nein, mich nicht, stellte er fest und lächelte. Waltraud ist ein echter Schatz. Eine Kombination aus einer Mutti und einer Geliebten. Jawohl! Wieso habe ich bisher nie die Frau in ihr gesehen, sondern nur einen Muttiersatz? Mir gefällt sie. Was die anderen sagen, interessiert mich einen Dreck. Gisbert hätte auch Verständnis dafür. Aber die dämliche Tochter, die in alles ihre Nase steckt, die wird Schwierigkeiten machen, vermutete er. Was Waltraud selbst davon hielt, einen Liebhaber wie ihn zu bekommen, daran verschwendete er nicht einen einzigen Gedanken. Trauerjahr abwarten, so ein Blödsinn. Ich werde ihr die Trauer um ihren Günther schon austreiben. Sie wird von meinen Qualitäten als Mann begeistert sein. Schließlich habe ich mich Jahrzehnte für eine Frau aufgespart. Aus Mangel an Gelegenheiten oder wieso auch immer. Ein paar schöne Jahre werden uns sicher beschert sein. Und da habe ich gleich zwei Fliegen mit einer Klappe geschlagen. Sie ersetzt Mutti vollständig, wird mich versorgen, nach guter alter Hausfrauenart. Nicht wie die Weiber heute, die nur ihre Emanzipation im Kopf haben und den Mann Dinge tun lassen, für die er gar nicht geschaffen ist. Waltraud ist vom guten alten Schlag. Als Entschädigung bekommt sie im Bett, was sie braucht. Er grinste selbstgefällig und freute sich über die soeben ausgebrütete kranke Idee seines traumatisierten Muttigehirns. Er griff nach seiner Aktentasche und ging zum ersten Male nach langer Zeit wieder flötend Richtung Siedlung.

Wenn diese blöde Margareta Schwierigkeiten macht, werde ich mir schon zu helfen wissen, dachte er voller Hoffnung. Diese neunmalkluge Schnepfe!

Als er den Friedhof durch das schmiedeeiserne Tor verließ, konnte er das Wohnhaus erblicken, in dem er wohnte. Aber niemand war mehr im kleinen Wohnküchenfenster des Dachgeschosses zu sehen und winkte ihm zu. Werden wir bei Waltraud wohnen oder in meiner Wohnung? Kommt Zeit, kommt Rat!

Manchmal kann so ein Mord auch etwas Gutes haben, fand er. Hätte man Günther nicht ermordet, könnte ich mir Waltraud abschminken. Dann würde ich über Muttis Tod überhaupt nicht hinwegkommen. So ist es schon besser. Meistens hat ein Mord etwas Gutes. Dieses Mädchen wird es verdient haben. Hat sicherlich mit ihren Reizen gespielt und die Männer verrückt gemacht. Gäbe es keine Morde, würden die Kripobeamten bald arbeitslos. Walter war mit sich und der Welt zufrieden.

25.

Dieses Mal hatte er sich eine Rothaarige mitgebracht, mit einem Gesicht wie ein Kapuzineräffchen. Wo er die bloß wieder aufgegabelt hat, fragte sich Christel. Vorsichtig beugte sie sich über ihre Balkonbrüstung und schaute auf die Terrasse herunter, auf der Bertl gerade für seine neue Errungenschaft den Grill anwarf. Er hätte Heidi – die er nur Schnucki nannte – im Pussy-Club kennengelernt, hatte er seiner Mutter heute Morgen erzählt.

»Pussy-Club? Das hört sich aber vulgär an«, meinte Christel. Dann sollte Bertl ihr erklären, um was für ein Etablissement es sich bei diesem Pussy-Club überhaupt handeln würde. Es würde sich so nach Freudenhaus anhören.

»Ja, da ist wenigstens Freude im Haus«, meinte Bertl daraufhin wütend, wogegen hier ja eine Stimmung wie in einem Grab herrschen würde. Und wieder stritten sie sich. Sie hatten sich in der letzten Woche ziemlich oft gestritten. Manchmal so laut, dass die Nachbarn der angrenzenden Gärten die Köpfe nach ihnen umdrehten. Christel würde ihn behandeln wie einen dummen Jungen. Das müsse er sich nicht gefallen lassen, meinte Bertl. Christel hingegen nannte ihn einen sexsüchtigen Versager. Den letzten Streit hatte er mit den Worten »An deiner Stelle würde ich nicht so eine dicke Lippe riskieren«, beendet.

So wurde sie dieses Mal natürlich nicht zum Essen heruntergebeten, worauf sie auch absolut keinen Wert legte. Das fehlte ihr gerade noch, mit einer Nutte zusammen am Tisch zu sitzen und zu speisen. Christels Blick blieb einen Garten dahinter an Michael hängen. Er saß friedlich mit seiner neuen Freundin am Gartentisch und unterhielt sich. Die Zeit der wilden Verliebtheit schien vorbei zu sein. Trotzdem ein Bild der vollkommenen Harmonie. Immerhin hatte er seit Wochen das gleiche Liebchen neben sich, während mein lieber Sohn sich in der Zwischenzeit vier verschiedene Weiber mit nach Hause genommen hatte, dachte Christel. Heute Abend werde ich mir wieder Ohropax in die Ohren stecken müssen. Seit sein Vater tot war, war er regelrecht einer Sexsucht verfallen. Er ging nicht mehr regelmäßig zur Arbeit, und sein Äußeres ließ ebenfalls zu wünschen übrig. Nichts mehr mit gepflegtem Dressman. Ein armseliger Möchtegerngroß mit vom Alkohol glänzenden Augen war aus ihm geworden. Als befände sich ein röhrender Elch in seinem Schlafzimmer, jede Samstagnacht. Wie ein Tier besorgte er es den vor Lust quiekenden und stöhnenden Weibern.

Bis vor Kurzem hatte es zwischen Mutter und Sohn nie Streit gegeben. Auf ihr gutes, inniges Verhältnis war Heinz sogar eifersüchtig gewesen. Irgendwann hatte er sich gesagt, das ist wohl bei Müttern und Söhnen so, die kleinen Verschwörungen, diese bedingungslose Vertrautheit, diese große Liebe auf beiden Seiten. Wenn Heinz wüsste, wie Bertl sich entwickelt hat, würde er sich im Grabe umdrehen, dachte Christel oft. Nie und nimmer hätte er, würde er noch leben, so ein Lotterleben geduldet. Heinz hatte ja sowieso nur Margareta geliebt. Und wieder einmal musste Christel sich eingestehen, dass diese Frau so schlecht gar nicht war. Sie hatte ihren Sohn zu nehmen und zu lenken gewusst. Ach, wäre sie doch noch hier, seufzte sie mehrfach in der letzten Zeit. Wenn Bertl erst seine Arbeit verliert, kommt er ganz unter die Räder, glaubte sie zu wissen. Und wenn er so weitermacht, wird es bald so weit sein. Bin ich schuld?, ließ es ihr keine Ruhe. Hätte ich eher eingreifen müssen? Aber was hätte sie tun sollen? Gegen seine Neigungen kam sie sowieso nicht an. Außerdem war er längst erwachsen.

Sie riskierte einen weiteren Blick zwischen den Geranien in den Balkonkästen und schaute neugierig hinunter. Wie selbstverständlich hielt er einen Cognacschwenker in der rechten Hand. Gestern hatte er zitternd und bibbernd auf ihrer Couch gesessen und einen Kakao gewollt.

»Seit wann trinkst du denn Kakao?«, hatte Christel von ihm wissen wollen.

»Manchmal brauche ich einen schönen heißen Kakao«, hatte er geantwortet. Vielleicht war er krank? Er hatte durch sie durchgeschaut, als nähme er sie gar nicht wahr. Sie musste daran denken, wie eigenartig er reagiert hatte, als sie ihm von Margaretas neuem Liebhaber erzählte. Gar nicht abwarten hatte sie können, als sie es von der Koletzki erfahren hatte. Brühwarm und voller Sensationslust hatte sie ihm am gleichen Abend davon berichtet. Wie erstarrt hatte er sie angesehen, sein Gesicht war für einen Augenblick wie verzerrt und seine Augen blickten eisig und starr.

»Was ist denn mit dir?«, hatte sie ihn gefragt.

»Nichts, Mutter, nichts«, hatte er nur geistesabwesend geantwortet.

Das Kapuzineräffchen schürzte die Lippen und schob anzüglich ihren engen Rock hoch. Bertl beugte sich zu ihr herüber und nahm ihre Hand. Was sie sich zuflüsterten, konnte Christel oben auf ihrem Balkon nicht verstehen. Was wird es schon sein, dumme hohle Anmachsprüche, sagte sie sich. Was sonst hatte eine aus dem Pussy-Club in ihrem Hirn, das nur auf geile Kerle getrimmt war?

Christel war noch immer nicht darüber hinweg, dass Henriette Koletzki sie angezeigt hatte. Warum hat sie das bloß getan? Und wieso hat sie ihren Neffen der Polizei ausgeliefert? Sie hat meinen arglos dahergesagten Ratschlag, ihm etwas anzuhängen, doch wohl nicht für bare Münze genommen? Was sagt man nicht alles aus einer Laune heraus? Der arme Kerl. Jetzt sitzt er im Knast. Wer konnte denn ahnen, dass er in der Mordnacht tatsächlich auf dem Friedhof herumrannte.

Hoffentlich wächst bald Gras über die ganze Sache. Ob man den Mörder nun findet oder nicht. Davon wird das Mädchen nicht wieder lebendig. Zwei Tage bevor man sie tot auffand, haben Bertl und ich sie noch gesehen, fiel Christel ein. Drüben bei Michael. Später hätte es Streit gegeben, erzählte Bertl ihr, als sie vom Wochenmarkt heimgekommen war. »Mutter, stell dir vor«, hatte Bertl gesagt, »die will mit Sack und Pack bei ihm einziehen.« Am nächsten Tag war sie weg. Keine Spur mehr von ihr. Ich will das alles einfach vergessen. Warum kommen die Erinnerungen immer wieder hoch? Immer träume ich von der toten Sabine, von Heinz und auch von Margaretas Vater. ›Tote soll man ruhen lassen‹, hieß es.

Sie seufzte, schaltete den Fernseher ein und machte es sich auf dem Sofa gemütlich. Ich werde mir eine neue Freundin suchen, nahm sie sich vor. Nächste Woche in der Seniorenstube werde ich Ausschau nach einer biederen schüchternen Freundin halten. Für den Augenblick zufrieden mit sich, gab sie sich dem Sommerfest der Volksmusik hin und lauschte den übertrieben fröhlichen Worten des Florian Silbereisen.

26.

Er braucht dringend etwas Neues anzuziehen, dachte Margareta, als Karol zu ihr ins Auto stieg, nachdem er seine abgewetzte Reisetasche in den Kofferraum gestellt hatte. Die braune Cordhose, Marke Großvater, konnte langsam den Gang zur Wahlurne antreten. Das karierte Holzfällerhemd und die blaue grobe Strickjacke waren ebenfalls schon vom Leben gezeichnet. Obwohl soeben erst aus der Untersuchungshaft entlassen, roch er wieder so unverschämt gut, dass sich Margareta am liebsten sofort in ihn verbissen hätte. Ein wenig müde sah er aus. Verschämt lächelte er sie von der Seite an. Wie musste er sich jetzt fühlen? Er besaß nicht viel mehr, als er am Leib trug, hatte weder Arbeit noch Geld. Zu seiner Tante konnte er nicht wieder zurück. Das verbot ihm sein Stolz. So war ihm das Einzige, was er noch hatte, ein einfaches und sauberes Zimmer, aus moralischen Gründen verwehrt. Ihm war auch nicht bekannt, dass Margareta die Kaution für ihn hinterlegt hatte. Mit großer Mühe zusammengetragenes Geld, teils von ihrem Sparkonto, teils von ihrer Mutter geliehen, teils von der Sparkasse per Kredit finanziert, teils von ihrem Bruder erbettelt und den Rest schlussendlich von Henriette Koletzki. Wenn Karol wüsste, dass seine Tante sich für seine Kaution die restlichen 2.000 Euro von der Bank geliehen hatte, wozu Margareta sie regelrecht genötigt hatte, würde er sofort aus dem Auto steigen. Er darf es nicht erfahren, dachte sie. Wenn alles klappt und der Mordfall endlich geklärt ist, gibt es die Kaution zurück und nicht nur sie, sondern auch alle anderen wären wieder schuldenfrei.

Dr. Dr. Hartholz wäre eine Koryphäe auf seinem Gebiet, ergoss Karol sich gerade in huldvollen Lobesreden über seinen ach so tollen Anwalt. Was der in den paar Wochen geschafft hätte, wäre ja einzigartig. Mit ein wenig Glück würde Karol straffrei davonkommen, was die illegale Einreise nach Deutschland betraf. Vorausgesetzt, er hatte wirklich nichts mit dem Mord an der jungen Frau zu tun, meinte Dr. Dr. Hartholz.

Dann war sein Aufnahmeverfahren bewilligt worden, zwar erst für drei Monate, als eine Art Duldung, aber immerhin. Einen Termin bei der Arge hatte er ihm besorgt. Ein Platz in einem Weiterbildungsprogramm war ihm so gut wie sicher. Und Geld würde er ab sofort bekommen. Zwar kein schöner Gedanke, von Hartz IV leben zu müssen, allerdings sei es ja nur vorübergehend, meinte Karol. Und dass er es ernst meinte, davon war Margareta fest überzeugt. Krankenversichert war er inzwischen ebenfalls. Er brauchte nun nicht mehr zu bangen, plötzlich ernsthaft zu erkranken und dann nicht zu wissen, an wen er sich wenden sollte. Stolz hatte er Margareta bei ihrem letzten Besuch im Gefängnis seine Versichertenkarte gezeigt. Der Suchdienst des Roten Kreuzes suchte inzwischen nach seiner Mutter. Dr. Dr. Hartholz sei ein Engel, meinte Karol. Was er sagte, war für Karol das Gebetbuch.

»Du meinst nicht, dass es besser wäre, ich würde mir eine Wohnung für mich alleine suchen?«, fragte er Margareta, als sie gerade in die Emil-Zimmermann-Allee einbogen.

Sie war geschockt. War das der Dank? Er wollte gar nicht bei ihr wohnen? Die ganze Möbelumrückaktion umsonst? Seine ganze Habe unnütz aus der Koletzkiwohnung geholt und mühselig die Treppen zu ihrer Wohnung hinaufgeschleppt? Betrachtete er sie vielleicht nur als Übergangslösung, bis er sich beziehungsmäßig anders orientieren würde? Ein Mann wie Karol, mit entsprechendem Äußeren und sicherlich bald gutem Beruf, hatte bestimmt Chancen ohne Ende bei den Frauen. Hat der Mohr dann seine Schuldigkeit getan?, dachte sie.

»Hat dir das dein lieber Doppeldoktor geraten? Dir eine eigene Wohnung zu suchen?«

»Nein, wie kommst du darauf? Du warst es doch, die mir immer wieder erzählt hat, uns verbinde nur der Sex. Du wolltest keine Beziehung. Hast du das schon vergessen?«

»Nein, natürlich nicht. Aber in den letzten Monaten haben sich meine Gefühle eben verändert. Inzwischen liebe ich dich!«

»Ich liebe dich auch, Margareta. Von Anfang an«, sagte er fast flüsternd und drückte ihre Hand, die den Schaltknüppel umfasste. »Aber was ist, wenn es mit uns beiden nicht klappt? Ich will nicht, dass du es vielleicht bald bereust, mich bei dir aufgenommen zu haben!«

»Sollte es mit uns nicht klappen, können wir immer noch sehen, was zu tun ist. Und wie sich das anhört:

›aufgenommen zu haben‹! Bei mir gibt es nichts umsonst. Du wirst von deinem Geld so viel zahlen, wie du in der Lage bist. Zuerst natürlich weniger, wenn du gut verdienst, später, mehr. Wo ist das Problem?«

»Okay«, lächelte er und sah sie liebevoll an. »Versuchen wir es!«

Ich darf ihm nicht seinen Stolz nehmen, dachte Margareta.

Es wird sich alles irgendwie finden und dass er ein Dickkopf ist, weiß ich. Aber ich liebe diesen Dickschädel nun mal.

In der Siedlung angekommen, stiegen die beiden aus dem Auto, das Margareta auf ihrem Stellplatz geparkt hatte.

Oben in ihrer Wohnung, kaum die Haustür hinter sich geschlossen, fielen sie sich erst einmal in die Arme. Wie Ertrinkende klammerten sie sich aneinander und konnten gar nicht aufhören, sich zu küssen.

Margareta nahm seinen markanten Kopf in ihre Hände und sah ihn an. »Ich liebe deine braunen Augen. In braunen Augen kann man lesen.«

Sie strich über seine muskulösen Oberarme, dann über seine Schultern. Schwer atmend öffnete sie sein Holzfällerhemd und zog es ihm aus. Ihre Hand kroch unter die enge Cordhose und in seinen Slip. Er umfasste ihre schlanke Taille und starrte sie bewegungslos an. Sie schob ihn in Richtung Schlafzimmer.

»Hast du mich vermisst?«, fragte er sie mit vor Erregung belegter Stimme.

»Das kann man wohl sagen!«, antwortete sie ein wenig frivol.

Im Schlafzimmer herrschte peinliche Ordnung. Eine große Puppe, ein Überbleibsel aus Kindertagen, saß am Kopfende des Bettes. In Karols Körper kam nun Leben. In Windeseile begann er, sie auszuziehen. Ihre Hände kamen sich ins Gehege, da Margareta gleichzeitig versuchte, ihm Cordhose und Slip vom Körper zu reißen. Irgendwann übernahm sie das Kommando und kletterte über ihn, ohne sich groß mit dem Vorspiel aufzuhalten. Im schnellen, heftigen Rhythmus brachte sie den nach Sex ausgehungerten Karol fast um den Verstand.

Anschließend duschten sie gemeinsam, seiften sich gegenseitig ein und küssten sich dabei, bis ihre Lippen fast schmerzten. Als Karol sich abgetrocknet hatte, schlüpfte er in den bereitgelegten Bademantel, den er dabei genau begutachtete. Dass dieses gestreifte Veloursteil aus der Erbmasse des erst kürzlich verstorbenen Vaters stammte, verschwieg sie ihm. Wieso sollte er ihn nicht tragen? Ihr Vater war schließlich nicht in diesem Bademantel gestorben. Sie selbst zog sich nur ein T-Shirt über.

Auch im Wohnzimmer herrschte akribische Ordnung. Auf dem Tisch standen frische Blumen in einer Glasvase. Frische Blumen zum Einzug?, grübelte Karol.

Zwei neue Platzdeckchen zu je 99 Cent lagen auf dem Wohnzimmertisch bereit. Die eitergelbe Farbe stach Karol ins Auge. Er musste schmunzeln. Wenn sie das schön findet, soll sie, dachte er. Schon ein paar Minuten später servierte sie ihm Spaghetti Bolognese, Margaretas Verzweiflungsgericht B. Eine Packung Miracoli aufgepeppt mit Rinderhack. Am Wein hatte sie allerdings nicht gespart. Ein eisgekühlter Portugieser Weißherbst sollte eine lockere Stimmung aufkommen lassen. Karol hatte den Fernseher eingeschaltet und starrte schon vor dem Essen auf die Mattscheibe. Das wird ab morgen anders, schwor Margareta sich. Da werden wir in der Küche am Tisch sitzend essen, wo uns kein Fernseher ablenken wird. Heute ist ein Ausnahmezustand. Gerade aus dem Gefängnis entlassen, wollte sie ihn nicht gleich mit der Hausordnung konfrontieren. Kommt Zeit, kommt Hausordnung, sagte sie sich.

Als sie ihm im Schlafzimmer seinen Platz in ihrem Schrank zeigte, in dem sie seine wenigen Kleidungsstücke bereits fein säuberlich eingeräumt hatte, zog er ein leichtes Sauerampfergesicht. Es war ihr ohnehin schwergefallen, von ihrem Drei-Meter-Kleiderschrank einen ganzen Meter für ihn freizuräumen, und da zog er noch so ein Gesicht. Hab Geduld, ermahnte sie sich, auch für ihn ist dieser Umzug nicht so einfach. Der Teil seiner Garderobe, der nicht hineinpasste, lagerte in Kartons hinter dem Schrank. Wehmütig war sein Blick an den Kisten hängen geblieben. Am liebsten hätte sie einen Teil entsorgt, traute sich jedoch nicht. Seine Bücher – sein Heiligtum –, und das waren nicht gerade wenige, lagerten im Wohnzimmer unter dem Schreibtisch. Als er sie entdeckte, gab ihm das einen Stich ins Herz. Er liebte seine Bücher über alles, jedes Einzelne von ihnen. Doch auch Karol wollte sich nicht gleich aufregen und dachte, genau wie Margareta, dass sich alles irgendwie finden wird.

Er aß mit gesundem Appetit und lobte höflich den köstlichen Wein. Als sie eine Unterhaltung beginnen wollte, schließlich hatte sie ihm eine Menge zu erzählen, ließ er den Blick nicht von dem Bildschirm des Fernsehers. Lass ihn, dachte sie, er wird früh genug auf dem Boden der Tatsachen landen. Morgen wartete ein harter Tag auf ihn und Margareta konnte ihn nicht einmal begleiten, da sie zur Arbeit musste. Einwohnermeldeamt, Sparkasse, Arbeitsamt und Ausländerbehörde standen auf dem Programm. Es war fast unmenschlich, ihn, der lange Zeit in keiner Stadt gewesen war, ja, hier in Deutschland nie bei Tageslicht das Haus verlassen hatte, allein loszuschicken. Einen Stadtplan hatte sie ihm besorgt und die Busabfahrtzeiten aufgeschrieben. Wie wird er die vielen Reize, die plötzlich auf ihn einstürmen, verarbeiten? Falls er unsicher war, ließ er es sich nicht anmerken. Er nahm es äußerst gelassen, als sie ihn davon in Kenntnis setzte, ihn nicht begleiten zu können. Ihr Chef hatte regelrecht durchgedreht, als sie um einen freien Tag gebeten hatte.

»Waaas wollen Sie, frei haben? Ja geht's noch? Erst stirbt Ihr Vater, dann werden Sie krank und nun wollen Sie einfach so frei haben?«, hatte er tobend durch sein Büro geschrien.

»Aber ich kann nichts dazu, dass mein Vater gestorben ist … Und dass ich krank wurde, das kann ja jedem passieren …«, hatte sie sich kleinlaut verteidigt.

»Nein, bei aller Liebe, Frau Sommerfeld, diese Behördengänge muss Ihr Bekannter alleine erledigen!« Mit der Hand hatte er sie, wie ein ungezogenes Kind, zur Tür gewiesen. Die Zornesfalte auf seiner Stirn hatte keine weitere Frage geduldet. Für ihn war der Fall damit erledigt.

Müssen wir den lieben Karol eben ins kalte Wasser schmeißen, dachte sie und zuckte mit den Schultern. Karol ließ sich seine Enttäuschung jedenfalls nicht anmerken, als sie ihm von dem Gespräch mit ihrem Chef berichtete. Er lächelte selbstsicher. »Ich schaffe das schon«, behauptete er und Margareta hoffte, dass alles klappen würde.

Eine Kollegin war ausgefallen, und so konnte Margareta nicht weiter über Karol nachdenken, da sie in Arbeit erstickte. Neue Süßwarenlieferungen waren eingetroffen, die kontrolliert und in die Regale geräumt werden mussten. Weihnachtsartikel im September, dachte sie kopfschüttelnd, während sie Dominosteine, Printen und Marzipankartoffeln in den Händen hielt. Erst als sie gegen 19 Uhr, nach elf Stunden, das Kaufhaus verließ und müde zu ihrem Auto ging, fiel ihr Karol wieder ein. Wie schön war es gewesen, heute Morgen gemeinsam zu frühstücken. Welch angenehmer Partner er war. Und dennoch kamen ihr leise Zweifel. Werde ich das große Chaos zu Hause vorfinden? Beim Mittagessen in der Kantine hatten sich zwei Kolleginnen über den mangelnden Ordnungssinn ihrer Ehemänner beklagt. Beide Frauen hatten einstimmig behauptet, nie wieder heiraten zu wollen, wenn sie vor der Wahl stünden. Sie wären diese großen krümelnden, schmierenden Kinder mit dem Verstand einer Wassermelone einfach leid. Gehörte Karol in die Kategorie dieser Männer, von denen die Frauen da berichteten?

Als sie ein wenig ängstlich die Wohnungstür aufschloss, nahm sie den Geruch von frisch gebrühtem

Kaffee wahr. Auch ans Essen hatte er gedacht. Sie hatte vorgehabt, ihn von unterwegs anzurufen und zu fragen, ob sie irgendetwas Essbares, wie zum Beispiel Hähnchen oder Hamburger, mitbringen sollte. Vor lauter Erschöpfung hatte sie den Gedanken jedoch wieder verworfen.

Karol kam zur Haustür geeilt, nahm sie liebevoll in die Arme und führte sie in die Küche, wo eine dampfende Mahlzeit auf sie wartete. Er hatte gekocht, stellte sie erfreut fest. Frikadellen hatte er gebraten. Dazu servierte er ihr Kartoffelpüree und Kohlrabi mit holländischer Soße. Ihre Müdigkeit war schlagartig verflogen und sie stürzte sich ausgehungert auf die lecker aussehende Speise. Ein verstohlener Blick zur Seite auf Herd und Spüle überraschte sie angenehm. Kein Chaos. Die wenigen Teile, die nicht in der Spülmaschine gelandet waren, lagen ordentlich auf der Spüle. Alles blitzte und blinkte.

»Ich wusste gar nicht, dass du kochen kannst.«

»In Polen habe ich immer gekocht, wenn ich Zeit hatte und meine Mutter bei der Arbeit war. Wie schmeckt es dir?« Seine Augen hingen an ihren Lippen, zwischen die sie gerade ein weiteres Stück der Frikadelle schob.

»Alles schmeckt echt großartig. Besser hätte ich es nicht hinbekommen!« Sie bekam ein schlechtes Gewissen. Da serviere ich ihm gestern, nach etlichen Wochen Gefängnisfraß, nur eines meiner Verzweiflungsgerichte, und was macht er? Er kochte ein richtig schönes Essen nach guter alter Art, obwohl er den ganzen Tag unterwegs gewesen sein musste.

»Nun erzähl schon. Wie war dein Tag?«, drängte sie ihn. »Hat alles geklappt?«

»Mehr oder weniger«, antwortete er schmunzelnd und begann mit seinem mündlichen Tagesprotokoll. Angefangen mit der Busfahrt nach Buer, folgte die genaue Abfolge seiner Behördengänge und was er dort erreicht hatte. Von seinem Einkauf in einem Supermarkt in der Nähe berichtete er ihr haargenau. In Polen wäre ja alles so anders gewesen. Am nächsten Tag wollte er noch mal los, um sich in den Buer'schen Bekleidungsgeschäften umzusehen. Hoffentlich kreuzt er in diesem Vorkriegslook nicht bei uns im Laden auf, dachte Margareta, schämte sich aber sofort ihrer Gedanken.

»Wir könnten uns in meiner Mittagspause treffen und gemeinsam nach Kleidung für dich schauen«, schlug sie ihm vor. Hoffentlich merkt er nicht, dass ich ihn bei uns im Laden nicht haben will. Sie wollte einfach kein Gerede, wollte nur ihre Ruhe haben.

In weniger als einer Woche hatte Karol alle wichtigen Behördengänge ohne fremde Hilfe erledigt. Der Haushalt sah aus wie geleckt, wenn Margareta von der Arbeit kam. Sie musste zugeben, dass Karol ein wahrer Glücksgriff war. Wenn er sich weiterhin so gut einfügte, war er in jeder Beziehung ein Gewinn. Für das erste gemeinsame Wochenende stand ein ausgiebiger Einkaufsbummel auf dem Programm, ebenso ein Besuch bei ihrer Mutter am Sonntag. Bei dem Gedanken, Karol ihrer Mutter zu präsentieren, war ihr nicht ganz wohl, doch, sagte sie sich, bring es hinter dich, es muss ja sein.

Eine flotte Fields-Jacke, Jeans und Poloshirts hatten aus Karol einen vorzeigbaren Typen gemacht. Margareta schwebte die ganze Woche wie auf Wolken, hatte ihre Ermittlungen erst einmal auf Eis gelegt, lebte nur noch für ihre Arbeit und für Karol. Wie angenehm er ihr, trotz seiner eigenen Probleme, den Feierabend gestaltete, ließ sie die unangenehme Schufterei vergessen. Er bekochte sie mit leckeren, zudem äußerst kostengünstigen Speisen, hielt ihren Haushalt in Ordnung und verwöhnte sie, wo er nur konnte. Und erst die Nächte. Die Nächte waren das Beste überhaupt. In puncto Sex konnte ihm niemand das Wasser reichen und Margareta staunte über seine Energie. Wenn das Leben so weitergeht, will ich mich nie mehr beklagen, dachte sie.

In einigen Tagen begann seine Fortbildung, auf die er sich mithilfe geliehener Bücher aus der Stadtbibliothek vorzubereiten versuchte. Er schien mit sich und der Welt zufrieden. Die meiste Zeit jedenfalls. Manchmal beobachtete Margareta ihn, wie er grübelnd am Schlafzimmerfenster stand und hinüber zu seinem ehemaligen Zimmer blickte. Oft schüttelte er dabei den Kopf und warf sich vor, fast ein ganzes Jahr nichts unternommen und in seinem Versteck in den Tag hinein gelebt zu haben. Wie man Schuhe reparierte, hatte er von seinem Opa gelernt, der in der alten Heimat einen kleinen Schuhmacherladen betrieb. Eigentlich muss ich meiner Tante dankbar sein, dass alles so gekommen ist, meinte er zu Margareta. Trotzdem wollte er sie nicht sehen. Noch nicht.

Er muss ein paar Macken haben, dachte Margareta, während sie draußen vor einem Eiscafé an der Hochstraße Kaffee tranken und die Leute beobachteten. Eifersüchtig ist er, musste Margareta sich eingestehen. Aber das ist ja nicht gerade eine schlechte Tugend. Seine Sparsamkeit konnte ihr ebenso nur recht sein. Was blieb ihm zurzeit auch anderes übrig. Karol lehnte sich in seinem Korbstuhl zurück und musterte Margareta. Ich habe sie gezähmt, dachte er stolz.

»Es ist schön, hier mit dir ganz legal zu sitzen. Ohne Angst zu haben, gleich kommt jemand und nimmt mich mit.«

»Ja, das ist schön«, musste sie ihm recht geben. »Lass uns nachher durch den Berger Park gehen, dann zeige ich dir das Schloss Berge.«

Als sie an diesem wunderschönen Spätsommertag durch die herrlichen Parkanlagen schlenderten, Hand in Hand, und der Weg sie zum Märchengrund führte, begann ihr Herz zu klopfen. Mit solch einer Reaktion hatte sie nicht gerechnet, war sie doch nach dem Mord an ihrem Vater schon hier gewesen, um nach Spuren zu suchen. Als sie oben an der Treppe stand und hinunter auf den kleinen Teich mit der Skulptur blickte, reichte schon ein »Ist das schön hier« von Karol aus, um sie zum Weinen zu bringen. Sie warf sich an seine muskulöse Brust und schluchzte ihm sein Polohemd voll. Tröstend legte er die Arme um sie und wiegte sie wie ein kleines Kind.

»Wir hätten nicht hierher gehen dürfen. Mir war nicht bewusst, dass hier dein Vater ermordet wurde. Es tut mir leid!«

Aber Margareta wollte nicht zurück, sie wollte sich dem Unangenehmen stellen. Jetzt und hier. Während sie mit Karol Händchen haltend auf der Bank im Märchengrund saß und auf den riesigen Findling starrte, an dem man ihren toten Vater aufgefunden hatte, war für sie klar: Du musst weitermachen! Du darfst nicht aufgeben! Der Mörder muss gefasst werden!

Eitel Sonnenschein am Sonntagnachmittag in ihrem elterlichen Zuhause in der Zechensiedlung. Waltraud begrüßte Karol überschwänglich, mit neugierigen wachen Augen. Freundlich bat sie ihn, mit einem Augenzwinkern zu ihrer Tochter, ins Wohnzimmer durchzugehen. Dieses Zwinkern sollte wohl ihre Bewunderung für diesen schönen Mann ausdrücken. Im Wohnzimmer bot sich Margareta der in letzter Zeit schon gewohnte Anblick. Der fast Zweimetermann war für das Zimmer einfach eine Nummer zu groß. Alles an ihm war größer als bei einem Durchschnittsmann, nicht nur seine Körperlänge. Auch seine Arme, seine Hände, seine Füße, sein Hals und seine platte Nase waren von überdimensionaler Größe. Dies ließ ihn Unbeholfenheit ausstrahlen. Wie ein tapsiger Bär kam er Margareta vor. Walter machte einen auf distinguierten Herrn und begrüßte Karol freundlich. Sogar für Margareta hatte er ein paar nette Worte parat. Seine Gammelhose, mit der er sonst immer auf dem Sofa herumlag, hatte er gegen eine altbackene Popelinhose getauscht. Dazu trug er ein dunkelblaues Oberhemd aus den 70er-Jahren, was man unschwer an den langen Kragenecken erkennen konnte. Seine lockige

Schmalztolle hatte er mit irgendeinem fettigen Zeug nach hinten gekämmt. Zum wiederholten Mal fragte Margareta sich, was ihre Mutter bloß an diesem Mann fand. Sie himmelte ihn wieder an, Walter hier, Walter da, und Margareta war sich sicher, dass zwischen den beiden etwas lief.

Bei ihrer Mutter schien der zweite Frühling ausgebrochen zu sein. Sie trug ein rotes Top mit wahnsinnig tiefem Ausschnitt und das bei ihrem Doppel-D-Busen, an dem Walters Blick förmlich klebte. Darüber eine schwarze Bluse und beides zu einer neuen knallengen Jeans, die ihren ohnehin schon prallen Hintern noch größer wirken ließ.

Karol war gegen Walter eine Augenweide. Das gelbe Polohemd und ein gestreifter Pulli, den er locker über die Schultern gelegt hatte, unterstrichen seine gebräunte Haut. Das Muskelspiel beim Bewegen seiner Arme ließ ihn durchtrainiert wirken. Dabei hatte er erst vor ein paar Tagen mit dem Joggen begonnen, was ihm sichtlich gut bekam. Und es kam tatsächlich ein Gespräch zwischen den beiden Männern zustande, was Margareta am Vormittag für schier unmöglich gehalten hätte. Ich habe Walter unterschätzt, musste sie sich eingestehen. Er ist gar nicht so dumm, wie er oft wirkt. Aus dem zuerst gezwungenen Small Talk entwickelte sich bald eine Fachsimpelei über Behörden, Anträge und Paragrafen. Walter erzählte Anekdoten aus seinem Beamtenleben, und Karol warf Margareta einen Blick zu, der so viel sagen sollte wie: So schlimm ist der gar nicht!

Waltraud schien verzückt über die Harmonie an diesem Nachmittag. Doch noch mehr über diesen tollen Schwiegersohnanwärter. Bei Kaffee und selbst gebackenem Kuchen plauderte man in der Küche sitzend weiter. Später, als sich die Männer wieder im Wohnzimmer aufhielten und Margareta ihrer Mutter beim Abräumen des Tisches zusah, konnte sie sich nicht verkneifen, das brisante Thema, welches ihr unter den Nägeln brannte, anzuschneiden.

»Jetzt mal ehrlich, Mutter, du hast nicht etwa mit diesem Riesenbaby in der Kiste gelegen?«

»Also, es geht dich zwar überhaupt nichts an, aber ich erzähle es dir trotzdem. Wieso sollte ich auch ein Geheimnis daraus machen? Ja, ich hatte Sex mit Walter. Na und? Meinst du, nur du hättest das Recht auf Glück? Komm mir jetzt nicht mit Trauerjahr und Altersunterschied. Ich weiß das alles. Und soll ich dir was sagen? Es ist mir egal. Sollen sich die Leute die Mäuler zerreißen!«

»Aber normal ist das nicht. Du und dieser Walter!«

»Wie du seinen Namen schon aussprichst. Als hätte er eine ansteckende Krankheit! Ich sage ja auch nicht du und dein Immigrant!«

»Entschuldige, aber das kann man nun gar nicht miteinander vergleichen.«

»Nee, ist klar, bei dir ist immer alles entschuldbar, verständlich und richtig. Ich werde nicht jünger, Kind. Lass mich mein Leben leben.« Mit Tränen in den Augen sah Waltraud ihre Tochter an. »Hab doch wenigstens ein bisschen Verständnis für mich!«

»Weißt du«, Margareta kamen ebenfalls die Tränen. »Es tut nur so schrecklich weh. Papa ist erst so kurz tot. Und ihr seid so lange glücklich verheiratet gewesen. Das ist für mich nicht so einfach.«

»Für mich auch nicht, Gretchen. Das kannst du mir glauben.«

Sie schwiegen eine Zeit lang, bevor sie zurück ins Wohnzimmer gingen. Margareta war froh, dass jetzt nicht noch Sprüche wie ›Ja, so glücklich war unsere Ehe nun auch wieder nicht‹ kamen. Und wenn sie zur Trauerbewältigung Sex mit einem jüngeren Mann brauchte, dann soll sie doch. Im Hinausgehen flüsterte Waltraud Margareta zu: »Aber deinen Karol finde ich echt nett. Ich wünsche euch alles Glück der Welt!«

Margareta nickte nur lächelnd. Worte wie ›Das wünsche ich dir auch mit Walter‹ kamen ihr nicht über die Lippen. Sie fand diese Affäre ihrer Mutter, obwohl sie diese zu tolerieren versuchte, peinlich und völlig daneben. Jedoch sagte sie sich: Ich muss es akzeptieren, mir bleibt keine andere Wahl.

Margareta wartete täglich vergeblich darauf, dass sie, müde von der Arbeit heimkommend, Karol auf dem Sofa liegend und in der Wohnung ein heilloses Chaos vorfinden würde. Auch nach ein paar Wochen war er genauso wie zu Beginn, immer bemüht, ihr alles recht zu machen. Er kochte, half im Haushalt und saß viele Stunden über seinen Büchern. ›Modulare berufsspezifische kaufmännische Grundqualifizierung inkl. ECDL Start Zertifikat (optional)‹, nannte sich seine Fortbildungsmaßnahme, für die er den täglichen Anfahrtsweg bis nach Bochum gern in Kauf nahm. Während er oft spätabends an ihrem PC saß, stürzte Margareta sich schon wieder in ihre Mordermittlungen. Sie machte Tat- und Fundortbegehungen, wälzte Bücher, machte sich Notizen und grübelte, wer als Täter infrage kommen könnte. Der Herbst hatte längst Einzug gehalten. Unmengen von den Bäumen gefallener Blätter, Nebelschwaden und Spinnweben zwischen kahlen Zweigen konnten Margareta nicht davon abhalten, durch den Berger Park oder über den Friedhof zu schlendern. Ob nun mit Karol oder allein, die Morde ließen sie einfach nicht los.

Karl-Heinz trug inzwischen wieder seinen dunklen Plüschmantel, während er den Trauerzügen voranschritt. Seine Hoffnung, Margareta könnte die Seine werden, begrub er jeden Tag ein wenig mehr, so wie die Toten in den Särgen, für deren freies Geleit er zu sorgen hatte, begraben wurden. Es gab ihm einen Stich ins Herz, wenn er vor seiner Pommesbuden-Trinkhallen-Kombi stehend das Liebespärchen sah, wie es die Siedlung verließ, um einen Spaziergang zu machen, Hand in Hand, sich glücklich ansehend, Küsse austauschend.

27.

November, der ideale Monat, um einen Menschen umzubringen, fand er. Der Wind heulte durch das offene Parkhaus. Er verbarg sich hinter einem

Pfeiler, inmitten von Ölflecken und Reifenspuren, und beobachtete ihren kleinen schwarzen Wagen, der einsam hinten in der Ecke stand. Nur wenige Autos waren vereinzelt auf diesem Parkdeck abgestellt. In einer halben Stunde würde das Parkhaus schließen. Er wurde nervös. Wo blieb sie nur? Auf der Etage über ihm knallte eine Autotür. Schon flog die Stahltür auf, und noch ehe er hinsah, wusste er, dass es Margareta war, die das Parkdeck betrat. Gut sah sie wieder aus, fand er. Einen neuen schwarzen Mantel mit Pelzkragen trug sie. Mit großen Schritten ging sie den langen Weg zu ihrem Auto und wurde immer schneller. Mehrmals drehte sie sich um. Sie hatte Angst, stellte er erfreut fest. Bestimmt beschleunigte sich ihr Puls.

Das Parkdeck war nicht besonders gut beleuchtet, und draußen war es stockdunkel. Sie riss die Augen weit auf. Sie hatte sicher bereits im Treppenaufgang das Gefühl, dass sie jemand verfolgte, und wahrscheinlich vermutete sie hinter jedem der breiten Betonpfeiler eine Gefahr.

Arme, ängstliche Margareta, dachte er, warum schaust du dich so oft um? Als sie hastig die Wagentür aufschloss, war ihr Puls auf garantiert 120 Schläge pro Minute. Jetzt schien sie etwas zu hören, zwang sich aber, sich nicht umzudrehen. Oh, wie gut ich sie doch kenne, dachte er. Sie war gerade im Begriff, sich ins Auto zu schwingen, da fiel ihr das Blatt Papier ins Auge, das er ihr unter den Scheibenwischer geklemmt hatte. Sie stöhnte auf. Zuerst dachte sie, es handele sich um einen Strafzettel. Strafzettel hier im Parkhaus? Sie fragte sich vielleicht auch, ob jemand ihren

Wagen gerammt und deshalb eine Nachricht hinterlassen hatte. Sie ist nun mal nicht besonders schlau, fand er. Frauen brauchen auch nicht schlau zu sein, war seine Überzeugung. Sie nahm das Blatt unter dem Scheibenwischer hervor und faltete es auseinander. Erschrocken starrte sie auf die vier Worte, die er mit schwarzem Filzstift darauf geschrieben hatte. ›Du bist die Nächste!‹ Das musste er ihr wenigstens mitteilen.

In einiger Entfernung öffnete sich knarrend die Stahltür, und kurz darauf betraten zwei lachende Personen das Parkdeck und gingen zu ihrem Auto. Margareta drehte sich zu den Leuten um, hatte ihn dabei wohl in ihrem Augenwinkel bemerkt, einige Meter von ihr entfernt hinter dem Pfeiler. Sein dunkler Mantel war zu auffällig. Er lief in die entgegengesetzte Richtung davon, als habe er es ziemlich eilig. Dieses blöde Pack hat mir meine Pläne durchkreuzt, zischte er wütend. Er hörte ihren Wagen starten. Sie hatte ihre Türen verriegelt und bibberte vor Angst. Sie raste hinunter zur Ausfahrt, passierte die Schranke und fuhr hinaus auf die Straße. Dabei schaute sie sich, bevor sie sich in den Verkehr einreihte, nach rechts und links um, hielt Ausschau nach ihm, der ihr den Zettel unter den Scheibenwischer gesteckt hatte. Aber sie konnte ihn nicht sehen. Er war wie vom Erdboden verschluckt.

So ein Mist, fluchte er. Wäre dieses blöde Paar nicht aufgetaucht, wäre sie jetzt in meiner Gewalt. Sie würde mir gehören, nicht für lange Zeit, aber wenigstens so lange, bis sie gebüßt hätte für das, wofür sie bestraft werden musste. Ja, ich muss sie bestrafen, war er überzeugt. Alles hatte er so gut vorbereitet.

Doch wenn nicht heute, dann bald. An Weihnachten wirst du jedenfalls nicht zu Hause sein, Margareta. Das schwöre ich dir.

28.

Wie konnte ich bloß so blöd sein, fragte Margareta sich, während sie mit Bertl in dem überfüllten Café der Buer'schen City saß. Adventszeit. Die Menschen um sie herum gönnten sich nach ihren Weihnachtseinkäufen ein wenig Gemütlichkeit. Einen heißen Tee oder Kaffee, dazu ein Stück Torte.

Er hatte plötzlich vor ihr gestanden, als sie das Kaufhaus verließ und zum Parkplatz gehen wollte. Elend sah er aus. Ein Anblick des Grauens. Seine Kleidung, auf die er immer so großen Wert gelegt hatte, wirkte, als hätte er darin seit mehreren Tagen genächtigt. Seine Augen waren rot umrändert und sein Gesicht von aschfahler Farbe.

»Lass uns einen Kaffee trinken gehen«, hatte er sie regelrecht angefleht. Ihr Helfersyndrom hatte wieder einmal gesiegt, und nun saß sie hier mit ihm und hörte sich sein nicht enden wollendes Gejammer an. Was ist bloß aus ihm geworden? Aus dem tollen, peniblen Schönling mit den tadellosen Umgangsformen und dem Charme Casanovas. Nervöse Zuckungen suchten ihn heim. Mal zuckten seine Augen, mal sein Mund, mal sein ganzes Gesicht.

»Geht es dir nicht gut?«, wollte Margareta von ihm wissen, stellte jedoch gleichzeitig fest, dass es ihr eigentlich egal war, wie es ihm ging. Dieser Egoist hatte sich stets nur um sich selbst gesorgt, als sie liiert waren. Mehr als einen kleinen Funken Mitleid empfand sie nicht für ihn. Unruhig schaute sie auf die Uhr. Karol wartet auf mich, dachte sie, und sehnte sich zu ihm nach Hause.

»Nein, mir geht es schlecht. Mein Arzt weiß auch nicht, was mir fehlt. Hat mich krankgeschrieben. Vielleicht habe ich in letzter Zeit zu viel gearbeitet.«

Wer es glaubt, dachte Margareta, seine Vielweiberei und der Alkohol werden schuld an seiner inneren Leere sein, die er ausstrahlt. Sie schmunzelte. »Vielleicht ist es das unstete Leben, das du führst.«

»So unstet ist das gar nicht mehr. Ich kann keine Weiber mehr sehen, war schon seit drei Wochen nicht mehr auf der Piste!«

»Na, deine Mutter hat mir aber was ganz anderes erzählt, als ich sie letztens auf dem Friedhof traf.«

»Sie hat sich bei dir beklagt?« Unruhig spielte er mit seiner Kaffeetasse.

»Wenn du es so nennen willst. Also, sei mir nicht böse, aber ich will jetzt nach Hause. Mein Freund wartet.« Margareta hatte genug Klagelieder gehört.

Sie war froh, diesen Mann vor langer Zeit losgeworden zu sein.

»Ja, du hast einen Freund. Dir geht es gut. Denkst du denn gar nicht mal an mich?« Er nahm ihre Hand, die sie ihm blitzschnell entzog.

»Sag mal, verwechselst du da nicht was? Erinnere dich daran, du hast unsere Beziehung beendet, nicht ich!«

»Weil du eifersüchtig warst. Hast Gespenster gesehen.«

»Berechtigt eifersüchtig. Du hast mich nach Strich und Faden betrogen. Was soll ich mit einem solchen Partner?«

»Margareta, hör mir zu. Seit du weg bist, ging es mit mir ständig bergab. Schau mich an. Ich bin ein Wrack!«

»Das ist nicht meine Schuld. Jeder ist seines eigenen Glückes Schmied. Du, tut mir leid, ich muss jetzt wirklich!« Sie stand auf, nahm ihren Mantel und sah voller Mitleid auf ihn hinab. »Bertl, ich kann dir da wirklich nicht helfen. Tut mir leid!«

Sie betrachtete sich als von ihm eingeladen und verließ ohne den Hauch eines schlechten Gewissens das Lokal. Das ist mir ein Volk, seine Mutter und ihr verwöhntes Söhnchen, das schon fast in der Gosse gelandet ist. Der einzige Gescheite in der Familie war der Vater. Doch der ist tot. Angeblich vergiftet worden, munkelt man. Pah! Da werden die beiden ordentlich nachgeholfen haben. Sie atmete draußen erst einmal die klare frostige Winterluft ein und freute sich, dass das Kapitel Bertl für sie abgeschlossen war.

In zwei Wochen war Weihnachen. Zu Hause wartete Karol. Lieber, guter Karol! Vielleicht hatte er wieder Glühwein gekocht. Die Abende im Advent waren herrlich mit ihm. Zwar ein wenig kitschig, brennende Kerzen auf dem Tisch, ein bunter Teller mit weihnachtlichen Naschereien, Tannen- und Zimtduft und wohlig wärmender Glühwein, doch Margareta genoss diese heimeligen Abende in vollen Zügen.

Als sie gerade in ihr Auto steigen wollte, war er direkt hinter ihr. Muss der sich beeilt haben, dachte Margareta. Bertls alkoholisierter Atem streifte ihr Gesicht.

»Du kannst nicht so einfach gehen«, flehte er sie an. Im schwachen Licht der Straßenlaterne sah er noch gruseliger aus als in diesem Café. Verlegen strich er sich durch sein schmieriges Haar und hüstelte nervös.

»Bertl, lass mich in Ruhe. Wir haben nichts mehr miteinander zu schaffen. Das mit dem Freunde bleiben, diese hohle Floskel, die man sagt, wenn man sich trennt, hat sich für mich erledigt. Ich habe es zwar gesagt, damals, aber, ehrlich gesagt, nicht so gemeint. Strapaziere also meine Geduld nicht endlos. Ich muss jetzt gehen.«

Genervt wollte sie sich ins Auto setzen, da hielt Bertl sie am Oberarm fest und hinderte sie daran.

»Lass mich sofort los«, zischte sie ihn an. Er kam ihrem Wunsch nach, schaute sie aber böse an.

»Vielleicht habe ich ja etwas, was dich interessieren könnte!« Ein letzter kläglicher Versuch, ihr Interesse doch noch zu wecken. Irgendwie.

»Ich wüsste nicht, was du besitzen könntest, das mich neugierig machen würde.« Man merkte ihr an, dass sie am Ende war mit ihrer Geduld, und das letzte Fünkchen Mitleid, das sie eben für ihn verspürt hatte, war im Begriff, sich aufzulösen.

»Ich habe Bilder. Bilder, die du vielleicht gerne sehen würdest.« Sein allerletztes Unterfangen, sie aufzuhalten, schien gescheitert. Margareta gab ihm einen kräftigen Schubs und er prallte gegen den Laternenpfahl hinter ihm. Wut und Hass konnte sie in seinen Augen erblicken.

»Zeig doch deiner Mutti deine Bilderchen«, zischte sie wütend, setzte sich ins Auto und brauste davon. Sie zitterte am ganzen Leib, als sie mit überhöhter Geschwindigkeit die Cranger Straße hinunterfuhr. Dieser Vollidiot, schimpfte sie lautstark gegen die Windschutzscheibe. Was bildet dieser heruntergekommene Kerl sich eigentlich ein? Dieses Wrack. Ich hätte mich niemals darauf einlassen sollen, mit ihm einen Kaffee zu trinken. Da sieht man mal wieder, wohin meine Gutmütigkeit mich führt. Ich komme noch in Teufels Küche, wenn ich nicht endlich lerne, rechtzeitig nein zu sagen.

Wie gut, dass ich ihn los bin, dachte sie, und freute sich auf Karol.

SAMSTAG, DER 20. DEZEMBER

29.

Duftende Tannenzweige in den Vasen, Adventskränze mit Kerzen in den schrillsten Farben, Räuchermännchen und Schneekugeln, kurz: Ein halber Zentner weihnachtlicher Schnickschnack war in der Wohnung ihrer Mutter verteilt. Walter hatte noch ordentlich Weihnachtsschmuck aus seinem Hausrat mitgebracht, und die beiden ergötzten sich an der kitschig bunten, weihnachtlichen Welt. Bei Waltraud war nichts von Trauer um ihren Mann zu spüren. Das erste Weihnachtsfest, nachdem der Partner verstorben war, soll für die zurückbleibende Witwe das schlimmste sein und für viele kaum auszuhalten. Nicht so für Waltraud. Sie war voll in der Weihnachtsplanung. Notierte auf einem Block, was es wann zu essen geben sollte, wer wann eingeladen werden sollte und was an Geschenken zu besorgen war. Gerade erzählte sie Margareta, dass Walters Tante aus Hückeswagen anreisen würde. Wie schön, dachte Margareta. Das ist mir so was von egal, ob diese alte Frau kommt oder nicht. Natürlich sprach sie es nicht aus. Während Mutter und Tochter bei einer Tasse Tee am letzten Samstagnachmittag vor Weihnachten in der wohlig warmen Küche saßen, hockte Walter Weihnachtslieder summend vor der Glotze und bastelte Weihnachtskarten. Natürlich trug er wieder seine berühmte Hose, dazu einen ausgeleierten Pullover ihres Vaters. Fast wie früher, dachte Margareta bitter. Der Braten liegt schon auf der Spüle und wartet darauf, im Schmortopf zu landen. Ein absolutes Hausfrauenmuss an einem späten Samstagnachmittag. Bloß, dass Waltraud es jetzt nicht für ihren Mann machte, sondern für ihren 20 Jahre jüngeren Geliebten, der erst vor wenigen Wochen seine Unschuld verloren hatte. Irgendwie makaber, dachte Margareta und es blieb ein schaler Beigeschmack.

»Verspürst du denn kein bisschen Wehmut, wenn du an Weihnachten denkst? Das erste Weihnachten ohne Papa! Macht dir das nichts aus?« Traurig sah Margareta ihre Mutter an.

»Wäre es dir lieber, ich würde Trübsal blasen und dir vielleicht zur Last fallen?«

»Aber das ist doch immerhin das erste Weihnachten ohne ihn.«

»Ach, Gretchen, das Leben geht nun mal weiter. Walter ist allein, ich bin allein, wieso sollen wir uns denn nicht zusammentun?«

»Weil das vielleicht nicht die Norm ist, eine Frau wie du, im gesetzten Alter, und so ein sitzen gebliebenes Muttersöhnchen. Interessiert es dich eigentlich gar nicht mehr, wer Papa ermordet hat?«

»Natürlich. Aber ich verdränge es, so gut es geht. Das bekommt mir besser, habe ich festgestellt. Solltest du mal versuchen. Was ist bloß los mit dir? Du hast jetzt Karol, was grübelst du da über Dinge nach, die du eh nicht ändern kannst?«

»Das eine hat mit dem anderen nichts zu tun!«

Margareta musste, während sie den perversen Nikolaus im roten Plüschmantel, der grinsend auf der Fensterbank stand, anstarrte, an Sabines Mutter denken. Für sie war es das erste Weihnachtsfest ohne ihre Tochter. Die wird wohl kaum Interesse daran haben, ihr Zuhause so übertrieben zu schmücken wie meine Mutter. Oder vielleicht doch? War dieses Weihnachts-Tamtam, das mir so schlimm wie noch nie dagewesen vorkommt, vielleicht eine Art paradoxe Reaktion? Die Art meiner Mutter, zu trauern?

»Lass uns über Heiligabend sprechen, damit ich meine Liste vervollständigen kann. Mit euch beiden wären wir dann zehn Personen.« Waltraud griff hastig zu Block und Filzstift.

»Du, sei mir nicht böse, aber Heiligabend bleiben Karol und ich allein. So ein volles Partyprogramm, mit Pute aus dem Ofen und Lieder singen, das bringe ich nicht fertig.«

Beleidigt warf Waltraud den Block auf den Küchentisch, stand auf und kümmerte sich um den Braten. Margareta erhob sich ebenfalls und verabschiedete sich von ihrer Mutter.

»Trotzdem einen schönen vierten Advent.« Blitzartig war sie zur Tür hinaus. Heim zu Karol, der an diesem Nachmittag über seinen Seminarunterlagen brütete.

30.

Margaretas Kopf pochte, als sie auf der Rückbank des Wagens erwachte. Um sich bewusstlos zu stellen, hielt sie die Augen geschlossen. Die Decke, die er ihr über den Körper gelegt hatte, war am Kopf ein wenig zur Seite gerutscht. Ich werde den vierten Advent nicht zu Hause bei Karol verbringen, wurde ihr schlagartig klar. Nichts mit heißen Küssen unter dem Tannenbaum. Doch vielleicht würde sie fliehen können. Irgendwann würde ihr Entführer sicherlich anhalten. Sie musste die Kontrolle behalten, durfte nicht einschlafen.

Monotones Motorbrummen. Starke Windgeräusche, die von eisiger Kälte zeugten. Hörte sich nach Autobahn an. Irgendwann bremste der große Wagen ab. Margareta nahm ein Schild wahr. Irgendwas mit ›Ha‹. Vielleicht Haltern?

Einige Minuten später verließen sie die Autobahn. Der Blödmann fuhr wie ein Anfänger. Er atmete laut und stoßweise. Konnte er überhaupt Auto fahren? Er fluchte leise vor sich hin, fuhr langsam und bedächtig, wohl eine Landstraße entlang. Ein Kleinwagen überholte sie. Kurz darauf sogar ein Radfahrer.

Nur Wiesen, Felder und gelegentlich ein paar Bäume, stellte Margareta fest, als sie erneut ein wenig blinzelte. Bald darauf bog die Karosse ab und hielt an.

»Nun gehörst du endlich mir! Ich habe es geschafft!«, sagte der Mann jubelnd und stülpte sich hastig eine Mütze über den Kopf, bevor er ihr die Decke vom Körper zog.

Margareta überlegte, wo sie diese verstellte Stimme schon einmal gehört hatte. Und diese blöde Mütze, die er trug, schon mal gesehen hatte. Wenn er bloß diese grausame Mütze mit den fürchterlichen Sehschlitzen abnehmen würde.

Sie öffnete ihre Augen. Dicht an ihrem Ohr vernahm sie das Keuchen ihres Entführers. Er zog sie rückwärts an den Unterarmen aus einer Garage. Ihre Füße, die über den kalten Boden schleiften, schmerzten, weil die Haut an ihren Fersen aufriss. Sie vermisste ihre Schuhe. Draußen war es stockfinster. Nicht nur die Füße taten weh, sondern ihr ganzer Körper.

Was hat er mir gegeben? War ich lange bewusstlos? Was hat er in der Zwischenzeit mit mir gemacht? Plötzlich ließ er für einen kurzen Augenblick ihren linken Arm los. Und schon schnellte ihre Hand nach vorn, in Richtung des Mannes. Mit gespreiztem Zeige- und Mittelfinger stach sie in die Sehschlitze der Mütze. Der Kerl schrie auf und ließ sie fallen. Margareta wollte sich aufrappeln, aber der Kerl war schneller. Er schubste sie gegen eine Wand. Das war's, dachte sie, und Tränen schossen aus ihren brennenden Augen.

Zwei Männerarme packten sie hart, hoben sie hoch und trugen sie ein paar Stufen hinab in einen Kellerraum.

Margareta kämpfte um ihr Leben, soweit es ihre Kräfte zuließen. Sie wand sich, trat und schlug nach ihm. Der Bemützte packte sie daraufhin etwas fester und schleifte sie weiter um einige Ecken. Als er sie wenig später losließ, schlug er wie ein Wahnsinniger auf sie ein. Er war jetzt total durchgedreht. Seine Fäuste knallten immer wieder gegen ihren Kopf.

Eine ganze Zeit später fand sich Margareta auf einen alten Tisch gefesselt wieder. Über ihr hingen Spinnweben, es roch modrig. Sie fror erbärmlich. Als der Mützenmann näher kam, begann sie fürchterlich zu schreien. Das Einzige, wozu sie momentan in der Lage war. Doch nicht mehr lange. Ihr Entführer machte dem ein Ende, indem er sie mit einem schmutzigen Lappen, den er vom Boden aufhob, brutal knebelte. Sie musste würgen. Zu dem Blutgeschmack in ihrem Mund gesellte sich der von Fäkalien. Sie wollte nicht daran denken, wozu der Lappen benutzt worden war. Lange Zeit würgte sie so heftig, bis ihr Tränen die Wagen herunterrollten.

»Was schreist du auch so. Habe ich dich zu feste geschlagen? Du hast es verdient, geschlagen zu werden. Du hast es verdient.«

Margaretas Herz blieb fast stehen. Sie hatte die Stimme, die er nun nicht mehr verstellte, erkannt. Du meine Güte! Das kann doch nicht wahr sein! Es war die Stimme Bertls. Sie versuchte, sich nicht anmerken zu lassen, dass sie ihn erkannt hatte. Seine Augen, die sie durch die Sehschlitze anstarrten, waren im schwachen Schein der kargen Lampe, die mitten im Keller hing, ein Anblick des Grauens. Er ist wahnsinnig, dachte Margareta. Und dieser Wahnsinnige wird mich umbringen. In der Nacht zum vierten Advent.

Ich werde Karol nie mehr wiedersehen. Warum nur? Warum? Ist er der Mörder von Sabine? Margareta hatte Todesangst und wusste gleichzeitig, dass ihr Ende gekommen war.

SONNTAG, DER 21. DEZEMBER

31.

Während Christel durch die Wohnung schlich und sich langsam anzog, fragte sie sich, wo Bertl wohl in der Nacht gewesen war. Sie hatte am Abend zuvor einige Gläschen Wein zu viel getrunken, was eigentlich gar nicht ihre Art war. Doch nur aus Sorge um ihren Sohn. Nun plagten sie Kopfschmerzen und Übelkeit.

Seit einer Woche ging Bertl nicht mehr zur Arbeit, hatte sich krankschreiben lassen. Fragte die besorgte Mutter, was ihrem Sohn denn fehlte, zuckte er nur gleichgültig mit den Schultern, gab kaum Antwort. Was ist das bloß für eine Krankheit, die ihn da heimgesucht hatte? Das kann unmöglich die Psyche sein. Davon bekommt man keine rot umränderten Augen, zitternde Hände und einen solch drastischen Gewichtsverlust von mindestens zehn Kilogramm.

Aber was war es dann? Weiber hatte er schon seit Wochen keine mehr mit heimgebracht. Seine Wohnung sah grausam aus und stank bestialisch. Keinen Finger rührte er mehr. Er selbst roch allerdings nicht besser. Er, der pingelige, supergepflegte Mann von einst, der mehr Zeit im Bad verbracht hatte als eine topgestylte Frau. Wieso ließ er sich plötzlich so gehen? Christel war verzweifelt. Gestern gegen Abend hatte sie seinen Wagen wegfahren gehört. Kein Wort zu ihr, wohin er fuhr, nichts. Sonst hatte er immer kurz den Kopf durch ihre Wohnungstür gesteckt und ihr zugerufen, dass er ginge, und ihr meistens mitgeteilt, wohin sein Weg ihn führte. In der Früh war er erst heimgekommen, hatte die Türen geschmissen und vor sich hin geflucht, sodass sie wach wurde.

Schöner vierter Advent. Sie hatte ihn zum Mittagessen eingeladen. Als Zeichen der Versöhnung. Konnte eine Mutter denn anders, als immer wieder zu verzeihen? Egal, was der Sohn ihr im Laufe der Woche alles an den Kopf geschmissen hatte. Und was hatte er gesagt? »Steck dir dein Essen sonst wohin!«, hatte er ihr im Treppenhaus zugerufen, als sie noch im Bademantel an seiner Tür geklingelt hatte. Den Schlüssel zu benutzen, wie sie es jahrelang getan hatte, hatte sie gar nicht erst gewagt. Christel zermarterte sich den Kopf. Wo war er bloß heute Nacht gewesen?

Sie setzte sich an den Küchentisch und verzehrte einsam ihre liebevoll zubereitete Mahlzeit. Rindsrouladen, Kartoffeln und Rotkohl. Rouladen aß Bertl so gerne. Doch die sollte sie sich ja heute sonst wohin stecken. Sie blickte auf das winzige Tannengesteck, welches in der Mitte auf dem Tisch stand. Wenigstens ein kleines bisschen weihnachtliches Flair. Im Wohnzimmer standen in einer Bodenvase einige geschmückte Tannenzweige. Zu mehr war Christel nicht in der Lage. Gern hätte sie, obwohl es das erste Weihnachtsfest ohne Heinz sein würde, einen winzigen Tannenbaum gekauft. Als sie Bertl gefragt hatte, ob er ihr beim Einstielen des Baumes helfen würde, hatte er verneint. »Wofür einen blöden Baum aufstellen?«, hatte er sie gefragt. »Haben wir denn Grund, Weihnachten so zu tun, als wäre nichts gewesen?«

»Aber wir haben zu Weihnachten immer einen Baum aufgestellt!«, hatte sie dagegengehalten.

»Nichts ist mehr, wie es war.« Er hatte ins Leere gestarrt und war mit den Gedanken ganz weit weg gewesen.

Im letzten Jahr, ja, da war alles ganz anders, dachte sie wehmütig. Da lebte Heinz noch. Heiligabend im trauten Kreis der Familie, einschließlich Margareta, die zu dem Zeitpunkt noch mit Bertl zusammen war. Was Christel damals als langweilig empfand, jedes Jahr zu Weihnachten der gleiche Ablauf, Heiligabend unterm Tannenbaum, der Restaurantbesuch am ersten Weihnachtstag, das Kaffeetrinken mit den auswärtigen Verwandten am zweiten Tag, all das sehnte sie nun herbei wie nichts anderes auf der Welt. Dieses bisschen Normalität war doch keine Langeweile, dachte sie. Oh, wie war ich undankbar gewesen. Die Schwiegertochter in spe habe ich mit aus dem Haus getrieben. Wie habe ich mich gefreut, als sie freiwillig ihre Klamotten packte und verschwand. Dabei war diese Frau das Beste, was Bertl in seinem bisherigen Leben passiert war. Und nun hatte er an nichts mehr Interesse, nicht mal mehr an seinen Weibern, die er in wöchentlichem Rhythmus auflas.

Dieses Weihnachtsfest wird ein trauriges Fest werden, war Christel sich bewusst. Nur mehr drei Tage bis zum Heiligen Abend, und sie wusste bislang nicht, wie sie ihn verbringen würde. Am liebsten wäre sie verreist. Ihre Schwester, die in einem kleinen Eifelörtchen lebte, hatte sie eingeladen, die Feiertage bei ihr zu verbringen. Nicht einmal das war ihr gestattet. Kommissar Blauländer hatte sie vor ein paar Tagen angerufen und ihr mitgeteilt, dass sie sich während des Ermittlungsverfahrens gegen sie zur Verfügung zu halten hätte. Würde man sie am Ende noch verhaften? Nur, ob sie es tatsächlich fertiggebracht hätte, ihren Sohn zu Weihnachten einfach im Stich zu lassen und zu verreisen, war sowieso fraglich.

Am Nachmittag hielt sie es nicht mehr aus. Sie schnitt zwei Scheiben Christstollen von dem riesigen Laib ab, drapierte sie auf einen Teller und klingelte erneut an Bertls Wohnungstür. Als er nicht öffnete, nahm sie den Schlüssel und verschaffte sich Zutritt zu seiner Wohnung.

Ein fürchterlicher Geruch schlug ihr entgegen. So, als wäre die Wohnung tagelang nicht gelüftet worden. Es roch nach Schweiß und sonstigen Körperausdünstungen, gleichzeitig nach abgestandenen alkoholischen Getränken.

Er lag auf dem Sofa. Ein Anblick des Grauens. Um

ihn herum verteilten sich Weinflaschen, manche halb leer, manche waren umgekippt und auf dem Teppich ausgelaufen. Ein überquellender Aschenbecher zierte den Wohnzimmertisch. Sie wusste gar nicht, dass ihr Sohn rauchte. Bis vor ein paar Tagen gehörte er jedenfalls noch in die Gruppe der Nichtraucher.

Er lächelte spöttisch und schaute sie aus zusammengekniffenen Augen an. »Was willst du hier? Mir eine Standpauke halten? Pack dich an deiner eigenen Nase!«

»Ich wollte dir Christstollen bringen. Du musst etwas essen. Was ist bloß los mit dir?« Besorgt setzte sie sich auf den gegenüberstehenden Sessel.

Bertl starrte sie nur an wie ein Gespenst.

»Du siehst nicht gut aus.« Christel wollte ein Gespräch beginnen, wollte wissen, was ihrem Sohn fehlte. »Was sagt denn der Arzt?«

»Ach, der …, der hat doch keine Ahnung!«

»Aber so kann es mit dir nicht weitergehen. In drei Tagen ist Heiligabend. Willst du in dieser verkommenen Wohnung etwa Weihnachten feiern?«

»Ich will überhaupt nicht Weihnachten feiern. Was soll der Scheiß? Weihnachten feiern? Du hast vielleicht Nerven! Sollen wir etwa so tun, als sei nichts gewesen, und Weihnachten um den Baum tanzen und Lieder singen? Wir beide allein? Mann, Mutter, bist du abgebrüht!«

Christel stellte ihren Teller auf den Tisch und ging fast weinend, ohne ein weiteres Wort zu sagen, wieder nach oben in ihre Wohnung.

Ein eisiger Wind schlug ihr entgegen. Christel stellte das mitgebrachte Bäumchen auf die kleine Grabplatte. Bald war Weihnachten, und ob Heinz dieses Bäumchen nun sehen konnte oder nicht, Christel gab es ein gutes Gefühl, es aufgestellt zu haben. Es herrschte kaum Betrieb auf dem Friedhof an diesem Sonntagnachmittag, zumal das Wetter nicht gerade zu einem Spaziergang einlud. Zehn Grad minus, dazu ein eiskalter Wind und ein bedeckter Himmel, was nicht gerade Weihnachtsstimmung aufkommen ließ.

»Ach, Heinz, wärst du doch bei mir«, seufzte Christel. »Klar, du hast mir oft das Leben schwer gemacht, aber du hattest auch deine guten Seiten. Oh ja, die hattest du. Das wird mir immer mehr bewusst, je länger du unter der Erde weilst. Vielleicht hätten wir mehr miteinander reden sollen.« Tränen liefen über ihre eiskalten Wangen. Sie zog sich den Schal höher ins Gesicht. Das Wetter war wirklich ungeeignet für einen Spaziergang.

Plötzlich hatte sie das Gefühl, beobachtet zu werden. Dann vernahm sie schlurfende Schritte, die auf dem gefrorenen Boden widerhallten. Langsam näherte sich ihr Verehrer vom Sommer, der an Morbus Parkinson erkrankte alte Herr. Warm verpackt in Wildledermantel mit Pelzkragen und dazu passender Mütze einschließlich Ohrenklappen kam er daher wie ein kleiner unbeholfener Junge. Oh, bitte nicht, flehte Christel innerlich. Erst vorletzte Woche hatte er ihr einen Vortrag über Dekubitus gehalten. Hatte ihr in allen Einzelheiten geschildert, wie viele wund gelegene Stellen seine Frau in den letzten Tagen ihres Lebens am Körper gehabt hätte. Bei lebendigem Leib sei sie regelrecht verfault. Das wollte Christel heute nicht hören. Sie hatte genug eigene Sorgen.

»Na, immer noch alleine?«, fragte er Christel, als er sie erreicht hatte, und sah sie mit traurigen Augen an.

»Ja, natürlich. Wieso fragen Sie? Habe ich Ihnen jemals den Eindruck vermittelt, ich sei auf Männerfang?«

»Irgendwie schon. Sie sagten damals lediglich, dass Sie einen Pflegefall wie mich nicht gebrauchen könnten. Ich hatte allerdings durchaus das Gefühl, dass Sie nicht abgeneigt wären, eine Bekanntschaft zu schließen, wenn der Richtige vorbeikommen würde.«

»Der Richtige? Pah! Gibt es einen richtigen Mann?« Christel schüttelte verächtlich den Kopf. »Irgendeine Macke haben sie alle. Ich hatte Ihnen damals gesagt, dass ich keine Lust mehr habe, nach der Pfeife eines Mannes zu tanzen, oder etwa nicht?«

»Nein, das sagten Sie nicht.«

»Na, dann habe ich es vielleicht nur gedacht und nicht ausgesprochen. Nun wissen Sie es jedenfalls, dass ich keinen Mann mehr suche. Weder einen Schönen noch einen weniger Schönen. Ich bin mir selbst genug. Verstehen Sie?« Sie sah den alten Mann an. Dieser wunderliche Kauz bildete sich tatsächlich ein, eine Frau abschleppen zu können. Und was lag da näher als der Friedhof?

»Na ja, an Ihrer Stelle würde ich den Mund nicht so voll nehmen. Wer würde Sie schon nehmen? Bei dem schlechten Ruf, der Ihnen vorauseilt!« Der Alte grinste selbstgefällig und freute sich, einen Treffer gelandet zu haben. Damals hat sie mich beleidigt, nun kann ich es ihr heimzahlen.

»Was wissen Sie denn über meinen Ruf? Und wieso sollte der schlecht sein?«

»Na, es pfeifen hier schon die Spatzen von den Bäumen, dass Sie Ihren Mann umgebracht haben. Weswegen hat man ihn denn wieder ausgegraben und mitgenommen?«

Christel ließ sich ihre Unsicherheit nicht anmerken, hob den Kopf und straffte die Schultern. Was bildete sich dieser kranke Vogel eigentlich ein? »Stände ich dann hier, wenn ich eine Mörderin wäre? Glauben Sie nur schön, was Sie von den Leuten hören! Ich wünsche Ihnen trotzdem ein gesegnetes Weihnachtsfest.« Freundlich lächelte Christel den alten Kerl an. Sei nicht nachtragend, in drei Tagen ist schließlich Weihnachten, sagte sie sich. Und man soll ja nicht Gleiches mit Gleichem vergelten.

Er schaute sie nur völlig verzweifelt an. »Gesegnete Weihnachten? Ohne meine Frau?«

Als Christel einige Meter gegangen war, wollte der Mann sie aufhalten, da ihm seine bösen Worte inzwischen leidtaten. »Warten Sie! Sollen wir vielleicht einen Kaffee zusammen trinken? Dort drüben ist ein Café.« Erwartungsvoll blickte er sie an, als sie sich überrascht nach ihm umdrehte.

»Nein. Wozu? Sie kennen meine Meinung. Ich suche keinen Mann, weder einen brauchbaren noch einen kranken.«

Verstehe einer die Frauen, dachte der Alte. Erst ist sie nett, um gleich darauf wieder garstig zu sein. So eine kommt für mich nicht infrage. Wer weiß, wie lange ich bei der noch zu leben hätte. Deshalb ging er seines Weges, nachdem er am Grab seiner Frau das ›Vater unser‹ gebetet hatte.

Während Christel den Heimweg zu Fuß antrat über die lange Allee mit den kahlen Bäumen, dachte sie wieder wehmütig an frühere Weihnachtsfeste. Wieso wusste man erst, was man hatte, wenn man es nicht mehr hat? Ihr fiel der Flöte spielende, ungefähr zehn Jahre alte Junge in seinem dunklen Anzug mit seiner kleinen Fliege ein. Wie stolz er da am Tannenbaum gestanden und seine eingeübten Lieder vorgetragen hatte. Da lebten ihre Eltern noch. Wie glücklich waren sie über die positive Entwicklung ihres Enkels Friedbert gewesen. Wenn sie ihn heute sehen könnten, würden sie sich im Grabe umdrehen. Ein Wrack war aus ihm geworden. Dieses Wrack hatte sich heute Morgen in sein Auto fallen lassen und war wie ein Irrer davongerast. Wohin er bloß wieder gefahren war?

32.

Wieso habe ich immer nur auf die geröteten Lidränder seiner Augen geachtet und nie auf die Pupillen?, fragte Margareta sich, als er sich im Schein der kargen Deckenlampe über sie beugte. Waren seine Pupillen schon immer so winzig und scharf begrenzt gewesen? Eigentlich müssten sie sich bei dem dunklen Licht doch weiten. Das Blau seiner Augen war, soweit sie es erkennen konnte, unangenehm, ja sogar eisblau. Sie hatten nichts mehr von einem klaren, schönen Bergsee. Diese Augen blickten bedrohlich kalt wie die Antarktis. Auch Bertl hatte Eisaugen. Was hatte das zu bedeuten?

Bertl setzte sich schwer atmend neben sie auf die feuchte Matratze. »Schreien ist zwecklos«, hatte er ihr am Abend vorher gesagt, als er sie vom Tisch losband und in die Ecke auf die schmuddelige Matratze schubste. Eine Decke ließ er ihr wenigstens. Sie hatte eine grausame Nacht hinter sich, in diesem Kellerverlies, in dem nur ein Tisch und ein alter Schrank mit Werkzeug standen. Leider war alles, was sich darin befand, unbrauchbar, um die schwere Stahltür, die den Raum verschlossen hielt, zu öffnen. Eine Flasche Mineralwasser und eine Packung Zwieback hatte er ihr auf den Tisch gestellt, als er am Vorabend verschwand. Geredet hatte er nicht mehr viel.

Auf dieser feuchten und fleckigen Matratze hatte Margareta kaum ein Auge zugemacht. Ihre Knochen schmerzten so sehr, dass ein Herumlaufen in diesem kargen Raum fast unmöglich war. Zum Glück hatte er ihr die Lampe angelassen, sonst wäre sie wahrscheinlich verrückt geworden vor Angst. Sie suchte nach ihrer Tasche mit dem Handy. Beides hatte er wohl an sich genommen.

Sie wusste nicht, ob sie weiterhin so tun sollte, als habe sie ihn nicht erkannt, oder ihm einfach auf den

Kopf zusagen, dass sie längst wusste, wer er war. Sie entschied sich für die zweite Variante.

»Wieso nimmst du nicht endlich die Mütze ab, Bertl? Was soll das Theater?« So mutig, wie sie sich gab, war sie längst nicht.

Seufzend zog er sich die Mütze vom Kopf. Margareta erschrak. Sein Gesicht war eine einzige Fratze. Die Gesichtszüge waren verzerrt und wirkten maskenhaft. Seine Haut war nass geschwitzt, sein Haar ebenfalls klatschnass. Wild stand es vom Kopf ab. Doch das Schlimmste waren die Augen. Diese Augen blickten wie die eines Wahnsinnigen. Allerdings blickten sie nicht mehr so brutal wie tags zuvor, sondern irgendwie resigniert. Lass dir deine Angst nicht anmerken, sagte sie sich, sonst machst du alles schlimmer.

»Was soll das, Bertl?«

Er zuckte nur mit den Schultern und starrte an die Wand. Über Margaretas Gesicht liefen unaufhaltsam Tränen. Sie weinte lautlos und unbewusst. Ich werde also nicht mit meiner Mutter, Walter, meinem Bruder und seiner Familie Weihnachten feiern. War mir ja zu spießig. Pute aus dem Ofen und Weihnachtslieder von der CD habe ich dankend abgelehnt und meine Mutter damit sehr verletzt. Doch ob der Heilige Abend hier in diesem schrecklichen Kellerloch, ganz allein bei Eiseskälte, besser war, als diesen Walter und die skurrile Familie meines Bruders zu ertragen? Vielleicht bin ich ja Weihnachten schon tot, was eigentlich schöner wäre als ein langsamer Tod in diesem Elend. Sie starrte auf den Eimer in der Ecke, der ihr als Toilette dienen sollte. Was hatte Bertl bloß mit ihr vor?

»Nun sag schon wie es weitergeht? Was habe ich dir getan, dass du mich hier einsperrst, schlägst und demütigst?«

Er hatte sich wieder in der Gewalt, räusperte sich, stand auf und lief unruhig wie ein Tiger im Käfig in dem Kellerraum auf und ab. »Das fragst du noch? Du hast mein Leben zerstört! Hast du das vergessen?«

»Ach komm, hör auf. Wenn jeder seine Ex aus gekränkter Eitelkeit entführen und irgendwo einsperren würde, gäbe es bald keinen freien Kellerraum mehr. Es lag nicht an mir, dass unsere Beziehung in die Brüche ging. An erster Stelle war das deine Schuld. Unsere Wohnsituation, mit deiner Mutti in Rufweite, trug wohl auch dazu bei. Aber all das ist kein Grund, so durchzudrehen. Und das nach einer so langen Zeit.«

»Meine Mutter ist die Nächste, da kannst du Gift drauf nehmen!«

»Wie einfach. Alle, die handeln, wie es dir nicht in den Kram passt, werden beseitigt, oder was? Bertl, du bist krank! Bereite dem hier ein Ende und fahr mich wieder nach Hause!« Flehend sah sie ihn aus traurigen Augen an. Doch das machte ihn nur wütender. Falsche Taktik, musste sie feststellen.

»Das könnte dir so passen, du Schlampe!« Er ging auf sie zu und zog sie an den Haaren hoch. »Vielleicht will ich erst mal ein bisschen Spaß mit dir haben. Wir hatten immer viel Spaß miteinander, oder etwa nicht?«

»Du sagst es, wir hatten. Das ist längst Geschichte!«

Sie fasste sich an den Kopf, hatte das Gefühl, er hätte ihr ein Büschel Haare ausgerissen.

Er sah in ihr schmerzverzerrtes Gesicht, empfand jedoch kein Mitleid. »Deinen Pollack wirst du jedenfalls nicht wiedersehen!«

Sie verspürte keine Lust, ihm zu erklären, dass Karol kein Pollack, sondern deutscher Staatsbürger war. Wozu auch? Sein krankes Hirn kapierte sowieso nur das, was es wollte. Für alles andere hatte es seine eigene Theorie.

»Ich muss mir genau überlegen, was ich mit dir machen werde!« Er stieß sie zurück auf die Matratze.

»Lass mich gehen. Ich werde dich nicht anzeigen. Wenn du noch irgendetwas für mich empfindest, dann lass mich gehen!«

Er lachte laut und unwirklich. »Dich gehen lassen? Kannste vergessen. Du hast mir letzte Woche erst gesagt, das mit dem ›Freunde bleiben‹ wäre nur eine Floskel gewesen. Wieso sollte ich noch was empfinden?« Er starrte sie wütend an, und Margareta war davon überzeugt, dass er gleich wieder von seinen Fäusten Gebrauch machen würde.

»Hass! Das Einzige, was ich für dich empfinde, ist Hass!« Voller Verachtung sah er auf sie hinab.

Er ging zur Tür, drehte sich kurz um und verschwand. Sie hörte, wie er die Tür verriegelte und zusätzlich abschloss. Wie ein Schwerverbrecher werde ich weggeschlossen, dachte sie. Was habe ich bloß getan?

MONTAG, DER 22. DEZEMBER

Als sie wach wurde und die Augen öffnete, empfand sie Dankbarkeit, dass er das Licht wieder hatte brennen lassen. Sie richtete sich auf, ließ sich aber sofort wieder auf die Matratze fallen. Ihre Knochen schmerzten sehr, obwohl die brutalen Misshandlungen von Bertl bereits zwei Tage her waren. Gestern hatte er ihr, bis auf das An-den-Haaren-Zerren, keine Gewalt angetan. Obwohl es schlimm genug war, sie hier einsam und verlassen in einem Keller einzusperren. Kein noch so leises Geräusch war zu hören. Absolute Stille. Nichts hatte sich in den zwei Tagen geändert. Ich bin nicht wahnsinnig geworden, wie ich es zu Anfang befürchtet hatte. Was der Mensch alles aushält, wunderte sich Margareta. Sie wickelte sich zitternd die ekelige Decke um ihren Körper. Wasser tropfte von der Kellerdecke. Ein Geräusch, stellte sie fest. Es ist so furchtbar kalt. Wo bin ich hier? Wohnen über mir Menschen? Was soll ich hier? Was hat Bertl mit mir vor? Etwa Lösegeld für mich erpressen? Da hat er sich geschnitten, meine Lieben daheim sind alle arm.

Ich muss hier raus!

Komm, steh auf!

Versuche, hier rauszukommen. Sie sprach sich selbst Mut zu. Übermorgen ist Heiligabend. Du willst Weihnachten wieder bei Karol sein, in seinen starken, zärtlichen Armen liegen. Zur Not auch bei Waltraud und ihrem Lover, einschließlich Gisbert und seiner Holden sowie den frechen Gören. Von mir aus mit der redseligen Tante aus Hückeswagen. Na gut, lasst uns Weihnachtslieder singen. Ich werde lauter singen als die Jahre zuvor. ›Alle Jahre wieder‹ werde ich singen und mich nie wieder beschweren, wie spießig alles sei. Nie wieder! Sie fing bitterlich an zu weinen. Gleichzeitig sagte sie sich: Reiß dich zusammen, du willst doch leben!

Sie stand von der Matratze auf und inspizierte zum x-ten Male den Schrank nach irgendeinem brauchbaren Werkzeug, um die Tür öffnen zu können. Dann suchte sie mit bloßen Händen die Wände ab. Vielleicht fand sich ein vernageltes Fenster.

Aus dem Toiletten-Zinkeimer zog ein erbärmlicher Geruch hoch. Kein Deckel bedeckte ihre unvermeidbaren Ausscheidungen. Bertl hatte es bisher nicht für nötig befunden, den Eimer zu entleeren. Sie ernährte sich weiterhin von Zwieback und trank Saft oder Mineralwasser. Körperpflege fand überhaupt keine mehr statt. Sie hatte nicht einmal die Möglichkeit, sich die Hände zu waschen. Sie träumte, wenn sie auf ihrem erbärmlichen Lager kurz einnickte, von einem herrlichen Wannenband.

Nach zwei Stunden, die ihr dreimal so lang vorkamen, gab sie auf und legte sich wieder auf die Matratze. Sie war völlig ausgekühlt, obwohl sie die ganze Zeit ihre dicke Winterjacke anbehalten hatte.

Sie hatte viel Zeit zum Nachdenken. Meistens dachte sie voller Wehmut an Karol. Es war für sie unvorstellbar und der Gedanke kaum auszuhalten, ihn vielleicht nie mehr in den Armen zu halten. Diese Ungewissheit, was Bertl mit ihr vorhatte, quälte sie psychisch und physisch.

Sie dachte an ihren toten Vater. Zermarterte sich, jetzt, wo sie alle Zeit der Welt hatte, den Kopf, wer ihn ermordet haben könnte. Und an ihre Mutter musste sie oft denken. Sie schwor sich, wenn sie aus dieser Nummer unbeschadet herauskam, würde sie ihr nie wieder Vorwürfe machen. Soll sie mit ihrem tollpatschigen Liebhaber glücklich werden. Margareta fasste einen guten Vorsatz nach dem anderen, für den Fall, dass sie jemals heil diesen Keller verlassen würde.

An ihren Chef musste sie ebenfalls denken. Mitten im Weihnachtsgeschäft fiel sie aus. Sie konnte ihn toben hören: Was hat die Sommerfeld denn nun schon wieder? Erst stirbt der Vater, dann wird sie krank, und nun setzt sie dem Ganzen die Krone auf und lässt sich entführen!

Nie wieder würde sie sich über zu viel Arbeit beklagen. Gegen diese Qual in ihrem Kellerverlies war das Weihnachtsgeschäft mit den gestressten Kunden das reine Vergnügen. Nie wieder würde sie eine Faust in der Tasche machen, selbst wenn ihr ein Kunde noch so auf die Nerven ginge. Sie konnte die vielen glänzenden Schokoladen-Weihnachtsmänner vor sich sehen, große, mittlere, kleine. Wie gerne würde sie jetzt in einen hineinbeißen.

Alles, wirklich alles war besser, als in diesem Loch eingesperrt zu sein.

33.

Karol war verzweifelt. Das Gesicht in seinen Händen vergraben, saß er zusammengesunken im Wohnzimmer bei Margaretas Mutter. Die Stimmung erinnerte ganz gewiss nicht an eine besinnliche Weihnachtszeit. Der Tannenbaum in der Ecke des Zimmers wirkte fehl am Platz. Waltraud hatte lange überlegt, ob sie überhaupt einen Baum aufstellen sollte. Die silberfarbenen Vögel mit den Federschwänzen schauten einen an, als wollten sie sagen: Haben wir etwas falsch gemacht? Sind wir zu früh dran?

Waltraud saß Karol mit verweinten Augen gegenüber. Es hatte ihr die Sprache verschlagen. Auch Walter starrte schweigend vor sich hin. Er, der mit altklugen Weisheiten sonst nicht sparte, schwieg ebenfalls. Nachdem sie gestern den ganzen Tag diskutiert und alle Möglichkeiten aufgezählt hatten, wo Margareta vielleicht sein könnte, sahen sie sich ratlos an.

Wie konnte eine Frau einfach so in einer friedlichen Siedlungsstraße spurlos verschwinden? Gegen 18 Uhr hatte Margareta am Samstag die Wohnung ihrer Mutter verlassen und war nie zu Hause, 300 Meter weiter, angekommen. Was war ihr zugestoßen?

Karol machte sich schwere Vorwürfe, dass er sie allein hatte durch die Dunkelheit gehen lassen. Wieso hatte sie nicht das Auto genommen? Wieso wollte sie unbedingt durch die kalte Winterluft zu Fuß zu ihrer Mutter gehen? Fragen über Fragen quälten die drei. Bei Kommissar Blauländer hatte Waltraud gleich am Sonntag, am Tag nach ihrem Verschwinden, angerufen. Sie wird schon wieder auftauchen, hatte er gemeint, wenn nicht, sollte sie sich am Montag noch einmal melden, damit er eine schriftliche Vermisstenanzeige aufnehmen lassen konnte. Als er die aufgeregte Mutter losgeworden war, hatte er nur mit dem Kopf geschüttelt. Eigenartige Familie, hatte er gedacht. Erst wurde der Liebhaber dieser Frau verhaftet, weil ihn seine Tante, die ihm ein Jahr lang Unterschlupf gewährt hat, anzeigte, dann ermordete man ihren Vater, und den Ex-Schwiegervater buddelte man wieder aus, weil seine Frau ihn vergiftet haben soll. Schlussendlich verschwand sie selbst von der Bildfläche. Kommissar Blauländer hatte nicht die geringste Ahnung, wo sie sich aufhalten und wer damit etwas zu tun haben könnte. Eine irre Familie, dachte er nur.

DIENSTAG, DER 23. DEZEMBER

34.

Nicht enden wollende Tage quälten Karol und Margaretas Familie. Seit drei Tagen war Margareta verschwunden. Morgen war schon Heiligabend. Die Stimmung in Waltrauds Wohnung war mehr als gedämpft. Waltraud bemühte sich um Haltung, aber an jedem Tag, der verging, ohne ein Lebenszeichen ihrer Tochter, schrumpfte die Hoffnung. Nahezu mechanisch kümmerte sie sich um den Haushalt, machte letzte Besorgungen fürs Fest, als ob es tatsächlich etwas zu feiern gäbe. Die Vermisstenanzeige war mittlerweile amtlich. Kommissar Blauländer und sein Assistent Kornblum waren gestern gleich da gewesen und hatten Waltraud eine Menge Fragen gestellt. Anschließend sind sie den Weg von Waltrauds Wohnung bis zum Wohnturm zu Margaretas Wohnung abgeschritten, haben sich einige Notizen gemacht und Karol einen Besuch abgestattet, um ihn zu befragen.

Karol hielt es zu Hause kaum mehr aus und saß die meiste Zeit bei Waltraud im Wohnzimmer, in dem Sessel unter dem Fenster. Ihm schräg gegenüber saß Walter, ratlos und schweigsam. So hatte Walter sich das erste Weihnachtsfest mit seiner neuen Flamme nicht vorgestellt. Dabei hatte er sich alles so schön zurechtgelegt. Schönes Essen, fast so lecker wie bei Mutti, serviert zu bekommen, und Fernsehen bis zum Abwinken. Er hatte sich in der TV-Zeitung schon alle Sendungen angestrichen, die er sich anschauen wollte. Dazu den bunten Weihnachtsteller auf dem Schoß, lecker Bierchen, und wenn er dann zufrieden und müde abends ins Bett gehen würde, gäbe es ein schönes Betthupferl obendrauf. Aber Pustekuchen! Da verschwand die Tochter des Hauses ausgerechnet kurz vorm Fest, und Waltraud und Margaretas polnischer Liebhaber setzten Trauermienen auf, als wäre sie schon tot. Nichts als Ärger hatte man mit dieser Margareta. Er machte gute Miene zum bösen Spiel. Heuchelte Trauer, wo keine war, tröstete mit lieben Worten seine Geliebte und gab den verständnisvollen Partner.

Karol war noch nie in seinem Leben so verzweifelt gewesen. Das Jahr als illegaler Schuster, im Zimmer seiner Tante eingesperrt, war gegen die letzten Tage ein Vergnügen gewesen. Langsam wurde er vor Sorge um Margareta fast verrückt. Du meine Güte, wie sehr liebe ich diese Frau, der ich alles zu verdanken habe. Morgen, morgen ist Weihnachten, dachte er. Wenn Margareta bis dahin wieder da ist, will ich mich mit Tante Henriette vertragen und ihr verzeihen, was sie mir angetan hat. Doch er wusste genau, dass das Schicksal sich nicht erpressen ließ.

Waltraud stellte Karol eine Tasse Kaffee und einen Teller mit frischem Gewürzkuchen hin, der während des Backens einen beruhigenden Duft im ganzen Zimmer verbreitet hatte. Margareta schwebt vielleicht in Lebensgefahr und ich habe nichts Besseres zu tun, als Kuchen zu backen, hatte sie gedacht, während sie den Teig rührte. Wenigstens hatte es sie für kurze Zeit von ihren Sorgen abgelenkt.

Gierig nahm sich Walter ein Stück und vertilgte es mit drei Bissen. Essen musste man schließlich, ob nun einer aus der Familie verschwunden war oder nicht, dachte er und kaute zufrieden vor sich hin.

Kaum hatte Karol sein Stück verzehrt, durchzuckte ein Gedanke seinen müden Kopf. Dieser Kerl vom Friedhof, von dem Margareta ihm immer so viel erzählt und der zu dem Kreis ihrer Verdächtigen gehört hatte, fiel ihm ein. Er musste ihn unbedingt sprechen. Fluchtartig, ohne große Erklärungen abzugeben, verließ er Waltrauds Wohnung und schlug den Weg Richtung Friedhof ein.

Als er das kleine Eingangstor am Wetterweg passierte, wehte ein eisiger Wind. Karol klappte den Kragen seiner neuen Jacke hoch und zog sich den Schal höher ins Gesicht. Ganz sachte fing es an zu schneien. Trotz der Eiseskälte herrschte auf dem Friedhof ein reges Treiben, was Karol sehr verwunderte. Emsig wurden Tannengestecke und weihnachtlich dekorierte Tonschalen zu den Gräbern der Verwandten getragen. Ob meine Mutter Aleksandra wohl noch lebt? Wo hält sie sich bloß auf?

Mit schnellen Schritten hatte er in wenigen Minuten die Trauerhalle erreicht und stellte sich zu der Trauergesellschaft, die soeben die Halle verlassen hatte. Karol hätte gar nicht zu hoffen gewagt, dass mittags um 13 Uhr noch eine Beerdigung stattfand. Und das einen Tag vor Weihnachten. Wahrscheinlich wollte man so viele Tote wie möglich vor den Feiertagen unter die Erde bringen, damit sich nicht zu viele ansammelten.

Ein Pulk schwarzer Wintermäntel drückte sich vor Kälte eng aneinander und schnatterte nicht gerade leise. Die Träger setzten sich mit dem Katafalk, auf dem sich der Sarg befand, in Bewegung. Karol hatte Glück. In gut zehn Meter Entfernung konnte er den Typen entdecken, den Margareta ihm letztens gezeigt hatte, als sie am Kiosk vorbeikamen. Er ging in seinem dunkelblauen Plüschmantel, den Kragen hochgeschlagen, dem Trauerzug voran.

Wird ja wohl nicht allzu lange dauern, eine Beerdigung bei dieser Kälte, dachte Karol und stellte sich, nachdem das Trauervolk verschwunden war, in eine windgeschützte Ecke der Trauerhalle.

Während die Beerdigung in vollem Gange war und der Pfarrer seine Grabrede hielt, war für Karl-Heinz, den Späher, der Job erledigt. Er hatte für freies Geleit des Toten und allem, was dazugehörte, gesorgt. Lautlos schlich er sich nun davon und schlug den Weg zur Trauerhalle ein. Feierabend für heute. Das war seine letzte Beisetzung. Er freute sich auf drei freie Tage, rieb sich grinsend die Hände und hoffte, dass heute schon sein Lohn auf dem Konto war. Seine Weihnachtseinkäufe musste er noch erledigen. Viel brauchte er als Single nicht. Ein Fläschchen Bier am Abend und die Welt war für ihn in Ordnung. Heiligabend war er bei seinen Eltern eingeladen, die nur wenige Häuser weiter wohnten. Kartoffelsalat und Würstchen waren immer drin, notfalls lieh sich seine Mutter das Geld dafür irgendwo.

Die Freude auf den nachmittäglichen Weihnachtsbummel verging ihm allerdings schlagartig, als er Karol auf sich zukommen sah. Der hatte ihm gerade noch gefehlt. Kam praktisch aus dem Nichts und schnappte ihm die Frau weg, die ihm gefiel. Er konnte sich schon denken, was er wollte. Die Spatzen pfiffen es längst von den Dächern, dass Margareta seit letztem Samstag verschwunden war.

»Hallo«, grüßte Karol ihn freundlich. »Sie wissen, wer ich bin?«

»Ja, ich habe Sie öfters mit Margareta zusammen

gesehen. Und jetzt wollen Sie sicherlich von mir wissen, wo sie steckt.« Karl-Heinz begutachtete Karol von oben bis unten und musste zugeben, dass er ein äußerst attraktiver Mann war.

»Es tut mir leid, aber ich weiß nicht, wo sie ist!« Karl-Heinz spürte Mitleid mit dem Mann. So kurz vor Weihnachten, gerade aus dem Gefängnis entlassen, verschwand seine Freundin.

»Vielleicht haben Sie etwas gesehen? Ich meine, Sie wohnen praktisch schräg gegenüber. Könnte ja sein, dass Ihnen etwas aufgefallen ist.«

Karl-Heinz sah in die hoffnungsvollen Augen des Mannes und versuchte krampfhaft, sich zu erinnern. »Am Samstagabend war das? Oder? Nein, da habe ich nichts gesehen. Ich stand bis 20 Uhr an dem Kiosk mit ein paar Kumpels.« Er schien ernsthaft nachzudenken und kratzte sich dabei an seinem Kinn.

»Falls Ihnen etwas einfällt, rufen Sie mich bitte an.« Karol gab ihm einen Zettel mit seiner Telefonnummer.

»Warten Sie«, Karl-Heinz' eisblaue Augen starrten ins Leere, so, als schauten sie durch Karol hindurch. »Vor ein paar Wochen, da kam ein Kerl fluchend aus dem Haus gerannt, in dem Margareta wohnt. Ich war bei einem Bekannten und auf dem Weg nach Hause. War schon spät, so gegen 21 Uhr. Wütend stieg er in sein Auto, das er auf der Schievenstraße geparkt hatte, und fuhr wie ein Irrer davon. Ich weiß nicht, ob Ihnen das weiterhilft.«

»Was war das für ein Auto?«

»Ein dunkelblauer BMW, glaube ich.«

Karol war völlig durcheinander. Dunkelblauer BMW? Fuhr nicht ihr Ex so einen Wagen? Hatte Margareta nicht mal davon erzählt?

»Wie sah der Mann aus?«, wollte Karol von Karl-Heinz wissen.

»Es war dunkel und es hat geregnet. Er hatte dunkle Haare, glaube ich, wellig zurückgekämmt. Aber kann ja sein, dass er gar nicht zu Margareta wollte und aus einer anderen Wohnung kam. Ich dachte nur, vielleicht hat es was zu bedeuten.«

Karol reichte Karl-Heinz die Hand, bedankte sich freundlich und wünschte ihm ein schönes Weihnachtsfest.

MITTWOCH, DER 24. DEZEMBER

35.

Heiligabend. In einem kalten Keller. Völlig allein. Die erbärmliche Deckenlampe fing an zu flackern. Nicht auszudenken, wenn sie ihren Geist aufgeben würde. Dann wäre ewige Dunkelheit um mich, dachte Margareta. Es ist so schrecklich kalt. Alles tut mir weh. Dieses Weihnachtsfest wird das Schlimmste, was ich je erlebt habe.

Margareta befand sich in einem Schwebezustand, wollte nicht aufwachen. Sie nahm nichts anderes wahr als die Kälte und den schrecklichen Gestank, der sie würgen ließ. Es roch nach Moder und Fäkalien. In ihrem Kopf herrschte eine drückende Benommenheit, sie konnte sich kaum bewegen, kaum atmen. Langsam versuchte sie sich aufzurichten. Während andere Menschen letzte Weihnachtsvorbereitungen treffen, durch die Läden hasten, euphorisch ihre Menükreationen vorbereiten, vegetiere ich hier vor mich hin und warte auf das, was kommen wird. Doch ich weiß ja nicht einmal, was genau das sein wird.

Sie schleppte sich zur Tür und hämmerte wild dagegen. Ihre Hilferufe verhallten ungehört. Sie weinte und hustete, die faulige Luft brannte in ihren Lungen.

Bertl, dieser Dreckskerl, dieser elende Dreckskerl. »Lass mich hier raus«, rief sie verzweifelt, jammerte und kreischte und klopfte mit den Händen immer wieder gegen die Tür. Nach einigen Minuten sank sie zu Boden und blieb vor der Tür sitzen. In ihrem Kopf drehte sich ein Kaleidoskop von bunten Bildern. Weihnachtsfeste, die sie als Kind erlebt hatte. Bunt geschmückte Bäume, festlich gedeckte Tische, Gänsebraten, Knödel, bunte Gabentische mit lauter schönen Päckchen, sie, in einem blauen Samtrock, Geschenke auspackend, ihre Mutter glücklich ihren Vater anlächelnd, ihr Bruder Gisbert mit roten Ohren mit seiner Eisenbahn beschäftigt. Dieses Weihnachtsfest sollte ein besonders schönes Fest werden. Traute Zweisamkeit mit Karol. Verliebt wollten sie diese Tage genießen. Und dann kam dieser Irrer und sperrte sie hier in den Keller. Warum suchte sie keiner? Jemand musste sie vermissen. Ganz sicher würde sie jemand retten.

Du wirst dir selbst helfen müssen, sagte sie sich. Aber wie? Denke nach, Margareta … denke nach! Du darfst jetzt nicht verrückt werden.

Sie hörte, wie der Riegel von der Tür geschoben wurde und kurz darauf der Schlüssel im Schloss rumorte. Wie ein Geist kam Bertl durch die Tür geschlichen und stellte eine Tüte auf den Tisch. Angewidert schaute Margareta, die inzwischen wieder auf der Matratze saß, zu diesem erbärmlichen Kauz in seinem Designerwollmantel, ein Überbleibsel besserer Tage. Diesen Mann habe ich geliebt? Eine lächerliche Witzfigur ist er geworden.

»Na, schau mal, was der liebe Bertl dir mitgebracht hat. Komm her!«, forderte er sie auf. Emsig holte er seine Habseligkeiten aus dem Beutel und baute sie auf dem Tisch auf. Pfeffernüsse, Lebkuchenherzen und Spekulatius der billigsten Sorte sowie zwei Tetrapaks Orangensaft. Welch gesunde Ernährung er ihr zu Weihnachten zuteilwerden lassen wollte. Sollte sie sich etwa darüber freuen?

»Das ist doch nicht dein Ernst? Du willst mich tatsächlich mit diesem Dreck hier über Weihnachten gefangen halten, während du dir bei deiner Mutter mit feinen Köstlichkeiten den Bauch vollschlägst?« Völlig gelassen sah sie ihm in die Augen. Ihre Angst war schlagartig von ihr gewichen. Ich kann eh nichts aufhalten, dachte sie. Was er tun will, wird er tun, ob ich ihn nun anflehe, es nicht zu tun, oder nicht.

»Du bist undankbar. Und falls es dich beruhigt, ich werde Weihnachten nicht mit meiner Mutter verbringen. Weihnachten! Dass alle immer so einen Terz darum machen.« Er war verunsichert. Seine Augenlider flackerten nervös.

»Wo und mit wem du die Feiertage verbringst, ist mir echt egal. Und wenn du mich umbringen willst, dann mache es endlich. Du musst das schließlich mit deinem Gewissen verantworten, nur du!«

»Gewissen … verantworten … Wem gegenüber sollte ich ein schlechtes Gewissen haben? Etwa dem lieben Gott? Du weißt, dass ich ein Heide bin. Du bist selbst schuld an deiner Lage!« Seine Hände begannen zu zittern, unruhig lief er in dem Keller auf und ab. Wieso hatte sie keine Angst mehr, fragte er sich. Wieso riskierte sie plötzlich eine dicke Lippe? Sie ist viel zu selbstbewusst. Das hat meine Mutter immer gesagt. Vielleicht sollte ich ihr mal wieder eine reinhauen.

Gerade als er seinen Arm gegen sie erheben wollte, um ihr ins Gesicht zu schlagen, machte sie einen Schritt auf ihn zu. »Ja, los, schlag zu. Das kannst du doch so gut. Geht's dir danach besser? Du armer, geschundener Mann! Hast du Sabine auch geschlagen, bevor du sie umgebracht hast?« Bevor sie den Satz zu Ende gesprochen hatte, bereute sie ihn bitter. Wie kann ich ihn so etwas fragen?, erschrak sie. Glaube ich denn wirklich, dass er Sabine auf dem Gewissen hat? Oder ist es eher so, dass ich es nicht glauben will? Dass ich nach wie vor das Gute in ihm sehe? Okay, er hat mich entführt und geschlagen. Aber eine solche Entgleisung deutet ja nicht darauf hin, dass er ein Mörder ist.

Bertl sah sie an und war ganz ruhig. Kein Augenflackern, kein nervöses Hüsteln, keine auffällige Unruhe.

Ganz enspannt stand er da und sah sie an. »Nein, ich habe sie nicht geschlagen. Ich wollte sie nur ein bisschen trösten, ein klein wenig lieb haben. Da rastet dieses dumme Stück völlig aus, schreit und schlägt um sich. Dabei ist sie sonst auch nicht prüde gewesen. Mit dem Feldstecher meines Alten habe ich in Michas Schlafzimmer sehen können, wenn sie die Rollos nicht heruntergelassen hatten. Was die beiden da abgezogen haben, war nicht ohne. Und bei mir war sie so zimperlich. Ich wollte doch nur, dass sie die Klappe hält.«

Das Gesicht in seinen Händen vergraben, ließ er sich schluchzend neben sie auf die Matratze fallen. Margaretas Herz begann zu rasen. Er hatte Sabine tatsächlich umgebracht. Er war ein Mörder. Auf eine mehr oder weniger kam es ihm nun nicht mehr an. Ihre Angst ergriff wieder Besitz von ihr. Eben hatte sie ihm mutig ins Gesicht geschleudert, was sie dachte, und auf einmal bekam sie wieder weiche Knie. Er hatte diese unschuldige junge Frau umgebracht, weil sie keinen Sex mit ihm wollte? Unglaublich.

»Wo hast du sie umgebracht? Auf dem Friedhof?«, fragte sie ihn mit leiser, geschlagener Stimme.

»Auf einem Parkplatz in der Nähe der Autobahnauffahrt in Herten. Ich traf sie am Nachmittag auf dem Friedhof. Einen Tag, nachdem sie bei Michael abgehauen war. Sie war völlig verstört. Hatte die Nacht bei einem Bekannten verbracht und wusste nicht, ob sie nach Hause gehen sollte oder nicht.«

Sie war bei Karl-Heinz gewesen, wusste Margareta. Es stimmte, was er ihr erzählt hatte. »Und da hast du sie getröstet?«

»Wir haben uns auf die Bank an der Trauerhalle gesetzt und geredet. Sie traute sich nicht wieder nach Hause, und zurück zu Michael schon gar nicht, nachdem er ihr gesagt hatte, dass er keine feste Beziehung wollte. Ich habe sie dann überredet, mit mir einen Kaffee zu trinken, irgendwo. So fuhren wir durch die Gegend. Im Eichkamp hockten wir uns in eine Kneipe, tranken was zusammen, danach wollte ich sie nach Hause fahren. Ich habe ihr geraten, sich wieder mit ihren Eltern zu versöhnen. Sie kam mir mit etlichen Wenn und Aber. Ich hielt dann auf diesem Parkplatz, es begann bereits dunkel zu werden. Sie fing wieder an zu heulen. Ich tröstete sie. Dann wollte ich sie küssen. Schließlich habe ich mir stundenlang das Gejammer angehört. Da war wohl eine kleine Belohnung fällig. Als ich ihr an die Brust gefasst habe, drehte sie völlig durch, schrie immer lauter und trat um sich. Ich hatte Angst, dass uns jemand sieht und vor allem hört. So hielt ich ihr den Mund zu. Weil sie sich wehrte, drückte ich zu. Ich legte ihr die Hände um ihren dünnen Hals und drückte so lange zu, bis sie endlich ruhig war. Erst da wurde mir bewusst, was ich getan habe.«

»Du hast sie nicht vergewaltigt?« Margareta starrte ihn ungläubig an.

»Nein! Zu dem Zeitpunkt hatte ich es nicht nötig, eine Frau zu vergewaltigen. Da konnte ich von den Frauen Sex haben, so viel ich wollte, ohne Gewalt anzuwenden. Ich weiß nicht, wieso es passiert ist. Ja, vielleicht war es auch ein wenig gekränkte Eitelkeit, weil sie sich so gewehrt hat. Ich weiß es nicht!«

Tränen liefen ihm über sein verzerrtes Gesicht, das

einer Fratze glich. Margareta war geschockt. Was für ein Heiliger Abend!

»Den Rest kennst du. Ich habe sie spätabends auf den Friedhof geschleppt und abgelegt. Zuerst wollte ich sie zum Reiterhof fahren und sie dort entsorgen, aber das schien mir zu gefährlich.« Plötzlich fing er an zu lachen. Wie ein Irrer lachte er. Laut und künstlich. »Aus einer Vase, gleich gegenüber, nahm ich einem Toten eine langstielige rote Rose weg und legte sie Sabine in die Hand. So als letzten Gruß. Verstehst du?«

Margareta wusste, dass sein Geständnis ihr Todesurteil war. Nachdem sie von seiner Tat erfahren hatte, würde er sie niemals gehen lassen. Schade, dass ich Karol nie wiedersehen werde, dachte sie. Sie ahnte nicht, dass es sich nur um ein Teilgeständnis handelte.

36.

Karol stand am Schlafzimmerfenster und schaute ein wenig wehmütig hinüber zu seinem alten Zimmer, welches direkt über der Durchfahrt des Wohnturms lag. Im Stockwerk darüber wurde gerade ein Fenster geschlossen. Trotz der einbrechenden Dämmerung brannte kein Licht, weder in seinem ehemaligen

Zimmer noch in Henriettes Wohnzimmer, das sich gleich nebenan befand. Wo war seine Tante am Heiligen Abend? Vielleicht saß sie ja einsam und allein in ihrer kargen Wohnküche. Oder war zu ihrer Schwester nach Kamp-Lintfort gereist. Den Gedanken, kurz bei ihr zu klingeln, um ihr, trotz allem, was vorgefallen war, frohe Weihnachten zu wünschen, verwarf er wieder. Außerdem war es Zeit für ihn, aufzubrechen. Waltraud hatte ihn gebeten, den Heiligen Abend bei ihr zu verbringen. Obwohl allen nicht nach Feiern und heimeliger Gemütlichkeit zumute war, wollten sie ganz einfach beisammen sein. Lieber hätte Karol sich in Margaretas Auto gesetzt und wäre losgefahren, um sie zu suchen. Wo sollte er nur mit der Suche anfangen? Gescheiter wäre es, erst einmal die Adresse ihres Ex von Waltraud zu erfragen, um sich morgen vor dessen Haus auf die Lauer zu legen. Ja, das würde er tun, hatte er soeben beschlossen. Noch besser wäre es, wenn er Kommissar Blauländer anrufen und ihm von dem gestrigen Gespräch mit Karl-Heinz berichten würde. Doch irgendetwas hielt ihn zurück. Die Zeit im Gefängnis war für ihn nicht gerade ein Zuckerschlecken gewesen. Bis zum Schluss hatte er Angst gehabt, vielleicht für einen Mord verurteilt zu werden, den er gar nicht begangen hatte, oder dass man ihn ausweisen würde. Die ständigen Verhöre hatten ihn mürbe gemacht. Er zog die Gardinen wieder zu, nachdem er einen letzten Blick hinüber in sein altes Zimmer geworfen hatte. Er ging zu Margaretas Schrank, in dem sich seine Sachen befanden, und griff nach einem warmen Pullover, den er sich überzog. Müde ließ er sich für einen Augenblick aufs Bett fallen. Wie ein Film liefen die letzten Wochen in seinem Kopf ab. Überall die lachende Margareta, neben ihm auf dem Sofa sitzend, sie beide, Hand in Hand durch den Berger Park schlendernd, Margareta, wie sie sich abends auszog und ihm dabei schmachtende Blicke zuwarf. Seit sie nicht mehr da war, war ihm, als sei die Sonne für immer untergegangen. Er vermisste ihr Lachen, ihre Ironie, ihre bissigen Sprüche schmerzlich. Er rieb sich seine Augen, seufzte, stand vom Bett auf und machte sich auf den Weg zu Waltraud.

Obwohl die Stimmung im Hause Sommerfeld mehr als gedrückt war, empfand Karol die Anwesenden als laut. Er hatte lange mit sich gehadert, diese Einladung überhaupt anzunehmen. Schließlich sagte ihm sein gesunder Menschenverstand, dass ein wenig Ablenkung sicherlich guttun würde.

Man merkte Waltraud an, dass sie sich schwer zusammenriss. Ihre verweinten Augen hatte sie unter einem aufwendigen Make-up zu verstecken versucht, aber einen feinfühligen Menschen wie Karol konnte man nicht so leicht täuschen. Herzlich begrüßte sie ihn, den sie in den letzten Tagen richtig lieb gewonnen hatte. Unter normalen Umständen, wenn Margareta nicht entführt worden wäre, hätte sie diesen Schwiegersohn in spe noch viel mehr genießen können. Sie hielt es jedenfalls für ihre Menschenpflicht, sich ausgiebig um den verwaisten Liebhaber ihrer Tochter zu kümmern. Ihr Glaube, dass Margareta bald wieder unversehrt auftauchen würde, war unerschütterlich.

Am Vormittag hatte die Polizei damit begonnen, die Nachbarn der Straße zu befragen, ob vielleicht irgendjemand am Samstagabend etwas gehört oder gesehen hatte.

Die vielen Menschen in dem kleinen Wohnzimmer lösten in Karol klaustrophobische Zustände aus. Mit ihm acht Personen, verteilt auf Sofa, Sessel und Küchenstühle, gaben sich krampfhaft Mühe, mal eine Stunde nicht an Margareta zu denken. Langsam musste man das Schlimmste befürchten. Es wurde zaghaft an Wein-, Bier- und Colagläsern genippt. Nüsse und andere Naschereien wurden sich dabei zwischen die Lippen geschoben. Auf dem Fernsehbildschirm, der sich gleich neben dem konservativ geschmückten Tannenbaum befand, grinsten Marianne und Michael auf Gut Aiderbichl um die Wette. Karol war beschämt, als Waltraud ihm ein liebevoll gepacktes Päckchen in den Schoß legte. Er selbst hatte angesichts Margaretas Verschwinden nichts mitgebracht. Außerdem hielt er es nicht für angemessen, Leute, die er kaum oder gar nicht kannte, zu beschenken.

Walter freute sich wie ein Kind über das Geschenk seiner Tante Notburga aus Hückeswagen. Einen Schuber mit fünf erotischen Büchern hatte er von ihr bekommen. Eines davon mit dem Titel ›Die Schokospalte‹ von Anita Isiris hielt er gerade in den Händen und besah sich neugierig das Cover, welches eine nackte Frau zeigte, die absolut nichts verbarg.

Also, entweder war diese Tante Notburga verrückt und wusste gar nicht, was sie da verschenkte, oder sie war eine ganz coole Socke und total abgeklärt, dachte sich Karol. So etwas hätte es in Polen nicht gegeben, dass man sich im Familienkreis solch perverse Sachen schenkte.

Gegen diese Gabe konnte das Geschenk von Waltraud natürlich nicht anstinken. Sie hatte Walter einen Schlafsack genäht, den er achtlos, nach einem leisen, peinlich berührt gehauchten »Danke« neben das Sofa legte. Waltraud war enttäuscht. Nur ein kleines Dankeschön für die stundenlange Arbeit? Da es sich bei Walter um einen Riesenkerl handelte, war fast ein ganzer Ballen Fleece-Stoff für den Schlafsack draufgegangen. Und erst der superlange, teure Reißverschluss. Hatte Walter ihr nicht die Ohren vollgejammert, ihm sei immer so kalt? Gleichzeitig hatte er sie ermahnt, Heizkosten zu sparen, und dauernd an den Thermostaten ihrer Heizkörper herumgedreht.

Was hatte sich Waltraud eigentlich vorgestellt? Dass er sich im Beisein der Gäste in diesen monströsen Sack stürzen würde, um ihn allen zu präsentieren und ihre Nähkünste zu loben? Waltraud war noch während des Abendessens – es gab ganz traditionell Kartoffelsalat mit Würstchen – verstimmt. Walter hatte aus seinem Geschenk für sie seit Wochen so ein Geheimnis gemacht, sodass sie voller Erwartung gewesen war, etwas ganz Besonderes von ihm zu bekommen. Dem war leider nicht so. Er hatte ihr eine Bratpfanne geschenkt. Eine stinknormale 28er-Bratpfanne. Sie war über dieses überaus praktische Geschenk mehr als enttäuscht, ja fast schon entsetzt. Da hatte sich ihr Göttergatte mehr Mühe gegeben, und das nach über 40 Ehejahren. Walter dagegen schenkte ihr während ihrer Verliebtheit ein Küchenutensil. Was will er mir mit diesem Geschenk sagen?, fragte Waltraud sich. Dass ich ihn noch mehr bekochen soll als bisher? Zum ersten Mal kamen ihr Zweifel, ob es richtig gewesen war, sich so schnell mit diesem ewigen Junggesellen einzulassen. Vielleicht hatte Margareta ja recht gehabt mit ihren Bedenken. Sie schaute dem ihr gegenübersitzenden Walter beim Essen zu, und ihre Zweifel verstärkten sich von Minute zu Minute. Gierig verschlang er mit nur zwei Bissen eine Brühwurst. Von dem Kartoffelsalat hatte er sich fast die halbe Schüssel auf seinen Teller geschaufelt, so, als hätte er tagelang nichts zu essen bekommen. Er ist ein Geizhals, musste Waltraud zugeben, ein egoistischer Geizhals. Aß ihr seit Wochen den Kühlschrank leer, ohne mal ein paar Euro locker zu machen. Dabei verdiente er als Beamter genug Geld und hatte, soviel sie wusste, jede Menge Ersparnisse. Sollten diese jämmerlichen Nummern, die er abends im Bett abzuziehen versuchte, sie etwa für die Vollpension, die er bei ihr genoss, entschädigen? Standfestigkeit war bei einem Mann nicht alles. Pah, da muss er sich schon ein bisschen mehr Mühe geben, sagte sie sich. Vielleicht lernt er ja noch was durch seine neuen Bücher, dachte sie spöttisch.

Mit großen Augen wie Wagenräder starrte Walter sie an und wies sie mit leichtem Vorwurf in der Stimme darauf hin, dass sein Bierglas leer war. Aus Rücksichtnahme auf die am Tisch sitzenden Gäste stand Waltraud schweigend auf und holte ihm eine weitere Flasche. Das wird sich ändern, mein lieber Walter, dachte sie und lächelte ihn honigsüß an. Schon sehr bald wird sich hier einiges ändern! Wenn Margareta erst zurück ist, wird sich alles ändern, das schwöre ich dir.

Karol spürte, dass zwischen Waltraud und ihrem jüngeren Freund etwas nicht stimmte. Er hatte, genau wie Margareta, den Mann schnell durchschaut. Er mag ja nicht schlecht sein, dachte Karol, aber im Leben sucht er den bequemsten Weg, sieht in Waltraud nur die Ersatzmutti. Auch Margaretas Bruder Gisbert wirkte auf Karol äußerst egoistisch. Kaum wurde über den ermordeten Vater oder die verschwundene Schwester gesprochen. Aus seinem Munde hörte man immer nur, ›ich‹, ›ich‹ und nochmals ›ich‹. Die einzige angenehme Person, die Karol ein wenig erheiterte, war diese Tante Notburga aus Hückeswagen. Sie schien das Herz auf dem rechten Fleck zu haben. Dennoch wanderten seine Gedanken immer wieder ab. Wie mag es Margareta gehen? Was macht sie wohl gerade?

Er hatte inzwischen erfahren, wo Bertl wohnte, und war fest entschlossen, sich morgen, am ersten Weihnachtstag, in der Nähe des Hauses auf die Lauer zu legen. Wer weiß. Wenn er was mit der Sache zu tun hat, wird er mich vielleicht zu Margareta führen, hoffte er.

Der Wein, den er trank, hatte auf ihn eine melancholische Wirkung. Er musste an das letzte Weihnachtsfest bei Tante Henriette denken. Sein erstes Weihnachtsfest in Deutschland. Obwohl er sich zu dem Zeitpunkt schon knapp ein halbes Jahr bei ihr versteckt gehalten hatte, war alles noch neu und aufregend. Er war so voller Hoffnung, dass sich bald alles klären und er aus der Illegalität herausfinden würde. Dass es in Wahrheit ohne sein Zutun nichts wurde, bekam er sehr bald zu spüren. Eigentlich musste er Henriette dankbar sein. Hätte sie ihn nicht angezeigt, würde er bis heute in dem dunklen Zimmer sitzen und Schuhe reparieren. Er war von einer solchen Lethargie befallen gewesen, die für ihn mittlerweile unvorstellbar war. Sie war eine alte Frau. Und sie tat ihm sogar ein bisschen leid, Heiligabend allein verbringen zu müssen. Rotwein hatten sie auch getrunken, Henriette und er, im letzten Jahr.

Wie wird das nächste Weihnachtsfest werden? Werde ich mit Margareta glücklich vereint unter dem Tannenbaum sitzen? Ich muss sie finden!

Gegen 22 Uhr verabschiedete sich zuerst Gisbert mit seiner Familie. Karol schloss sich den vieren an und machte sich ebenfalls auf den Heimweg. Der große Schock kam für Walter, als Waltraud ihn und seine Tante in seine Wohnung schickte, da sie nicht vorhatte, die alte Dame bei sich übernachten zu lassen. Was zu viel war, war zu viel, sagte sie sich. So sah sie feixend zu, wie Walter sich seinen Schlafsack und seine Bücher unter den Arm klemmte und mit dem wackeligen Tantchen die Wohnung verließ, um die seine auf der gegenüberliegenden Straßenseite aufzusuchen. Da kann er gleich sein neues Geschenk ausprobieren, grinste Waltraud in sich hinein, denn wie sie ihn kannte, waren in seiner Wohnung alle Heizkörper aus Sparsamkeit abgestellt worden. Am nächsten Tag zum Mittagessen könnten sie wieder erscheinen, rief sie ihnen hinterher.

DONNERSTAG, DER 25. DEZEMBER

37.

Christel saß einsam und verlassen an ihrem schön gedeckten Esstisch und verzehrte lustlos ihr zubereitetes Weihnachtsmahl. Sie wollte wenigstens ein klein wenig den Schein wahren und so tun, als wäre für sie tatsächlich Weihnachten. Gänsekeule, Rotkohl und Klöße. Für was habe ich mir eigentlich die Arbeit gemacht, wenn mein lieber Sohn es nicht einmal für nötig hält, mit mir gemeinsam zu essen. Er lässt mich Weihnachten allein. Schon wieder war er auf und davon. Kein ›Frohe Weihnachten‹ oder ein noch so kleiner Gruß kam über seine Lippen. Auf die Frage, wohin er denn am Vormittag des ersten Weihnachtstages wolle, schaute er sie nur wütend an. »Das geht dich einen Dreck an«, rief er und war auch schon, in Parka, Jeans und Stiefel, zur Haustür hinaus. Sekunden später startete er seinen Wagen und brauste vom Hof.

Aus Sorge um sein Wohlbefinden war Wut geworden. Blanke Wut. Wieso hatte er mich auch gestern, am Heiligen Abend, allein gelassen? Schlimm genug, dass es mein erstes Weihnachtsfest als Witwe war, da führt sich mein Sohn auch noch so herzlos auf und behandelt mich wie Müll. Selbst den Nachbarn war aufgefallen, dass Bertl sich verändert hatte. »Ja, sag mal, Christel, was ist mit deinem Sohn los? Der grüßt ja nicht mal mehr!«, rief die Nachbarin zur Linken ihr gestern zu.

Sein Geschenk hatte er sich nicht abgeholt und mir hat er nichts zukommen lassen. Schade um den schönen Kartoffelsalat, den ich gestern zubereitet habe, dachte sie.

Sogar bis zum Ortsteil Resse war es vorgedrungen, dass Margareta verschwunden war. Christel war geschockt, als sie es in der Zeitung gelesen hatte. Und wenn Christel ehrlich war, spürte sie genau, dass ihr Sohn etwas damit zu tun hatte. So etwas spürt eine Mutter eben, wenn ihr Kind in Schwierigkeiten ist, dachte sie und schob sich vornehm ein Stück der Gänsekeule in den Mund. Mit einem guten Schluck Riesling spülte sie es herunter. Weihnachten, ob nun allein oder nicht, konnte man sich ja mal einen guten Schluck gönnen. Da hätte Heinz sicher nichts dagegen gehabt.

»Ach, Heinz«, seufzte sie. »Was ist aus unserem Sohn geworden? Kannst du es mir vielleicht sagen?« Sie schaute auf das Bild, ihr gegenüber, auf dem Sideboard. Ein zufrieden grinsender Heinz im besten Sonntagsanzug schaute sie an. »Was habe ich falsch gemacht, Heinz? Meinst du, ich müsste etwas unternehmen? Oder soll ich erst mal abwarten? Vielleicht hat er ja mit Margaretas Verschwinden überhaupt nichts zu tun und ich tue dem Jungen unrecht?« Sie nahm einen weiteren Schluck des guten Weines und entschied sich abzuwarten. War es vielleicht das schlechte Gewissen, das ihr riet, den Kopf in den Sand zu stecken?

Sie konnte sich nicht auf das nachmittägliche Fernsehprogramm konzentrieren. Mit einem Ohr lauschte sie auf die Fahrgeräusche des BMWs ihres Sohnes. Mache ich mich schuldig, wenn ich nichts unternehme? Wen könnte ich um Rat fragen? Unruhig lief sie von Fenster zu Fenster und starrte auf die fast leere Straße, sah hinüber zu den Häusern der gegenüberliegenden Straßenseite. In weihnachtlich beleuchtete, bunt geschmückte Wohnzimmer mit lachenden, fröhlichen Menschen. Mit Heinz ist alles beerdigt worden. Was musste er sich auch in Dinge einmischen, die ihn nichts angingen. Hätte er bloß die Klappe gehalten. Das kleine Familienidyll, einschließlich eben solcher Weihnachtsfeste wie die der Nachbarn, gibt es bei uns nicht mehr. Ich habe Margareta beim letzten Weihnachtsfest aus dem Haus gewünscht. Nun war nicht nur sie fort, ich habe auch meinen Mann und meinen Sohn verloren, zog Christel verbittert Bilanz.

Der Wohnturm, den Christel schon von Weitem sah, wirkte kalt und grau an diesem Weihnachtsfeiertag. Sie hatte sich spontan zu Fuß auf den Weg gemacht, um Henriette Koletzki zu besuchen. Ob das eine gute Idee war, wird sich zeigen, dachte sie. Christel hatte ein schlechtes Gewissen, weil sie Henriette rigoros von der Liste ihrer Freunde und Bekannten gestrichen hatte. Sind es nur Einsamkeit und Verzweiflung, die mich hierher treiben?, überlegte sie, als sie von der Middelicher Straße in die Alleestraße einbog. Während sie das Haus passierte, in dem Margaretas Mutter wohnte, blickte sie zum Küchenfenster hinauf, in der Hoffnung, nicht gesehen zu werden. Die arme Waltraud, dachte sie, hat auch ihren Mann verloren. Na ja, aber sie hat sich ja schnell wieder getröstet. Auf dem Friedhof erzählt man sich, dass sie sich einen jüngeren Liebhaber geangelt hätte. Soll sie, wenn es sie glücklich macht!

Als sie vor dem Wohnturm stand und die Fenster in der Turmspitze sie mahnend wie große Augen ansahen, bekam sie ein mulmiges Gefühl. Vor der Haustür verließ sie der Mut, einfach unangemeldet bei Henriette auf der Matte zu stehen. Doch nach wenigen Sekunden und einigen tiefen Atemzügen straffte sie die Schultern und drückte energisch auf den Klingelknopf. Schließlich bin ich nicht drei Kilometer durch die eisige Luft gelaufen, um zu kneifen, dachte Christel. Was versprach sie sich eigentlich von diesem Besuch?

Erst nach dreimaligem Klingeln dröhnte gnadenlos laut der Türsummer. Christel betrat mit klopfendem Herzen den Hausflur und ging die Holzstufen zur ersten Etage hinauf. In dem dunklen Treppenhaus roch es nach abgestandenem Essen. Ein Blick aus eiskalten Augen traf sie, als sie die Wohnungstür Henriettes erreichte. Eine Hand in die Hüfte gestemmt, mit der anderen die Tür fest im Griff, starrte sie Christel misstrauisch an.

»Was willst du denn hier?«, fragte Henriette ihre Besucherin nicht gerade freundlich.

Mit Tränen in den Augen stand Christel vor ihr und gab ihr das kleine Blumensträußchen, welches sie in den Händen hielt. »Ich wollte dir frohe Weihnachten wünschen«, sagte Christel kleinlaut.

»Na, du hast vielleicht Nerven. Wochenlang hast du dich nicht gemeldet und Weihnachten kreuzt du einfach so auf, ohne mal vorher anzurufen«, kam es vorwurfsvoll von Henriette, die ein wenig genervt die Blumen entgegennahm.

Sie gab die Tür frei und ließ Christel in ihre Wohnung, nahm ihr den Mantel ab und bat sie ins Wohnzimmer. Als Christel das altertümliche, aber gemütliche Wohnzimmer betrat, fühlte sie sich um Jahrzehnte zurückversetzt. Ein Wohnzimmer in einem Turm, dachte sie schmunzelnd und erinnerte sich an den Film ›Vater sein dagegen sehr‹ mit Heinz Rühmann, alias Lutz Ventura, der auch in einem Turm wohnte.

Hardanger Tischdecke, Cocktailsessel aus den 50er-Jahren, Leselampe mit integriertem Tischchen sowie ein Wohnzimmerschrank in Nussbaum aus den 60ern ließen Christel an frühere, bessere Zeiten denken. Ein winziger künstlicher Weihnachtsbaum stand verloren in der Ecke auf einem Hocker.

»Auch für dich gab es schon bessere Weihnachtsfeste, nicht wahr?«, fragte sie Henriette, die sich mit gesenktem Blick auf einen Sessel setzte. Ihr Haar stand ihr wild zu Berge. Für wen hätte sie sich schön machen sollen? Kam ja eh keiner. Aus einem der offenen Fächer des Schrankes lächelte ihr ein gut aussehender Karol in Bildform entgegen.

»Ja, da hast du recht. Nun bin ich einsam. Da dachte ich, wenn Karol erst weg ist, geht es mir besser. Leider ist das nicht der Fall. Ich bin einsamer als je zuvor. Seine sanfte liebevolle Fürsorge fehlt mir. Ich weiß, er wohnt jetzt nebenan.«

»Ja, und auch er ist sicherlich einsam, seit Margareta verschwunden ist.« Christel seufzte.

»Ich habe davon gehört. Es tut mir so leid für Karol. Eine so nette junge Frau. Die weiß, was sie will.« Henriette ging in die Küche, um Kaffee zu kochen, während sich Christel in dem nostalgisch eingerichteten Wohnzimmer umschaute. Man kann auch in alten Sachen gemütlich wohnen, stellte sie fest.

Wenig später saßen die beiden Frauen, die so ungleich gar nicht waren, bei Kaffee und Christstollen aus dem Supermarkt, den Henriette für alle Fälle besorgt hatte, in der Hoffnung, Karol würde vielleicht kommen.

»Was ich getan habe, ist unverzeihlich«, sinnierte Henriette, als spräche sie zu sich selbst.

»Wer weiß, für was es gut war«, meinte Christel, ebenfalls mit den Gedanken ganz woanders.

Sie sahen sich an, waren froh, ein Gegenüber zu haben. Groll und Zorn waren vergessen, schließlich war Weihnachten.

»Mein Sohn ist vollkommen durchgedreht. Säuft, geht nicht mehr arbeiten, spricht kaum mehr mit mir. Er hat einen Blick, als schaue er durch mich durch, mit eiskalten blauen Augen und winzigen Pupillen. Als wenn eine Krankheit ihn befallen hätte.«

»Vielleicht trauert er noch um seinen Vater«, meinte Henriette.

»Pah, der und trauern? Dem ist alles egal. Ich habe

Angst, dass er etwas mit dem Verschwinden von Margareta zu tun hat. Dauernd fährt er weg und kommt oft erst nachts nach Hause.«

»Ja, da weiß ich nicht, was ich dir raten soll«, Henriette sah Christel hilflos an.

»Bist du mir noch böse? Ich meine, den Tipp, den ich dir damals gab …« Schuldbewusst schaute Christel zu Boden. Eigentlich sind wir quitt, dachte sie. Im Gegenzug hat sie mich angezeigt und behauptet, ich hätte meinen Mann vergiftet.

»Nein, ich bin dir nicht mehr böse. Letztlich ist es gut, dass alles so gekommen ist. Von allein hätte Karol wohl nichts unternommen. Ich habe ja keine Sekunde daran geglaubt, dass er mit dem Mord an dem Mädchen etwas zu tun hat. Trotzdem habe ich ihn angezeigt. Ich war so verzweifelt, wusste nicht, wie es weitergehen soll. Nun bin ich froh, dass ich ohne Schwierigkeiten da raus bin. Immerhin habe ich ihm ein Jahr lang Unterschlupf gewährt.« Nun lächelte Henriette. »Margareta war letzte Woche bei mir und hat mir erzählt, wie gut alles bei Karol läuft. Seine Weiterbildung, sein Aufnahmeverfahren, und wie glücklich die beiden sind. Sie wollte sich darum kümmern, dass wir uns zu Weihnachten wieder vertragen. Und dann war sie plötzlich weg.«

»Wer das bloß getan hat?« Christel konnte Henriette kaum in die Augen schauen. Zu schwer wog ihre Überzeugung, dass Bertl in die Sache verstrickt war. Eine Stimme in ihr sagte laut und energisch: Unternimm endlich was, damit nicht noch mehr Unheil über deine Familie kommt!

Sie waren sich zwar nicht mehr böse, doch konnten sie miteinander nichts anfangen. Die Freundschaft, falls es je eine gewesen war, war vorbei, das spürten beide Frauen. Aus diesem Grund verabschiedeten sie sich kurz darauf voneinander. Es war schon dunkel, als Christel in den Bus stieg, der sie zurück in die Resser Mark bringen sollte. Als der Bus abfuhr, warf sie einen letzten Blick hinauf zu den beleuchteten Fenstern des Wohnturms. Ihre Gedanken waren bei Bertl. Ob er wieder unterwegs war? Erst heute Mittag hatte er ihr vorgeworfen, dass sie ihren Ehemann hatte loswerden wollen. Er hatte sie angeschrien, dass sie endlich den Mund halten und ihn in Ruhe lassen solle.

Wollte ich meinen Mann loswerden?, sinnierte Christel. Nein, auf diese Art nicht, war sie sich sicher.

FREITAG, DER 26. DEZEMBER

38.

Alles ist unverändert. Ich liege immer noch in meiner Jacke auf der feuchten Matratze, mit der ollen Decke zugedeckt, gefangen in einem mir unbekannten Keller, dachte Margareta. Sie wusste nicht, was Bertl mit ihr vorhatte, was er von ihr wollte. Nur raus hier!, schrie alles in ihr. Die Angst war ein wenig gewichen und hatte Resignation Platz gemacht. Nie hätte sie gedacht, es so viele Tage in diesem Keller auszuhalten. Heute war der zweite Weihnachtstag. Komm, steh auf! Steh endlich auf, ermahnte sie sich. Du musst hier rauskommen.

Sie erhob sich behäbig und ging in dem Kellerraum auf und ab, blieb vor dem Tisch stehen. Nirgendwo ein Spiegel. Gern hätte sie gesehen, wie sie aussah. Sie befühlte ihr Gesicht. Ihre Augen waren vom vielen Weinen geschwollen. Die Haut fühlte sich rau an. Wie gern hätte sie sich mal wieder gewaschen.

Sie hörte, wie der Riegel von der Tür geschoben wurde und kurz darauf den Schlüssel im Schloss. Bertl betrat gespielt munter den Raum. »Na, hast du Hunger?«

Sie sah in seine kranken, kalt blickenden Augen. Seine Augenlider zuckten nervös. Er lächelte künstlich, zeigte dabei seine Zähne.

»Geht so«, antwortete sie. Sie wollte ihn nicht wieder reizen. Erst gestern war er durchgedreht und hatte getobt wie ein Irrer, als sie ihm eine patzige Antwort gegeben hatte.

Er ging zum Tisch hinüber und leerte den Inhalt seines Stoffbeutels darauf. Frische Brötchen, wahrscheinlich von der Tanke, Butter und eine Dose mit Frischwurst. Wo er die wohl aufgetrieben hat, dachte Margareta. Eine Flasche Rotwein und zwei einfache Wassergläser zauberte er auch noch aus seinem Beutel.

Sorgfältig stellte er alles auf den Tisch. Margareta lief beim Anblick der Brötchen das Wasser im Munde zusammen. Nach tagelangem Verzehr von billigen Plätzchen war etwas Deftiges nicht verkehrt.

»Bediene dich«, sagte er gönnerhaft und grinste.

Als sie das Messer, welches er ebenfalls mitgebracht hatte, in der Hand hielt, um ein Brötchen aufzuschneiden und mit Butter zu bestreichen, hatte sie kurz den Gedanken, auf ihn loszustürzen. Doch was konnte sie mit einem einfachen Tafelmesser ausrichten? Um ihn zu verletzen, war es zu stumpf.

Gierig vertilgte sie in Windeseile zwei mit Wurst belegte Brötchen. Anschließend trank sie neben Bertl auf der Matratze sitzend ein volles Glas mit Rotwein. La Plata, ein guter Wein, sehr mild im Abgang. Sie musste lachen. Ich trinke in einem stinkigen Keller, neben einem Fäkalieneimer, Wein und finde ihn sogar wohlschmeckend. Wahrscheinlich deshalb, weil ich tagelang nur Apfel- und Orangensaft getrunken habe.

»Bertl, warum bin ich hier? Sag es mir.« Ihre Stimme überschlug sich, Tränen schossen ihr in die Augen. »Sag endlich, was du mit mir vorhast.«

Er sah sie lange an, sagte kein Wort. Nachdem er ein zweites Glas Rotwein geleert hatte, stand er auf, räumte alles wieder in seinen Stoffbeutel und stellte ihn vor die Tür. »Wenn ich das wüsste. Ich weiß nicht, was ich mit dir machen werde.«

»Hast du denn gar keine Gefühle mehr? Tut es dir denn nicht leid, mich hier über Weihnachten gefangen zu halten?« Versuch es auf die Mitleidstour, sagte sie sich.

Er lachte nur hämisch. »Hast du dich mal gefragt, was mit mir war, als du dir einen neuen Stecher gesucht hast?«

»Hör doch auf mit den ollen Kamellen. Wir waren längst auseinander. Das ist irre, was du da erzählst!«

»Ich bin also irre, ja?« Wütend griff er nach ihrem Arm. Sie zuckte zusammen, hatte Angst, er würde sie wieder schlagen.

»Jetzt fängst du schon an wie meine Alte, die mir einreden will, ich sei psychisch gestört. Ich bin nicht krank. Ich bin völlig normal, hörst du?« Er ließ sie los und rannte mit verzerrtem Gesicht im Keller auf und ab. »Jetzt macht sie einen auf besorgte Mutter. Wer wollte denn, dass ich ihn entsorge?«

Margareta wurde hellhörig. Was erzählte er da? »Wen solltest du entsorgen?«

»Na, meinen Vater. Er hatte Wind davon gekriegt, dass ich Sabine umgebracht habe. Ich sollte zur Polizei gehen und mich stellen, hat er verlangt. Da habe ich ihn beseitigt. In der Garage fand ich eine Dose mit E 605. Meine Mutter hat ihm Blaubeerpudding gekocht, dem ich das Gift untergemischt habe, und ich hatte ein Problem weniger. Dachte ich zumindest.«

Margareta war geschockt. Ihr Herz hämmerte wie verrückt. Trotz der Kälte brach ihr der Schweiß aus. Die Geschichte vom Blaubeermariechen fiel ihr ein. Demnach stimmte es, dass sein Vater keines natürlichen Todes gestorben war. Allerdings war nicht die Ehefrau die Mörderin, sondern der Sohn. Eigentlich war es eine gemeinsame Tat. Zumindest war Christel eine Mittäterin, wenn sie den tödlichen Pudding eigenhändig zubereitet hatte.

»Sie hat sich geweigert, ihm das Gift unterzumischen. Da habe ich sie ein bisschen gewürgt und ihr mal ordentlich den Marsch geblasen. Schließlich hat sie mir oft genug die Ohren vollgejammert, wie ätzend das Leben mit ihm sei. Er wollte mich in den Knast bringen. Verstehst du?«

»Du hast deinen Vater umgebracht!« Fassungslos starrte sie ihn an. Als wie skrupellos er sich entpuppte. Wieso hatte man Christel eigentlich wieder gehen lassen, wenn eindeutig feststand, dass ihr Mann vergiftet worden war?, fragte Margareta sich. Ihr Gehirn arbeitete auf Hochtouren. Wieso deckte Christel ihren Sohn? Diesen Mörder! Macht man so was etwa aus Mutterliebe?

Margareta konnte nicht wissen, dass Kommissar Blauländer zu dem Zeitpunkt bei der Staatsanwaltschaft bereits eine Hausdurchsuchung beantragt hatte.

»Ich merke, ich bin heute viel zu redselig. Ich gehe. Morgen sage ich dir, was ich mit dir machen werde!« Daraufhin war er verschwunden.

Der Schock, den die eben gehörten Worte in ihr ausgelöst hatten, hallte noch lange in Margareta nach. Nachdem er ihr einen zweiten Mord gestanden hatte, würde die Chance, dass er sie gehen ließ, gleich null sein.

Raus, nur raus hier! Totale Panik überkam sie. Sie hastete hinüber zur Stahltür. Sie war verschlossen, trotzdem zog sie daran, bis ihre Hand schmerzte. Er sperrte sie ein wie ein wildes Tier, gab ihr zu essen, damit sie nicht verreckte.

Sie rannte suchend durch den Raum. Es muss irgendetwas geben, womit man die Tür aufbrechen kann. Aber wie schon zuvor ließ sich in dem Schrank nichts Brauchbares finden. Wie eine leere Hülle ließ sie sich auf ihr Lager fallen. Mechanisch, nur um irgendetwas zu tun, griff sie sich einen Stapel Zeitungen und sah sie Seite für Seite durch. Alle waren Ausgaben der ›HZ – Haltener Zeitung‹ aus dem Jahre 2006. Plötzlich fiel ein Brief aus einer der Zeitungen, ihr direkt in den Schoß. Sie nahm den vergilbten Umschlag in die Hand. Adressiert an: ›Marlies Fuhrmann, Zu den Mühlen 48, 45721 Haltern‹. Wohnt Marlies Fuhrmann hier in diesem Haus? Befinde ich mich in dem Keller des Hauses ›Zu den Mühlen 48‹ in Haltern? Sie öffnete den Brief und hielt eine Wasserabrechnung ebenfalls aus dem Jahre 2006 in der Hand. Waren diese Fuhrmanns verreist oder wohnten sie längst nicht mehr an dieser Adresse? Was nützt es mir, wenn ich weiß, wo ich mich befinde und es niemandem mitteilen kann? Ich brauche ein Handy. Wie komme ich an ein Handy? Bertl besitzt eins. Das wird er mir keinesfalls freiwillig geben. Alles war so ausweglos. Margareta vergrub ihr Gesicht in den Händen und weinte bitterlich.

39.

In einer kleinen Seitenstraße, schräg gegenüber dem Haus, in dem Bertl wohnte, saß Karol seit Stunden in Margaretas Auto und wartete, dass sich etwas tun würde. Gestern, am ersten Feiertag, hatte er ihn verpasst. Gerade als er die Verfolgung des BMWs aufnehmen wollte, hielt direkt vor ihm der Linienbus. Dieser nahm ihm erstens die Sicht und zweitens hinderte er ihn daran, loszufahren. Eine Gruppe älterer Menschen brauchte so lange, bis sie dem Bus entstiegen war, dass von Bertl und seinem Wagen nichts mehr zu sehen war.

Der BMW, voller Schlamm und Dreck, stand in der Einfahrt. Karol parkte unter den tief hängenden Zweigen einer großen Tanne, sodass man den kleinen Wagen nicht gleich wahrnehmen konnte.

Gegen 16 Uhr, als die Dämmerung langsam einsetzte, ging endlich die Haustür auf und ein Mann in einem Parka und mit hohen Gummistiefeln kam aus dem Haus. Schwerfällig wie ein Greis ging er auf den BMW zu, schloss ihn auf und setzte sich ans Steuer. Das also soll der tolle Bertl sein? Karol konnte es kaum glauben, denn Margaretas Erzählungen nach handelte es sich bei Bertl um einen wahren Casanova, dem die Frauen scharenweise zu Füßen lagen. Diese erbärmliche Gestalt sah eher aus wie ein Obdachloser.

Bertl startete den Wagen, fuhr mit quietschenden Reifen rückwärts vom Hof, direkt auf die Straße. Karol ließ ihm ungefähr 20 Meter Vorsprung, bog rechts in die Hauptstraße ein und fuhr, in der Hoffnung, nicht entdeckt zu werden, hinter dem BMW her. Dafür, dass Karol den Wagen heute erst zum zweiten Mal fuhr, klappte es ganz gut.

Mit mäßigem Tempo fuhr Bertl am Markt vorbei, wenig später links an der Feuerwache, rechts am Forsthaus in Erle. Grüne Welle. Hinter dem Forsthaus bog er rechts ab und beschleunigte. Zwischen Karol und ihm reihte sich ein roter Opel Corsa ein. Gut so, dachte er, so falle ich ihm nicht gleich auf. An der nächsten großen Kreuzung wieder grün. Das Problem war, dass Karol sich in Gelsenkirchen kaum auskannte. Am Ende der vierspurigen Straße bog Bertl rechts in die Kurt-Schumacher-Straße ein. Der rote Corsa befand sich immer noch zwischen ihnen. Nun ging es etliche Kilometer geradeaus. Zum Glück fuhr Bertl mit gemäßigtem Tempo. Vorbei am Berger Park, durch die Buer'sche City, weiter durch Hassel. Für Karol alles Neuland und totale Reizüberflutung. Es war für ihn furchtbar anstrengend, den BMW im Auge zu behalten und gleichzeitig die dicht bebaute Umgebung wahrzunehmen. Irgendwann, als Karol schon gar nicht mehr damit gerechnet hatte, bog Bertl an einer Ampel in die Ulfkotter Straße ein. Wieder ging es geradeaus, hinaus aus der Stadt, bis zur Autobahnauffahrt der A 52. Autobahn! Das hatte Karol nicht vermutet. Auf der Autobahn wird er mich ganz schnell abgehängt haben, dachte er. Jetzt konnte Karol ihm nicht mehr einen derart großen Vorsprung gewähren. Es war fast dunkel. Hoffentlich finde ich wieder zurück. Ich hätte dem Kommissar von meinem Vorhaben erzählen müssen. Es ist Wahnsinn, im Alleingang ermitteln zu wollen. Das schlechte Gewissen quälte ihn. Was, wenn er mich gar nicht zu Margareta führt?

Auf der Autobahn legte Bertl gleich einen Zahn zu und gab ordentlich Gas. Karol schaltete einen Gang höher und gab ebenfalls alles, was in der kleinen Kiste steckte. Noch hatte er den BMW in weiter Ferne vor sich. Hinweisschilder. Gladbeck, Marl 12 km, Reken-Wulfen, Marl-Frentrop, Haltern 17 km, Münster 60 km, Marl-Brassert, Barkenberg, Chemie-Park Marl. Diese Ortsnamen hatte Karol nie zuvor gehört. Zur Rechten Schornsteine mit Sahnehäubchen oben drauf. Marl-Zentrum, Marl-Hamm-Hüls, links das Türmchen einer Moschee. In weiter Ferne in einer dunklen Silhouette ließen sich Wälder und Hügel erahnen. Margareta und ich sind ja noch nicht dazu gekommen, Ausflüge in die Umgebung zu machen, dachte er wehmütig. Immer weiter geradeaus führte ihn seine Verfolgungsfahrt. Nach wenigen Minuten ein Schild: Abfahrt Haltern am See-Stadtmitte. Bertl setzte den Blinker und verließ die Autobahn. Karol weiter dicht hinter ihm. Hoffentlich hat Bertl mich nicht erkannt, betete er inständig. Wieder rechts, Richtung Haltern Zentrum drei Kilometer. An einer großen Kreuzung fuhr er geradeaus Richtung Stadtmitte. Er überquerte zwei Brücken, unter ihnen der Weser-Datteln-Kanal und die Lippe. Hinter dem

Krankenhaus bog der BMW links ein, Richtung Stausee Nordufer. Sie verließen die hell erleuchtete Kleinstadt und fuhren durch eine dunkle Landschaft mit vereinzelten Häusern. Sie überquerten einen Bahndamm. Die Bäume, die links und rechts die Straßen säumten, warfen gespenstische Schatten, wenn das Scheinwerferlicht auf sie fiel. Plötzlich bremste Bertl ab und setzte den Blinker links. Auch Karol drosselte das Tempo. Was will er hier in dieser verlassenen Gegend?, fragte er sich. Der BMW bog in einen kleinen Weg ein, der zu einem maroden, leer stehenden Haus führte. Um nicht aufzufallen, fuhr Karol langsam weiter. Bertl durfte auf keinen Fall Margaretas Auto erkennen. Das könnte fatale Folgen haben, war sich Karol bewusst. Wäre Margareta tatsächlich in seiner Gewalt, könnte er, aus Angst, entdeckt zu werden, durchdrehen und ihr etwas antun, falls er es nicht längst getan hatte. Karol fuhr bis zu einem kleinen Parkplatz, der gegenüber einem Segelklub lag, wendete das Auto eine Straße weiter, wartete kurz und fuhr langsam zurück. An dem verlassenen Haus, in dessen Einfahrt Bertls BMW verschwunden war, war alles dunkel. Von dem Auto keine Spur, wie vom Erdboden verschluckt. Sicherlich ist er in die Garage gefahren, mutmaßte Karol. Um nicht doch noch von Bertl gesehen zu werden, entschied er sich, nach Hause zu fahren. Er nahm sich fest vor, das Haus am nächsten Morgen bei Tageslicht genauer anzusehen. Jetzt womöglich auf Bertl zu stoßen, wäre zu gefährlich und konnte mehr kaputtmachen als von Nutzen sein.

Aufgeregt trat Karol die Heimfahrt an. Sollte Margareta wirklich dort in diesem abbruchreifen Haus versteckt sein? Es war falsch zu zögern und Kommissar Blauländer nicht von seinen Vermutungen zu berichten, wusste er. Dennoch drückte er spontan die rote Taste seines Handys, nachdem er bereits dessen Nummer gewählt hatte.

SAMSTAG, DER 27. DEZEMBER

40.

Was mache ich bloß mit ihr? Mit quälenden Gedanken schlenderte Bertl über den Friedhof, in der Hoffnung, dass dieser Gang ihm Klarheit bringen würde. Er hatte es sich einfacher vorgestellt, Margareta den Garaus zu machen. Abrechnen wollte er mit ihr. Sich an ihr rächen. Allmählich kamen ihm Zweifel. Wofür eigentlich? Was hat sie mir getan? Liebe ich sie noch? Sie trägt keine Schuld an meinem Zustand. An meinem mich auffressenden Burn-out. Aber ich kann sie nicht laufen lassen. Und sind nicht alle Weiber an irgendetwas schuld? Büßt sie eben für die anderen mit. Lasse ich sie laufen, rennt sie gleich zur Kripo und ich bin weg vom Fenster. Ich muss sie beseitigen, ob ich will oder nicht. Sie ist zu einem lästigen Geschwür geworden, das unbedingt entfernt werden muss.

Er kam an das Grab seines Vaters. An diesem Samstag nach Weihnachten herrschte auf dem Friedhof Betrieb. Vor der kleinen Grabplatte blieb er stehen. Als er das winzige Tannenbäumchen, das seine Mutter hingestellt hatte, erblickte, musste er lachen.

»Na, Alter, da hat dir deine Olle ja ein schönes Geschenk zu Weihnachten gemacht. Bloß Pech, dass du es nicht sehen kannst.« Tränen traten in seine rot geäderten Augen, er musste schlucken. Bloß nicht sentimental werden, sagte er sich. »Bist du selbst schuld, dass du da unten liegst. Hättest du deine Nase nicht in alles gesteckt, könntest du noch leben.«

Er schlenderte weiter zum Garten der Erinnerung, dem Feld, auf dem er Sabine abgelegt hatte, und setzte sich auf die kalte Steinbank in der Ecke des Feldes. Dieses dumme Stück hätte nicht zu sterben brauchen. Wäre sie ein bisschen williger gewesen, würde sie leben.

Die Sonne schien trotz der eisigen Kälte. Ein richtig schöner Wintertag. Was mache ich hier eigentlich?, fragte er sich. Ziellos schlug er den Weg zur Trauerhalle ein und sah vom Weitem die große Menschenmenge. Auf dem seitlichen Rasenstreifen des Hauptweges standen an die 100 Motorräder aufgereiht. Als er sich der Menschenmenge näherte, sah er die Besitzer dieser Maschinen dicht gedrängt auf dem Vorplatz der Trauerhalle und auf den umliegenden Rasenflächen stehen. Da fiel ihm ein, dass heute die Beisetzung des ermordeten Bandidos war. Rocker in Kutten, aber auch ganz normale Typen waren gekommen, ihren

Freund zu verabschieden. Bandidos wissen noch, wie man trauert, dachte Bertl.

Die Trauerfeier wurde per Lautsprecher nach draußen übertragen. Laut schallte Rockmusik über den Vorplatz. An der Vorderfront der Halle war ein Banner mit dem Bild des Ermordeten aufgehängt. Ein Mord aus Eifersucht. Wie immer ging es um eine Frau. Bertl schaute an sich hinunter. In meinem ollen Parka, der alten Lederhose und den Gummistiefeln passe ich hier richtig gut hin. Mit bewundernden Blicken betrachtete Bertl die Embleme auf den Lederjacken der Bandidos. Eine solche Jacke hätte ich gerne, und eine Harley wollte ich sowieso schon immer haben, dachte Bertl begeistert. Seine Augen begannen zu glänzen. Ich werde den BWM verkaufen und mir eine Maschine holen, schoss ein spontaner Gedanke in sein krankes Hirn. Endlich Schluss mit Mutti zum Einkaufen fahren. Soll sie selbst zusehen, wie sie ihre H-Milch-Kartons nach Hause kriegt. Dazu eine tolle Lederkluft. Ade Anzug, Schlips und Kragen! Er hatte es bereits seit Wochen satt, sich in Designerklamotten zu stecken, um zu repräsentieren. Ade ihr ollen Anzüge. Ein neues Leben werde ich beginnen!

Mutig und zuversichtlich machte er sich auf den Heimweg. Ich muss nur zuvor eine unangenehme Aufgabe erfüllen, dachte er mit bitterem Geschmack auf der Zunge. Erledige es endlich, dann hast du es hinter dir. Meine Alte werde ich leben lassen. Eine Mutter verrät ihren Sohn nicht. Hat ja bisher auch die Klappe gehalten.

Doch da sollte er sich dieses Mal täuschen!

41.

Waltraud betrachtete schmunzelnd den Gutschein, den ihr Walters Tante Notburga zu Weihnachten geschenkt hatte. Sicherlich lieb gemeint von der alten Dame, allerdings wusste Waltraud nicht, wie sie ihn jemals einlösen sollte. Für 15 Euro konnte sie sich in dem Geschäft ›Nadel und Faden‹ in Hückeswagen etwas kaufen. Welch originelle Idee!

Walter saß wie eh und je auf seinem Stammplatz, nachdem sie heute Morgen schon, einen Tag nach Weihnachten, das Tantchen mit der Straßenbahn zum Hauptbahnhof gebracht hatten. Die sind wir erst einmal los, dachte Waltraud. Obwohl sie ja eigentlich eine ganz Liebe war, wurde sie nach so vielen Tagen einfach lästig. Wie war das noch mit dem Fisch? Walter war etwas verstimmt gewesen, dass er jeden Abend, samt Tante, das Feld bei Waltraud räumen und in seine eigene Wohnung zurück musste. Waltraud blieb in dieser Sache hart. Habe ich die Tante eingeladen?, begehrte sie auf, sobald ein Hauch Mitleid sich in ihr regte, während sie die beiden allabendlich vor die Tür schickte. Sie schlafen ja nicht draußen, tröstete sie sich, und ich brauche mal meine Ruhe.

Walter, der voller Hoffnung war, die heutige Nacht wieder bei Waltraud verbringen zu können, schaute missmutig hinüber zu Karol, der eben gekommen war, um von seiner Hausinspizierung in Haltern zu berichten. Walter spürte, dass er bei Waltraud nicht mehr so gute Karten hatte wie vor einigen Wochen.

Sie hatte für sich entschieden, Walter nur noch am Wochenende bei sich übernachten zu lassen. Alles war wirklich viel zu schnell gegangen, und sie nahm sich fürs neue Jahr vor, etwas auf Distanz zu gehen, was ihre Beziehung betraf. Was nicht heißen sollte, dass sie ihren Liebhaber gleich ganz loswerden wollte. Es war nur so, dass die erste Verliebtheit langsam der Vernunft Platz machen musste.

Waltraud wurde vor Sorgen um Margareta fast verrückt. Ganze sieben Tage war sie verschwunden. Eine innere Stimme sagte ihr zwar, dass sie bald wieder auftauchen würde, aber diese wurde leiser und Waltrauds Bedenken größer. Obwohl sie voller Hoffnung war, dass Karol sie aus diesem abbruchreifen Haus, in dem er sie vermutete, befreien würde, beschloss sie, Blauländer anzurufen, um mit ihm zu reden.

»Meinst du nicht, dass ich mit dem Kommissar sprechen und ihm von dem alten Haus in Haltern, in dem wir Margareta vermuten, berichten sollte?«

»Ich weiß es nicht. Als ich heute Morgen wieder in Haltern war und zum x-ten Male um das Haus geschlichen bin, deutete nichts darauf hin, dass sich Margareta dort aufhält. Alles wirkte wie ausgestorben und seit langer Zeit unbewohnt. Aber ich habe genau gesehen, dass der BMW samt Bertl auf diesem Grundstück verschwunden ist. Ich werde gleich wieder hinfahren. Sollte ich dann nach wie vor den Verdacht haben, Margareta hält sich dort auf, rufe ich sofort Blauländer an. Noch länger zu warten wäre unverantwortlich.«

»Aber was sollte Bertl denn sonst da gemacht haben? Das ist nicht normal, dass sein Auto plötzlich in der alten Garage verschwunden ist und auch von ihm nichts mehr zu sehen war. Vielleicht ist Margareta in dem Keller eingesperrt?«

»Kann sein, dass er mit Drogen handelt und da sein Lager hat ... Ich habe gerufen und rund ums Haus an allen Fenstern und Türen gerüttelt. Nichts. Ich habe mich nicht getraut, einfach die Haustür aufzubrechen.« Verzweifelt hielt Karol sich die Hände vors Gesicht. »Vielleicht hätte ein anderer Mann sich längst Zugang zum Haus verschafft!«

»Ach, Karol. Du hast recht, wenn du vorsichtig bist. Fahr jetzt hin, und wenn du wieder nichts erreichst, rufst du Blauländer an. Oder soll ich dich begleiten?« Waltrauds Augen begannen zu leuchten.

Karol zuckte zusammen. Eine zweite Miss Marple? Bloß das nicht! »Nein, das wäre zu auffällig. Ich habe eh Angst, dass er Margaretas Auto erkennt.«

Walter saß Nüsse knabbernd da, als ginge ihn das alles überhaupt nichts an. Sein Blick war starr auf den Bildschirm des TV-Gerätes gerichtet. Er zog sich eine niveaulose Grütze rein. An einer Unterhaltung mit Karol hatte er kein Interesse. Es schien, als wäre das dauernde Gerede um Margaretas Verschwinden ihm lästig. Walter war wie ein Kind. Wenn er nicht im Mittelpunkt stand, fing er an, trotzig zu werden.

Karol nahm die Einladung Waltrauds, zum Mittagessen zu bleiben, nicht an und machte sich auf den Heimweg. Er wollte den Bogen nicht überspannen und Waltrauds Gastfreundschaft zu sehr ausnutzen. Außerdem konnte er Walter nicht länger ertragen. So beschloss er, sich ein wenig auszuruhen, bevor er sich auf den Weg nach Haltern machen würde. Dort würde er sich in der Nähe des verlassenen Hauses auf die Lauer legen.

Es war für ihn ein bedrückendes Gefühl, wieder in die leere Wohnung Margaretas zu kommen. Er kochte sich einen Kaffee und setzte sich ins Wohnzimmer. Gerade als er den Fernseher einschalten wollte, klingelte es an der Wohnungstür. Wer konnte das sein?, fragte er sich und bediente erwartungsvoll den Türöffner. Wenig später trat er vor die Wohnungstür und hörte langsame, schleppende Schritte die Treppe hinaufkommen. Vor ihm stand seine Tante Henriette. Mit Tränen in den Augen sah sie ihn an. Er wusste, wie viel Überwindung es sie gekostet haben musste, diesen ersten Schritt zu tun. Er lächelte sie an und nahm sie ganz einfach in die Arme. Nun fing sie hemmungslos an zu weinen. Vor Freude und vor Erleichterung konnte sie gar nicht damit aufhören. Karol war nie nachtragend gewesen. Sie setzten sich ins Wohnzimmer. Bei Kaffee und Keksen sprachen sie sich endlich aus. Henriette nahm kein Blatt vor den Mund, beschönigte nichts, versuchte ihm klarzumachen, wieso sie diesen Schritt gegangen war und wie weh es ihr tat, ihn verraten zu haben. Karol weinte ebenfalls. Im Grunde genommen konnte er ihr dankbar sein, was er ihr auch sagte. Als hätte sie auf diese Worte gewartet, seufzte sie tief und strahlte ihn glücklich an.

»Du warst mit der Situation ganz einfach überfordert. Ich hätte dir das nicht zumuten dürfen.«

»Du bist mir nicht mehr böse?«, fragte sie ihn zum wiederholten Male.

»Nein, ich bin dir nicht mehr böse.«

»Du bist ein guter Junge.«

»Ich weiß nicht.«

»Und das mit deiner Margareta tut mir leid. Ich bete, dass sie bald wiederkommt, wo immer sie sich aufhält.« Henriette erzählte ihm von Christels Besuch am ersten Feiertag und ihrem Verdacht, ihr Sohn könne mit Margaretas Verschwinden etwas zu tun haben. Im Gegenzug berichtete er seiner Tante von seinen bisherigen ›Ermittlungen‹. Jetzt trete ich schon in Margaretas Fußstapfen, dachte er. Wie habe ich mich immer über sie lustig gemacht, als sie die Kommissarin spielte.

Während die Worte nur so aus Karols Mund sprudelten, wurden Henriettes Augen immer kälter und waren von eisblauer Starre. Karol zuckte richtig zusammen, als er es bemerkte. Margareta hatte immer davon erzählt, von diesen gefürchteten Eisaugen, die sie zuerst beim Späher vom Friedhof und anschließend bei Bertl entdeckt hatte. Was ist das bloß für ein Phänomen?

Wenige Sekunden später war der Spuk vorbei und seine Tante schaute ihn wieder völlig normal an. So viel, wie Tante und Neffe in den letzten beiden Stunden miteinander geredet hatten, hatten sie es das ganze Jahr über nicht. Henriette war so erleichtert, dass sie im alten Jahr mit Karol Frieden geschlossen hatte, und auch Karol tat die entspannte Situation gut.

»Weißt du noch, damals, die Weihnachtsfeste in Oberschlesien? Wir alle zusammen um einen Tisch. Da lebte dein Vater noch. Deine Mutter mit ihren roten Wangen. Und du neben deinen Schwestern, ein Steppke, so niedlich anzusehen.« Henriette war mit ihren Gedanken weit weg und lächelte versonnen vor sich hin.

»Ja, da war die Welt noch in Ordnung.« Aber war sie das wirklich?, fragte sich Karol. Im Nachhinein sah man immer nur das Schöne des Vergangenen. Die Weihnachtsfeste waren allerdings wirklich schön gewesen. Da hielt die Familie zusammen. Zumindest am Heiligen Abend.

»Nach dem Gebet wurden die Hostien verteilt. Kannst du dich erinnern, Karol? Dieses gesegnete weiße Esspapier?«

»Ja, ich erinnere mich. Es schmeckte nach nichts.«

»Jeder hat dem anderen ein Stückchen abgebrochen und man hat sich gegenseitig alles Gute gewünscht.«

»Ja, und einen Tag später war man sich wieder nicht mehr grün.«

»Nein, so war es nicht. Damals herrschten in der Familie Zusammenhalt und Frieden.«

»Das meinst du nur, liebe Tante. Du hast all die Querelen vergessen, weil du nicht mehr an sie erinnert werden möchtest.«

»Als Vorspeise gab es Barszcz mit Uszka, Rote-Bete-Suppe mit Teigtaschen, weißt du noch?«

»Ja, das war lecker.«

»Dann der gute Karpfen, der schon tagelang in der Wanne schwamm, dazu Kartoffeln und Erbsen und gedünstetes Sauerkraut mit Speck und Pilzen. Das war ein Weihnachtsessen. Und wie das gerochen hat. Und man hat zusammengehalten. Anschließend der Nachtisch. Diese herrliche Makówi. Wie gut die geschmeckt hat.« Henriette weilte im damaligen oberschlesischen Schlaraffenland. Auch er konnte sich an diese wohlschmeckende Speise erinnern. »Sie wurde aus verschiedenen Nüssen mit Mohn und Trockenfrüchten bereitet. Dazu kamen Milch und eingeweichte Brötchen. Ich weiß noch genau, wie das geht. Wenn Margareta wieder da ist, mache ich für euch eine echte Makówi.«

»Ja, Tante Henriette, mach das«, antwortete Karol gedankenverloren. Komisch, alle gehen davon aus, dass Margareta unversehrt wieder nach Hause kommt. Wieso kann ich nicht daran glauben?, dachte Karol. Er sah auf die Uhr und entschloss sich, sofort nach Haltern zu fahren. Tante und Neffe umarmten sich herzlich, bevor jeder seiner Wege ging.

42.

Bertl stand vor Margareta mit dem Stößel in der Hand. Er hatte ihn also, dachte sie. Wie kam er bloß zu dem Stößel meiner Mutter? Sie vernahm das Pochen und

Dröhnen in ihren Ohren. Dabei starrte sie gebannt auf den großen Porzellanstößel und konnte einfach nicht wegsehen. Im dämmerigen Licht der Deckenleuchte sah sie seine Arme, sah, wie er mit dem rechten ausholte und ihr mit dem Stößel den Kopf einschlagen wollte. Tu es doch! Endlich! Mach dem hier ein Ende, wollte sie schreien, brachte jedoch keinen Ton heraus. Sie sah die Panik in seinen weit aufgerissenen Augen. Sein Mund stand offen. Wie hässlich er doch war. Eine kranke Fratze. Plötzlich nahm er die Arme herunter und starrte sie an. Ihr Herz hämmerte stark und gnadenlos laut. Der Kopf tat ihr fürchterlich weh. Der Schmerz saß an beiden Seiten. Der Druck auf die Schläfen fühlte sich an, als läge ein Eisenring um ihren Kopf, der langsam immer enger gezogen wurde. Ihr war schlecht. Hätte er zugeschlagen, wäre mittlerweile alles vorbei. Doch auf einmal sank diese jämmerliche Gestalt zu Boden, hielt die Hände vor sein Gesicht und begann bitterlich zu weinen.

»Wieso kann ich es nicht?«, jammerte er verzweifelt.

Margareta beruhigte sich langsam, ihr Herzschlag normalisierte sich. »Woher hast du den Stößel?« Ihr Gehirn begann langsam wieder zu arbeiten.

Bertl betrachtete das Teil ausgiebig, wog es in den Händen und fing wie ein Irrer an zu lachen. Lauter, immer lauter stieß er glucksende Töne hervor.

»Den habe ich von deinem Vater.«

»Von meinem Vater?« Margareta erwachte jetzt vollkommen aus ihrer Lethargie. »Und der hat ihn dir einfach so gegeben?«

»Nein, natürlich nicht.« Wieder lachte er wie ein Irrer. »Er hat ihn mir gezeigt, damals im Märchengrund. Er hätte in der Stadt dazu passend ein Schneidebrett für deine Mutter bestellt, erzählte er mir. Von Tim Mälzer. Ist das nicht wahnsinnig? Wie blöd die Menschen sind. Kaufen sich zu so einem Scheißteil ein passendes Brett. Wie irre.«

Margareta war völlig aufgebracht. »Du hast meinen Vater im Märchengrund getroffen? Wieso?« Sie hörte seine Worte, wollte aber nicht begreifen.

»Ja, ich fuhr die Adenauer Allee entlang und sah, wie dein Vater mit dem Fahrrad den Weg zum Märchengrund abbog. Da dachte ich, halt an und schau mal, wo er hinfährt. Also parkte ich an der Straße, ging ein Stück zu Fuß und sah ihn sein Rad im Märchengrund abstellen und zu einer Bank gehen. Da dachte ich, geh mal hin zu dem blöden Kerl, dem Vater deiner Ex-Geliebten.«

»Wieso sprichst du so über ihn? Er hat dir nie was getan.«

»Ach, hör auf. Ewig kam er mir mit Vernunft und seinem angeblich gesunden Menschenverstand. Das ging einem mächtig auf den Keks.«

Margareta verstand immer noch nicht, was Bertl von ihrem Vater gewollt hatte.

»Und richtig. Ich setzte mich zu ihm. Auf einmal fing er wieder mit seinen Belehrungen an. Wusste wieder alles besser. Redete und redete. Dann holte er den Stößel raus und erzählte, dass er für deine Mutter dieses bescheuerte Brett bestellt hat, passend zu dem Mörser, wozu der Stößel gehörte. Ich fragte ihn, ob er keine anderen Sorgen hätte. Da wurde er böse und wir bekamen Streit.«

Margareta konnte nicht fassen was sie da hörte. »Du hast dich mit meinem Vater im Märchengrund gestritten?« Sie wusste zwar, dass er ihren Vater nie sonderlich gemocht hatte, aber dass seine Aversion gegen ihn so weit gegangen war, ahnte sie nicht.

»Ja, er fing plötzlich an, dass ich ja komische Ansichten hätte und du froh sein könntest, mich losgeworden zu sein. Da habe ich die Wut gekriegt. Ich lass mir doch von so einem alten Bergmann nichts erzählen.«

Margareta begann zu zittern und schrie laut auf. »Du hast meinen Vater ...! Du hast meinen Vater ...!« Sie konnte es nicht aussprechen und erst recht nicht fassen. Bertl war der Mörder ihres Vaters. Sie hatte so viele Menschen immer wieder in Gedanken als Mörder ihres Vaters gesehen, auf Bertl wäre sie allerdings nie gekommen.

»Gib mal her das Ding, habe ich zu ihm gesagt, und er hat mir den Stößel gereicht. Er dachte wohl, ich will ihn mir ansehen. Ich nahm ihn in die Hand, stand auf, und ehe er sich versah, hatte ich ihm eins übergebraten. Dann war Schweigen im Walde.«

Das allerletzte Fünkchen Hoffnung, welches sie kurz zuvor hatte, er möge sie vielleicht laufen lassen, schwand endgültig dahin. Er hat drei Menschen auf dem Gewissen, er lässt dich niemals gehen. Dem ist jetzt alles egal. Okay, heute hat er es nicht fertiggebracht, mich zu ermorden. Aber morgen oder übermorgen, da wird er mich beseitigen. Noch im alten Jahr. Ein glatter Abschluss, sozusagen.

Er ging hinüber zum Tisch und setzte sich. Margareta lief unruhig im Keller auf und ab.

»Du hast Hunger. Komm, iss etwas.« Als ob nichts gewesen wäre, kramte er aus seinem ollen Stoffbeutel wieder einmal Brötchen, Wurst und Butter. Er winkte sie zu sich herüber. Sie ging zu ihm, setzte sich. Jetzt lächelte er sie auch noch an, nachdem er sie vor wenigen Minuten erschlagen wollte und ihr anschließend den Mord an ihrem Vater gestanden hatte. Er grinste sie kackfrech an. Fast liebevoll schmierte er ihr mit seinen Mördergriffeln ein Brötchen und legte es vor sie hin. Sie starrte ihn nur an. Sie konnte nichts essen. Ihr Hals war wie zugeschnürt.

»Wem gehört dieses Haus hier?«, fragte sie. Sie suchte krampfhaft nach einer Möglichkeit, aus diesem elendigen Keller zu entkommen. Der Stößel lag rechts neben ihm auf dem Tisch. Schnapp ihn dir und schlag ihm damit den Schädel ein, sagte eine Stimme in ihr. Gleichzeitig wusste sie, dass sie dazu viel zu schwach war und er letztendlich den Kampf gewinnen würde.

»Was nützt es dir, wenn du es weißt?«

Kam wohl nicht so gut, diese Frage. Er saß da und sagte nichts mehr, starrte auf seine Hände, dann auf Margaretas Gesicht. Er strich mit seiner Hand fast zärtlich eine Haarsträhne von ihrer Wange. Daraufhin nahm er ihren Kopf zwischen seine zitternden Hände. Sie schloss die Augen. Gierig küsste er sie mitten auf den Mund und wartete auf eine Reaktion. Als diese nicht kam, packte er die Lebensmittel in seine Tasche und ging.

Margareta machte sich Vorwürfe. Ich hätte seinen

Kuss erwidern, mich ihm hingeben sollen. Danach wäre er vielleicht eingeschlafen und ich hätte fliehen können. Zu spät. Chance vertan.

SONNTAG, DER 28. DEZEMBER

43.

Es war ein erbärmliches Jahr, stellte Christel fest, als sie drei Tage vor Silvester aus dem Wohnzimmerfenster sah. Alles grau in grau. Sie ließ das alte Jahr Revue passieren. Langsam geht es mir nach Heinz' Tod besser. Bertl hatte zu mir gehalten, war besorgt gewesen, unser Verhältnis stimmte. Und dann plötzlich war es mit ihm bergab gegangen. Was war der Anlass?, dachte sie wieder einmal und wusste keine Antwort. Mit jeder Nadel, die vom Weihnachtsstrauß fiel, schwand die Hoffnung, dass alles gut werden würde. Ich muss etwas unternehmen, dachte sie. Wenn ich einen Führerschein hätte, würde ich Bertl hinterherfahren. Seine mysteriösen Ausflüge in den alten Klamotten konnten nichts Gutes bedeuten. Unternimm endlich etwas, sonst wird alles schlimmer, ermahnte sie sich erneut und war dennoch nicht in der Lage, zu handeln. Schon mehrmals hatte sie den Telefonhörer in der Hand und wollte Kommissar Blauländer anrufen.

Wie gut hatte sie sich am Abend des ersten Feiertages nach dem Besuch bei Henriette gefühlt. Da war wieder Hoffnung in ihr. Was war von der Entschlossenheit, die sie gespürt hatte, geblieben?

Werde ich den Jahreswechsel auch allein verbringen? Völlig einsam vor dem Bildschirm? Musikantenstadl mit Andy Borg? Wo wird Bertl sein? Bei Margareta? Wird er sie umbringen? Und wieder sagte sie sich: Mach etwas, Christel! Wer weiß, was sonst geschieht? Margareta hat mir nichts getan. Wenn sie in Gefahr ist, muss ihr geholfen werden. Außerdem könnte Christels Aussage sich positiv auf das gegen sie gerichtete Ermittlungsverfahren auswirken. Sie ging zum Telefon und wählte die Handynummer des Kommissars. Nach dem zweiten Freizeichen hörte sie seine raue Stimme am anderen Ende der Leitung.

44.

Karl-Heinz stand auf dem Flachdach des Anbaus der Trauerhalle und fegte Blätter und Geäst herunter. Großreinemachen im alten Jahr. Finster geht es zu Ende, dachte er und schaute in den grauen Morgenhimmel. Wo kann sie bloß sein?, fragte er sich. Gestern Morgen hatte er ihren Freund gesehen, wie er auf dem Friedhof spazieren ging. Er war ihm gefolgt. Es war wie ein Zwang, er musste ihm einfach hinterhergehen. Mit den Beerdigungen war er durch, und bevor er den Heimweg antrat, verfolgte er Karol. Zuerst rannte er ziellos die Hauptwege entlang, bog mal dort ein, mal da. Schließlich war Karol im Garten der Erinnerung gelandet, dort, wo man Sabine gefunden hatte. Er blieb eine Weile stehen und ging wieder zurück. Karl-Heinz stand hinter einem Taxusbusch und beobachtete ihn. Als Karol in den nächsten Stichweg einbog, steuerte er zielstrebig auf Sabines Grab zu. Woher wusste er bloß, dass sie dort begraben war?, grübelte Karl-Heinz. An dem liebevoll mit Teddys und weihnachtlichem Schnick geschmückten Reihengrab traf Karol auf einen jungen Mann in beigefarbenem Wollmantel. Sie gaben sich die Hand und redeten miteinander.

Wer zum Teufel war der andere Kerl? Er hatte ihn nie zuvor gesehen. Um etwas von der Unterhaltung mitzubekommen, pirschte er sich von dem dahinterliegenden Feld an und versteckte sich hinter einem hohen Grabstein. Gebückt stand er ganz nah hinter der hohen Säule. Sein Plüschmantel presste sich an die moosig schmierige Schicht, die das Grabmal umgab.

»Er wird immer merkwürdiger, er grüßt mich nicht mal mehr. Als stünde er unter Drogen«, hörte er den unbekannten Mann sagen.

»Das ist also Ihr Nachbar?«, vernahm er nun Karols Stimme. »Ich hätte dem Kommissar längst erzählen müssen, dass ich Bertl in Verdacht habe, Margareta entführt zu haben.«

»Ach, die Polizei! Was macht die schon? Wie heißt es so schön? Politik und Polizei, leckts mich am A…, ihr zwei«, sagte der Wollmantel.

»Schlechte Erfahrungen gemacht?«, fragte Karol.

»Nein, eigentlich nicht. War nur ein Scherz.«

Karol fand ihn anscheinend nicht komisch.

»Ich möchte wetten, dass Bertl auch Sabine und seinen Vater auf dem Gewissen hat. Was da in letzter Zeit bei ihm zu Hause oft abging. Mit Sicherheit gibt es da einen Zusammenhang.« Der Wollmantel schüttelte den Kopf.

»Und die junge Frau war also Ihre Freundin?« Karol zeigte auf das Grab.

»Ja, irgendwie schon. Sie könnte noch leben, wenn wir uns nicht so gestritten hätten. Ich mache mir schwere Vorwürfe.« Der Mann schien verzweifelt.

Das war also Sabines Freund, dachte Karl-Heinz.

Wenig später verabschiedeten sich die Männer händeschüttelnd voneinander und gingen in verschiedene Richtungen davon. Karl-Heinz kroch aus seinem Versteck und begutachtete seinen ruinierten Mantel.

Wo steckte bloß Margareta? Ob sie wirklich von ihrem Exfreund entführt wurde? Was kann ich bloß tun?, fragte sich Karl-Heinz. Ohne Auto ist man ein Nichts, stellte er wieder einmal fest. Ob tatsächlich nur das nicht vorhandene Auto an seiner Lage schuld hatte, war eine andere Sache.

45.

Von mir aus kann sie bleiben, wo der Pfeffer wächst, dachte Walter und zog sich seinen karierten Schal tiefer ins Gesicht. »Dieses ewige Getue um diese Margareta nimmt kein Ende, Mutti. Was meinst du denn dazu?«

Liebevoll wischte Walter mit einem Lappen über den Grabstein und redete sich den Kummer von der Seele. »Ach Mutti, zuerst dachte ich, mit Waltraud hätte ich das große Los gezogen. Doch es ist nicht alles Gold, was glänzt. Ewig meckert sie an mir herum. Walter, mach dies. Walter, mach das. Walter, du stinkst nach Eukalyptus. Walter, du riechst nach Schweiß. Ständig soll ich duschen. Diese Energieverschwendung. Und das Gelaber über ihre Tochter. Wo ist sie, wo könnte sie sein? Dann dieser Karol, der ewig bei ihr abhängt. Macht einen auf vornehm. Hat wohl vergessen, wo er herkommt. Also, Mutti, jetzt ganz ehrlich. Ich wäre froh, wenn diese Frau nie mehr auftauchen würde. Echt jetzt, Mutti!«

Von Mutti kam keine Antwort. Ein eiskalter Wind fegte über das Grab, sodass sogar die kleine Kerze in der Grablampe zu flackern begann. Walter schüttelte sich. Tränen liefen ihm über seine Wangen. Der Gedanke, dass seine Mutti zwei Meter tief in der gefrorenen Erde lag, machte ihn unsagbar traurig.

Ich würde sogar noch was zahlen, wenn Margareta

verschwunden bliebe, dachte er. Ja, ich würde was vom Sparkonto abheben und es dem Entführer zustecken. ›Hier hast du ein bisschen Knete‹, würde ich sagen, ›sorge dafür, dass sie nie wieder, hörst du, nie wieder hier auftaucht.‹

Missmutig trat er den Heimweg an. Mal sehen, wie der Silvesterabend wird. Hoffentlich macht Waltraud wenigstens Kartoffelsalat. Silvesterabend ohne Kartoffelsalat und Würstchen war für ihn unvorstellbar. Sie ist keine gute Hausfrau, dachte er. Mutti hat immer Kartoffelsalat zu Silvester gemacht. Kartoffelsalat und leckere Würstchen. Dass Kartoffelsalat und Würstchen auch Geld kosten, auf den Gedanken kam Walter nicht. Waltrauds Witwenrente war schließlich nicht unerschöpflich.

46.

Habe ich gute Vorsätze fürs neue Jahr?, überlegte Waltraud, als sie in der Küche stehend Kartoffeln schälte. Soll alles so weitergehen wie bisher? Nein, beschloss sie energisch. Wenn Margareta erst wieder zurück ist – und sie war sich immer noch sicher, dass ihre Tochter unversehrt zurückkehren würde –, wird sich alles ändern.

Alles.

Ich fange noch einmal neu an.

Ein Ende kann ein Anfang sein, hatte ihr jemand in einer Beileidskarte anlässlich Heinz' Tod geschrieben. Die Worte hatte sie wieder vor Augen. ›Ein Ende kann ein Anfang sein.‹ Aber dieser Anfang wird keinen Walter beinhalten. Nein, ganz gewiss nicht, dachte Waltraud. Jeder macht mal Fehler. Ich befand mich in einem psychischen Ausnahmezustand nach dem Tod meines Mannes. Dazu kamen Helfersyndrom und Mutterkomplex. Was weiß ich, was mich geritten hat, mich so um diesen hoffnungslos verzogenen Bengel, der in der Gestalt eines 50-jährigen Mannes steckt, zu kümmern. Auf den Sex mit ihm kann ich gut und gerne verzichten. Da kann er noch so viele Lehrbücher lesen, der Zug ist abgefahren. Aus dem wird kein guter Liebhaber mehr. Das hat seine Mutter versaubeutelt. Diese klammernde Mutter, die ihn nie loslassen wollte. Sagte stets: »Walterchen, wir suchen dir eine nette Frau!« In Wirklichkeit war sie froh, wenn wieder einmal das zarte Pflänzchen einer beginnenden Beziehung einging und er sich an ihrem Busen ausweinte.

Soll er den Silvesterabend noch einmal genießen. Ich werde ihm Kartoffelsalat und Würstchen servieren. Soll er sich damit vollstopfen, bis es ihm zu den Ohren herauskommt. Es wird seine Henkersmahlzeit sein. Am Neujahrstag kann er das Feld räumen und in seine Dachbude zurückkehren. Dort kann er sich täglich stundenlang vor seinen Schrein stellen und seiner Mutti gedenken. Ihre Bildchen küssen und bei ihr sein. Adieu, Walter! Auch für mich wird es noch eine Chance auf Glück geben. Im Stadtspiegel, der jeden Mittwoch erscheint, stehen nicht nur Lebensmittelangebote der Supermärkte, sondern jede Menge Männer aus zweiter Hand. Da wird sich was Passendes für mich finden, war Waltraud sich sicher.

Das Telefon klingelte. Waltraud wischte sich die Hände an ihrer Bluse ab und eilte zum Apparat. Es war Karol. Er sei mit Kommissar Blauländer auf dem Weg nach Haltern. Zu diesem alten Haus, wo er am Morgen eine Entdeckung gemacht habe. »Vielleicht ist der Spuk bald vorbei, Waltraud. Drück die Daumen«, vernahm sie Karols freudig erregte Stimme.

Waltraud liefen die Tränen übers Gesicht. Ich bete, dass man sie lebend findet. Sie schickte ein Stoßgebet zum Himmel.

47.

»Was wird das?«, fragte Margareta Bertl, als er einen Holzklotz, in dem eine Axt steckte, in ihr Kellerloch schleppte.

»Die habe ich in der Garage gefunden und für dich mitgebracht. Das geht schneller als mit dem Stößel. Du wirst nicht viel spüren. Es geht ganz fix.«

Jetzt ist er ganz durchgedreht, dachte Margareta. Ihr Magen knurrte. Sie hatte auf etwas Essbares gehofft. Eine Henkersmahlzeit sozusagen.

»Hast du nichts zum Essen mitgebracht?«, fragte sie Bertl, der emsig dabei war, den Holzklotz richtig zu positionieren.

»Wozu? Ist doch eh gleich alles vorbei.«

»Du willst mir tatsächlich die Axt in den Kopf jagen? Hast du dir mal überlegt, was dann mit dir geschieht?«

»Ich werde mich ins Ausland absetzen, habe ich mir gedacht. Und noch mal ganz von vorn anfangen.«

»Du bist echt krank.« Mittlerweile war Margareta alles egal. Diese tagelange Panik hatte nichts gebracht. Gleich ist sowieso alles zu Ende, wozu noch in Panik geraten? In der letzten Nacht hatte sie von Karol geträumt. Lieber guter Karol. Wie ein Prinz bei Dornröschen hatte er sie befreit und war mit ihr auf einem Schimmel davongeritten.

Sie starrte auf die Tür. Der Irre, der auf dem Boden herumkroch und mit seinem Holzklotz hantierte, hatte vergessen, die Tür hinter sich zu schließen. Würde ich es schaffen zu fliehen?, fragte sie sich. Habe ich noch so viel Kraft, um schneller zu sein als er? Plötzlich hörte sie, wie das Garagentor geöffnet wurde. Endlich mal ein Geräusch. Nach so vielen Tagen ein Geräusch, welches nicht aus dem Keller kam.

Bertls Auto! Der Retter musste wissen, dass sie hier war. Sie musste ihn warnen, sonst würde Bertl ihm den Schädel einschlagen. Alles still. Wahrscheinlich sucht der Befreier erst das Haus ab, dachte Margareta. Hier bin ich, hier im Keller, hätte sie am liebsten gerufen. Doch sie zwang sich, den Mund zu halten.

Minuten vergingen wie Stunden. Bertl hatte die offen stehende Tür noch immer nicht bemerkt. Als er endlich den richtigen Platz für den Holzklotz gefunden hatte, nahm er die Axt und schwang sie lächelnd hin und her. Anschließend schlug er sie mit einem kräftigen Hieb in den Holzklotz und grinste Margareta an, so als wollte er sagen: Komm, es ist alles bereit!

Bertl ging auf sie zu, seine Augen begutachteten ihren Körper. Er öffnete ihre Jacke und begann, nachdem er ihren Pulli hochgeschoben hatte, ihre Bluse zu öffnen. Margareta zitterte nicht nur vor Kälte, sondern auch vor Wut.

»Hey, was soll der Scheiß?«, giftete sie ihn an.

Bertl war erregt. Schweißperlen bildeten sich auf seiner Stirn, seine Atemfrequenz stieg hörbar an. Fast zärtlich berührte er ihre Brüste. Vor Abscheu schloss Margareta die Augen. Bertl öffnete nun den Gürtel ihrer Jeans.

»Du hast schon mal besser gerochen«, sagte er mit vor Erregung rauer Stimme.

»Soll ich den Zimmerservice rufen, damit man mir ein Bad einlässt?«, fragte sie ihn sarkastisch.

Von ganz nah hörte sie mit einem Mal das Rufen einer ihr vertrauten Stimme: »Margareta? Bist du hier im Keller?«

Margareta fing an zu zittern und bekam glasige Augen. Das war Karols Stimme. Geliebter Karol, hier bin ich!, wollte sie schreien. Doch ihre Stimme versagte vor Angst.

Bertl schreckte hoch und griff nach der Axt. Da erschien Karol im Türeingang. Neben ihm Blauländer, mit einer Waffe in der Hand.

Karol rannte auf Margareta zu und nahm sie in seine Arme. Blauländer hielt Bertl die Pistole auf die Brust. »Nun mal schön die Axt weg, mein Freund, und die Hände hoch.« Die Axt fiel zu Boden. Zwei uniformierte Polizisten schnappten Bertl und legten ihm Handschellen an. Bertl schwitzte trotz der Kälte dieses erbärmlichen Kellerlochs. Seine Haare klebten an seinem Kopf fest, seine Hände zitterten. Ein Anblick des Grauens.

Ein Notarzt mit einem Stahlkoffer betrat den Keller und wandte sich Margareta zu, die noch immer in Karols Armen lag. Wie ein kleines Kind wiegte er sie hin und her.

Kriminaltechniker in weißen Overalls nahmen sich den Keller vor. Alles ging so furchtbar schnell, dass Margareta schwindelig wurde. Nach tagelangem Dahinvegetieren nun die totale Hektik.

Kommissar Blauländer reichte ihr die Hand. »Was machen Sie denn für Sachen, Mädchen? Nun ist ja alles gut. Ihr Freund hat zwar zuerst im Alleingang ermittelt, aber dann wurden wir gleich mehrfach informiert. Zuerst rief Ihre Mutter an, dann Christel Alshut und letztendlich Ihr Freund.«

»Bertl hat Sabine und meinen Vater umgebracht und seinen auch.« Nun wurden aus Margaretas Freudentränen bittere Tränen der Trauer. Ihr Vater war diesem Verrückten zum Opfer gefallen und das nur, weil er Bertl in seinem Mitteilungsdrang den Mörser gezeigt hatte, zu dem er für seine Frau ein passendes Brett bestellt hatte. Was gab es bloß für verrückte Zufälle.

»Das mit der jungen Frau vom Reiterhof und seinem Vater wissen wir schon. Den Giftmord an seinem Vater hatte ich vermutet. Seine Mutter hat mir alles erzählt, auch dass sie glaubt, er hätte Sie entführt. So waren wir ihm dicht auf den Fersen. Der entscheidende Tipp kam dann von Ihrem Freund.« Blauländer klopfte Karol freundschaftlich auf die Schulter.

Der Arzt gab Margareta eine Beruhigungsspritze. »Ich würde es vernünftig finden, wenn Sie zur Untersuchung mit ins Krankenhaus kämen. Man weiß ja nie.«

»Nein, ich brauche nicht ins Krankenhaus«, wehrte Margareta ab, »mir geht es gut. Er hat mich zwar geschlagen, aber die Wunden sind schon fast verheilt. Mit Essen und Trinken hat er mich auch versorgt. Ich will nur nach Hause und unter die Dusche.«

Der Arzt zuckte mit den Schultern und sah den Kommissar fragend an. Dieser nickte ihm wohlwollend zu.

»Wenn Sie versprechen, sich morgen im Knappschaftskrankenhaus Bergmannsheil vorzustellen, lasse ich Sie nach Hause.«

Margareta strahlte wieder übers ganze Gesicht.

»Ich werde auf sie aufpassen, und morgen kommen wir vorbei«, mischte sich Karol ein.

»Und am zweiten Januar sehe ich Sie beide morgens auf dem Präsidium«, ordnete Blauländer an. »Und nun ab nach Hause, in drei Tagen beginnt das Neue Jahr!«

Margareta verließ an der Seite von Karol den muffigen Keller und atmete wenig später, nach einer Woche in diesem grausamen Verlies, wieder frische eisige Winterluft. Die alte Villa war von Polizeibeamten abgeriegelt worden. Ein Auto nach dem anderen hielt plötzlich auf der Straße. Margareta sah in weiter Ferne trotz der Dunkelheit das Wasser des Halterner Stausees aufblitzen. Frei, ich bin endlich frei. Sie schmiegte sich an Karol. »Ich muss abscheulich riechen.«

»Nein, tust du nicht. Ein bisschen nach Keller, doch das stört mich nicht. Ich bin so froh, dich wiederzuhaben.«

Beide stiegen in einen Polizeiwagen und ließen sich auf den Rücksitz fallen. Margaretas Wagen würden sie irgendwann holen, morgen oder übermorgen. Was spielte das für eine Rolle? Nur nach Hause. Mit Karol nach Hause. Sie hatte schon nicht mehr daran geglaubt, jemals wieder in ihre Wohnung in dem guten alten Turm zurückzukehren. Während der Heimfahrt lehnte sie sich an Karol, und kaum auf der Autobahn, war sie bereits eingeschlafen.

FREITAG, DER 2. JANUAR

48.

»Bertl hat eine Augenkrankheit. Okuläre Myasthenie nennt die sich, dabei gefriert der Blick und die Augen erstarren. Das hat der Kommissar mir erzählt. Da er blaue Augen hat, sehen sie irgendwann aus wie Eisaugen.« Margareta versuchte, ihren unzähligen Besuchern das Phänomen der Eisaugen zu erklären. Sie hatte ja schon selbst geglaubt, sie spinne oder bilde sich da was ein. Nun war sie froh, dass es dafür eine plausible Erklärung gab.

»Aber dann hat Karl-Heinz, der Typ vom Friedhof, diese Krankheit ja auch. Du hast behauptet, er hätte ebenfalls Eisaugen.« Karol konnte sich ein Grinsen nicht verkneifen.

»Ja, das wird er wohl haben, er weiß es bloß nicht. Oder er weiß es und geht damit nicht hausieren.«

Die Stimmung in Margaretas Wohnzimmer war ausgelassen. Alle waren sie heute am Nachmittag des 2. Januar gekommen, um sie wieder zu Hause willkommen zu heißen. Ihre Mutter Waltraud, Henriette, ihr Bruder Gisbert mit Familie. Nur Walter nicht. Walter war beleidigt, erzählte Waltraud. Sie hatte ihm am ersten Tag des neuen Jahres ein paar klare Anweisungen gegeben, die er gar nicht gut fand. Er sollte ab sofort etwas zur Haushaltskasse beisteuern und sich an der Hausarbeit beteiligen, da Waltraud keine Lust hatte, diesen Pascha weiterhin zu verwöhnen. »Aber mein eigener Haushalt«, meinte er, »der macht doch auch Arbeit.«

»Papperlapapp, nicht mein Problem«, hatte Waltraud geantwortet. Nach einem halben Jahr war eben Schluss mit lustig. Eine weitere Auflage war, dass er nur am Wochenende bei ihr übernachten durfte. Er hatte sie aus seinen großen Augen finster angestarrt, anschließend seine Habseligkeiten gepackt und war ohne ein weiteres Wort aus ihrer Wohnung verschwunden.

»Was ist?«, hatte Waltraud ihm im Treppenhaus hinterhergerufen. »Willst du es dir überlegen? Sagst du mir Bescheid?«

Er hatte durch das Geländer giftig nach oben geschaut, mit dem Kopf geschüttelt und gerufen: »Da gibt es nichts zu überlegen!«

Na dann, hatte sich Waltraud gesagt, war es das eben. Und irgendwie war sie auch froh, von der von Tabak und Schweiß geschwängerten Luft befreit zu sein. Sie hatte die Fenster weit aufgerissen und erst einmal frische Luft hineingelassen. Adieu, Walter!

Margaretas Chef hatte ihr Blumen geschickt. Auf dem beiliegenden Kärtchen stand: ›Wie wollen Sie es denn nun mit den Fehltagen handhaben? Gehen die von Ihrem Urlaub ab oder lassen Sie sich krankschreiben?‹ Kein Gruß, keine Genesungswünsche, nichts. Daraufhin hatte sich Margareta eine weitere Woche arbeitsunfähig schreiben lassen. Zusammen mit Karol wollte sie erst einmal Weihnachten nachholen und richtig zu Hause ankommen. In ihrem schönen Zuhause in dem alten Wohnturm.

Auch Karl-Heinz hatte ihr Blumen gebracht. Ein mageres Sträußchen Astern mit Tanne gebunden. Bestimmt hat er die von einem Grab genommen, dachte Margareta. Egal, allein der gute Wille zählt. Unbeholfen wünschte er ihr alles Gute. »Siehst du, war ich es doch nicht mit den Fotos. Und du hast mich verdächtigt!«

»Es tut mir leid. Bertl hatte mir die Fotos in den Kasten gesteckt. Bis auf das Bild von Sabine waren es Fotomontagen, die er sich am Computer zurechtgebastelt hatte. Damit wollte er mir Angst einjagen.«

Karl-Heinz stand lange in der Tür, wollte nicht hereinkommen. Als er sie aus seinen blauen Augen so anstarrte, beschlich Margareta ein komisches Gefühl. Die Augen, dazu die eisgrauen Haare und der eigenartige Mund. Wahrlich keine Schönheit. Aber im Grunde eine ehrliche Haut. Ich wünsche ihm, dass er eines Tages sein Glück findet, so wie ich es gefunden habe, dachte Margareta. Irgendwo wird es für ihn eine Frau geben.

Sogar Karols toller Doppeldoktor hatte Margareta Genesungswünsche geschickt. Dazu einen herrlichen Strauß gelber Rosen. Sie freute sich auf die vor ihr liegende Zeit mit Karol, der sich als das große Los entpuppt hatte. Aus dem kleinen Flickschuster, der einst versteckt in einem Turmzimmer hauste, war ein etablierter Herr geworden, dem alle Wege offen standen.

Christel, Bertls Mutter, hatte ihr am Telefon alles Gute gewünscht und ihr unter Tränen erzählt, wie leid ihr das alles täte. Margareta hatte nur geschluckt und ein leises Danke gehaucht. Zu mehr war sie nicht in der Lage gewesen. Sie hoffte für Christel, dass man die Anklage gegen sie fallen lassen würde und sie endlich zur Ruhe kommen konnte. Man warf ihr Beihilfe zum Mord vor. Kein Pappenstiel. Nun war sie ganz allein in dem großen Haus. Der Ehemann vergiftet, der geliebte Sohn hinter Gittern.

Als Margareta im Kreise ihrer Lieben saß, liefen ihr plötzlich Tränen über die Wangen, Freudentränen. Schade, dass mein Vater das nicht mehr erleben kann, dachte sie.

»Meinetwegen hättest du deinen Walter aber nicht vor die Tür setzen müssen«, wandte sie sich an ihre Mutter.

»Mensch, Kind, du hattest recht. Ich war blind. So ein Schmarotzer. Ich will erst einmal meine Ruhe haben. Ich hätte auf dich hören sollen.«

»Ihr habt alle gut lachen«, kam es nun von Gisbert. »Ich kann mir ab morgen wieder das Gejammer von Walter anhören. Und das acht Stunden am Tag, fünf mal die Woche. Wie ungerecht das Leben manchmal ist! Ich habe wieder einmal die A-Karte gezogen. An mich denkt keiner.«

Nun mussten alle lachen. Karol und Margareta sahen sich lange an und dachten das Gleiche. »Es gibt Schlimmeres, viel Schlimmeres, als einen Walter als Kollegen zu haben!«

ENDE

Anmerkung der Autorin: Die Nennung des genauen Datums ab Kapitel 29 ist bewusst so gewollt, ebenso der Wechsel von Sonntag auf Montag in Kapitel 32.

DANKSAGUNG

Ich bedanke mich von ganzem Herzen für unendliche Geduld, Unterstützung und fruchtbare Kritik bei:

Claudia Senghaas für ihr Lektorat,
Konrad Kordts, Polizeisprecher in GE, für die unkomplizierte Beratung,
Angela Weber für ihre Korrekturen.

1000 Dank auch an meinen Mann Johannes, für die guten Ideen und Inspirationen sowie für das Rücken frei halten, an meine Tochter Ines, fürs Probe lesen und die guten Ideen, an Dirk für den PC-Notdienst, an Caro für die Dinner-Tipps, an Renate und Hans sowie an Iris für die Unterstützung.

Schlussendlich auch Danke an meinen besten Freund Felix, den ich täglich auf seinen heiß geliebten Friedhof begleiten durfte, um mich inspirieren zu lassen.

Weitere Krimis finden Sie auf den folgenden Seiten und im Internet: www.gmeiner-verlag.de

SONJA ULLRICH
Fummelbunker

370 Seiten, Paperback.
ISBN 978-3-8392-1119-9.

FALSCHES SPIEL Esther Roloff, Versicherungsdetektivin auf Probe aus Wattenscheid, wird von ihrem Bruder Olaf um Hilfe gebeten. Sein Arbeitskollege Boris Bäcker ist nach einem Besuch im neuen Lütgen-Spielcasino spurlos verschwunden. Olaf glaubt, dass die Spielbank damit zu tun hat, und auch der Schuldenberg, den der Lokalreporter hinterlässt, spricht eine deutliche Sprache. Doch bald wird Esther misstrauisch: Nicht nur, dass Bäckers Spielschulden vor seinem Verschwinden getilgt wurden. Er arbeitete außerdem an einem Dossier über einen Mann, der seiner Einschätzung nach einen Mord begangen hat …

FRANZISKA STEINHAUER
Spielwiese

369 Seiten, Paperback.
ISBN 978-3-8392-1134-2.

TOTGESPIELT Eine männliche Leiche auf einem Feld in der Niederlausitz – als menschliche Vogelscheuche an ein hölzernes Kreuz gebunden – ruft Hauptkommissar Peter Nachtigall auf den Plan. Kurze Zeit später wird ein zweiter Toter entdeckt, diesmal am Elbufer in Dresden. Beide Opfer waren beruflich im Frauenfußball engagiert. Aus mysteriösen Botschaften wird zudem klar: Es soll weitere Morde geben. Alles deutet darauf hin, dass die Taten mit der anstehenden Frauenfußball-WM in Deutschland in Zusammenhang stehen …

GMEINER

Wir machen's spannend

ANDREAS STAMMKÖTTER
Messewalzer

275 Seiten, Paperback.
ISBN 978-3-8392-1126-7.

FLUCH DER VERGANGENHEIT Buchmesse in Leipzig. Die ganze Stadt fiebert der Präsentation des neuen Romans von Bestsellerautor Willi Lachmann entgegen. Doch die Lesung endet im Fiasko: Vor den Augen von mehr als 100 Gästen wird der Leipziger Autor kaltblütig erschossen.

Kommissar Kroll übernimmt die Ermittlungen. Der erste Verdacht fällt auf Lachmanns Verleger, zu dem der Schriftsteller offenbar nicht das beste Verhältnis hatte. Aber dann findet Kroll heraus, dass Lachmann mit Recherchen zu einem Mordfall beschäftigt war, der bereits 16 Jahre zurückliegt …

GABRIELE KEISER
Engelskraut

274 Seiten, Paperback.
ISBN 978-3-8392-1117-5.

TÖDLICHES PARADIES Bundesgartenschau in Koblenz. Wie Leonardo da Vincis Vitruvmann liegt der Tote im Paradiesgarten – nackt, mit ausgestreckten Armen und Beinen, inmitten einer Kahlstelle, die von ätzenden Unkrautvernichtungsmitteln herrührt. Seine Identität steht schnell fest: Jürgen Klaussner ist Mitte vierzig, Inhaber einer Koblenzer Apotheke und junger Familienvater. Warum wurde er ausgerechnet auf dem BUGA-Gelände getötet? Oder war es am Ende ein inszenierter Selbstmord?

Immer tiefer wird Kommissarin Franca Mazzari in einen Fall hineingezogen, der sie auch ganz persönlich betrifft …

GMEINER

Wir machen's spannend

FRIEDERIKE SCHMÖE

Wernievergibt

276 Seiten, Paperback.
ISBN 978-3-8392-1135-9.

TOD IM KAUKASUS Die Münchner Ghostwriterin Kea Laverde nimmt einen Auftrag ihrer ehemaligen Agentin Lynn Digas an. Der droht ein Geschäft durch die Lappen zu gehen: eine Reportage über den Tourismus in Georgien nach dem Augustkrieg von 2008. Lynns Reporterin Mira ist zwar nach Tiflis gereist, hat sich aber von dort nicht mehr gemeldet.

Kea tritt die Reise an. Sie sucht Kontakt zu Mira, doch diese ist spurlos verschwunden. Ebenso wie die deutsch-georgische Mezzosopranistin Clara Cleveland, die als gefeierte Künstlerin der Bayerischen Staatsoper ein Konzert in Tiflis platzen lässt …

SIGRID HUNOLD-REIME

Janssenhaus

277 Seiten, Paperback.
ISBN 978-3-8392-1123-6.

FAMILIENBANDE Emma von Odenwald, 31-jährige Köchin aus Hannover und immer noch Single, fühlt sich gegenüber ihren erfolgreichen, glücklich verheirateten Eltern als Versagerin. Auch äußerlich hat sie mit ihnen keinerlei Ähnlichkeit. »Manchmal denke ich, dass ich ihnen ins Nest gelegt worden bin!«

Wie Recht Emma mit ihrer Vermutung hat, bringt kurze Zeit später ein Gentest zu Tage. Als sie ihre Eltern damit konfrontiert, nennen diese ihr widerstrebend eine Adresse in Ostfriesland und gestehen, dass es keine legale Adoption war. Emma macht sich auf die Suche nach ihrer Herkunft und stößt dabei auf ein Meer aus Lügen und Verstrickungen …

GMEINER

Wir machen's spannend

ELLA DANZ

Ballaststoff

319 Seiten, Paperback.
ISBN 978-3-8392-1112-0.

SCHWERE LAST An einem traumhaften Sommertag in der Lübecker Bucht liegt Kurt Staroske tot auf dem Golfplatz. Sind die Rockmusiker Holger und Peggy deshalb so nervös? Was hat der Greenkeeper Rob Higgins damit zu tun? Will Ökobauer Henning vor seiner Frau Gesche etwas verbergen? Und sagt Kurts Chef, der Biomarktbesitzer Hauke Bohm, die ganze Wahrheit?

Bei ihren Nachforschungen stoßen der Lübecker Kommissar Angermüller und sein Kollege Jansen auf so manch einen, der ein Geheimnis mit sich herumschleppt. Und auch die unermüdlichen Ermittler haben privat so manches Päckchen zu tragen …

CLAUDIA ROSSBACHER

Steirerblut

273 Seiten, Paperback.
ISBN 978-3-8392-1136-6.

AUF HEIMATBESUCH Als Abteilungsinspektorin Sandra Mohr vom LKA in Graz ausgerechnet in die steirische Krakau gerufen wird, um in einem rätselhaften Mordfall zu ermitteln, ist sie alles andere als begeistert. Schließlich hat sie ihrer Heimat nicht ohne Grund vor Jahren den Rücken gekehrt.

Die Suche nach dem Mörder der Journalistin Eva Kovacs, deren nackte, grausam zugerichtete Leiche im Wald aufgefunden wurde, gerät für sie zur Konfrontation mit einer verschworenen Dorfgemeinschaft, aber auch mit der eigenen Vergangenheit …

GMEINER

Wir machen's spannend

Alle Gmeiner-Autoren und ihre Romane auf einen Blick

ANTHOLOGIEN: Zürich: Ausfahrt Mord • Mörderischer Erfindergeist • Secret Service 2011 • Tod am Starnberger See • Mords-Sachsen 4 • Sterbenslust • Tödliche Wasser • Gefährliche Nachbarn • Mords-Sachsen 3 • Tatort Ammersee • Campusmord • Mords-Sachsen 2 • Tod am Bodensee • Mords-Sachsen 1 • Grenzfälle • Spekulatius **ABE, REBECCA**: Im Labyrinth der Fugger **ARTMEIER, HILDEGUNDE**: Feuerross • Drachenfrau **BAUER, HERMANN**: Verschwörungsmelange • Karambolage • Fernwehträume **BAUM, BEATE**: Weltverloren • Ruchlos • Häuserkampf **BAUMANN, MANFRED**: Jedermanntod **BECK, SINJE**: Totenklang • Duftspur • Einzelkämpfer **BECKER, OLIVER**: Das Geheimnis der Krähentochter **BECKMANN, HERBERT**: Mark Twain unter den Linden • Die indiskreten Briefe des Giacomo Casanova **BEINSSEN, JAN**: Goldfrauen • Feuerfrauen **BLATTER, ULRIKE**: Vogelfrau **BODE-HOFFMANN, GRIT / HOFFMANN, MATTHIAS**: Infantizid **BODENMANN, MONA**: Mondmilchgubel **BÖCKER, BÄRBEL**: Mit 50 hat man noch Träume • Henkersmahl **BOENKE, MICHAEL**: Riedripp • Gott'sacker **BOMM, MANFRED**: Blutsauger • Kurzschluss • Glasklar • Notbremse • Schattennetz • Beweislast • Schusslinie • Mordloch • Trugschluss • Irrflug • Himmelsfelsen **BONN, SUSANNE**: Die Schule der Spielleute • Der Jahrmarkt zu Jakobi **BOSETZKY, HORST (-KY)**: Promijagd • Unterm Kirschbaum **BRÖMME, BETTINA**: Weißwurst für Elfen **BUEHRIG, DIETER**: Schattengold **BÜRKL, ANNI**: Ausgetanzt • Schwarztee **BUTTLER, MONIKA**: Dunkelzeit • Abendfrieden • Herzraub **CLAUSEN, ANKE**: Dinnerparty • Ostseegrab **DANZ, ELLA**: Ballaststoff • Schatz, schmeckt's dir nicht? • Rosenwahn • Kochwut • Nebelschleier • Steilufer • Osterfeuer **DETERING, MONIKA**: Puppenmann • Herzfrauen **DIECHLER, GABRIELE**: Glutnester • Glaub mir, es muss Liebe sein • Engpass **DÜNSCHEDE, SANDRA**: Todeswatt • Friesenrache • Solomord • Nordmord • Deichgrab **EMME, PIERRE**: Diamantenschmaus • Pizza Letale • Pasta Mortale • Schneenockerleklat • Florentinerpakt • Ballsaison • Tortenkomplott • Killerspiele • Würstelmassaker • Heurigenpassion • Schnitzelfarce • Pastetenlust **ENDERLE, MANFRED**: Nachtwanderer **ERFMEYER, KLAUS**: Endstadium • Tribunal • Geldmarie • Todeserklärung • Karrieresprung **ERWIN, BIRGIT / BUCHHORN, ULRICH**: Die Reliquie von Buchhorn • Die Gauklerin von Buchhorn • Die Herren von Buchhorn **FOHL, DAGMAR**: Der Duft von Bittermandel • Die Insel der Witwen • Das Mädchen und sein Henker **FRANZINGER, BERND**: Zehnkampf • Leidenstour • Kindspech • Jammerhalde • Bombenstimmung • Wolfsfalle • Dinotod • Ohnmacht • Goldrausch • Pilzsaison **GARDEIN, UWE**: Das Mysterium des Himmels • Die Stunde des Königs **GARDENER, EVA B.**: Lebenshunger **GEISLER, KURT**: Bädersterben **GERWIEN, MICHAEL**: Alpengrollen **GIBERT, MATTHIAS P.**: Rechtsdruck • Schmuddelkinder • Bullenhitze • Eiszeit • Zirkusluft • Kammerflimmern • Nervenflattern **GORA, AXEL**: Das Duell der Astronomen **GRAF, EDI**: Bombenspiel • Leopardenjagd • Elefantengold • Löwenriss • Nashornfieber **GUDE, CHRISTIAN**: Kontrollverlust • Homunculus • Binärcode • Mosquito **HAENNI, STEFAN**: Brahmsrösi • Narrentod **HAUG, GUNTER**: Gössenjagd • Hüttenzauber • Tauberschwarz • Höllenfahrt • Sturmwarnung • Riffhaie • Tiefenrausch **HEIM, UTA-MARIA**: Totenkuss • Wespennest • Das Rattenprinzip • Totschweigen • Dreckskind **HERELD, PETER**: Das Geheimnis des Goldmachers **HOHLFELD, KERSTIN**: Glückskekssommer **HUNOLD-REIME, SIGRID**: Janssenhaus • Schattenmorellen • Frühstückspension **IMBSWEILER, MARCUS**: Butenschön • Altstadtfest • Schlussakt • Bergfriedhof **KARNANI, FRITJOF**: Notlandung • Turnaround • Takeover **KAST-RIEDLINGER, ANNETTE**: Liebling, ich kann auch anders **KEISER, GABRIELE**: Engelskraut • Gartenschläfer • Apollofalter **KEISER, GABRIELE / POLIFKA, WOLFGANG**: Puppenjäger **KELLER, STEFAN**: Kölner Kreuzigung

Alle Gmeiner-Autoren und ihre Romane auf einen Blick

KLAUSNER, UWE: Bernstein-Connection • Die Bräute des Satans • Odessa-Komplott • Pilger des Zorns • Walhalla-Code • Die Kiliansverschwörung • Die Pforten der Hölle **KLEWE, SABINE**: Die schwarzseidene Dame • Blutsonne • Wintermärchen • Kinderspiel • Schattenriss **KLÖSEL, MATTHIAS**: Tourneekoller **KLUGMANN, NORBERT**: Die Adler von Lübeck • Die Nacht des Narren • Die Tochter des Salzhändlers • Kabinettstück • Schlüsselgewalt • Rebenblut **KÖHLER, MANFRED**: Tiefpunkt • Schreckensgletscher **KÖSTERING, BERND**: Goetheruh **KOHL, ERWIN**: Flatline • Grabtanz • Zugzwang **KOPPITZ, RAINER C.**: Machtrausch **KRAMER, VERONIKA**: Todesgeheimnis • Rachesommer **KRONENBERG, SUSANNE**: Kunstgriff • Rheingrund • Weinrache • Kultopfer • Flammenpferd **KRUG, MICHAEL**: Bahnhofsmission **KRUSE, MARGIT**: Eisaugen **KURELLA, FRANK**: Der Kodex des Bösen • Das Pergament des Todes **LASCAUX, PAUL**: Gnadenbrot • Feuerwasser • Wursthimmel • Salztränen **LEBEK, HANS**: Karteileichen • Todesschläger **LEHMKUHL, KURT**: Dreiländermord • Nürburghölle • Raffgier **LEIX, BERND**: Fächergrün • Fächertraum • Waldstadt • Hackschnitzel • Zuckerblut • Bucheckern **LETSCHE, JULIAN**: Auf der Walz **LICHT, EMILIA**: Hotel Blaues Wunder **LIEBSCH, SONJA / MESTROVIC, NIVES**: Muttertier @n Rabenmutter **LIFKA, RICHARD**: Sonnenkönig **LOIBELSBERGER, GERHARD**: Reigen des Todes • Die Naschmarkt-Morde **MADER, RAIMUND A.**: Schindlerjüdin • Glasberg **MAINKA, MARTINA**: Satanszeichen **MISKO, MONA**: Winzertochter • Kindsblut **MORF, ISABEL**: Satzfetzen • Schrottreif **MOTHWURF, ONO**: Werbevoodoo • Taubendreck **MUCHA, MARTIN**: Seelenschacher • Papierkrieg **NAUMANN, STEPHAN**: Das Werk der Bücher **NEEB, URSULA**: Madame empfängt **ÖHRI, ARMIN / TSCHIRKY, VANESSA**: Sinfonie des Todes **OTT, PAUL**: Bodensee-Blues **PARADEISER, PETER**: Himmelreich und Höllental **PELTE, REINHARD**: Inselbeichte • Kielwasser • Inselkoller **PORATH, SILKE**: Klostergeist **PUHLFÜRST, CLAUDIA**: Dunkelhaft • Eiseskälte • Leichenstarre **PUNDT, HARDY**: Friesenwut • Deichbruch **PUSCHMANN, DOROTHEA**: Zwickmühle **ROSSBACHER, CLAUDIA**: Steirerblut **RUSCH, HANS-JÜRGEN**: Neptunopfer • Gegenwende **SCHAEWEN, OLIVER VON**: Räuberblut • Schillerhöhe **SCHMITZ, INGRID**: Mordsdeal • Sündenfälle **SCHMÖE, FRIEDERIKE**: Wernievergibt • Wieweitdugehst • Bisduvergisst • Fliehganzleis • Schweigfeinstill • Spinnefeind • Pfeilgift • Januskopf • Schockstarre • Käfersterben • Fratzenmond • Kirchweihmord • Maskenspiel **SCHNEIDER, BERNWARD**: Spittelmarkt **SCHNEIDER, HARALD**: Räuberbier • Wassergeld • Erfindergeist • Schwarzkittel • Ernteopfer **SCHNYDER, MARIJKE**: Matrjoschka-Jagd **SCHRÖDER, ANGELIKA**: Mordsgier • Mordswut • Mordsliebe **SCHÜTZ, ERICH**: Judengold **SCHUKER, KLAUS**: Brudernacht **SCHULZE, GINA**: Sintflut **SCHWAB, ELKE**: Angstfalle • Großeinsatz **SCHWARZ, MAREN**: Zwiespalt • Maienfrost • Dämonenspiel • Grabeskälte **SENF, JOCHEN**: Kindswut • Knochenspiel • Nichtwisser **SPATZ, WILLIBALD**: Alpenlust • Alpendöner **STAMMKÖTTER, ANDREAS**: Messewalzer **STEINHAUER, FRANZISKA**: Spielwiese • Gurkensaat • Wortlos • Menschenfänger • Narrenspiel • Seelenqual • Racheakt **SZRAMA, BETTINA**: Die Konkubine des Mörders • Die Giftmischerin **THIEL, SEBASTIAN**: Die Hexe vom Niederrhein **THADEWALDT, ASTRID / BAUER, CARSTEN**: Blutblume • Kreuzkönig **THÖMMES, GÜNTHER**: Der Fluch des Bierzauberers • Das Erbe des Bierzauberers • Der Bierzauberer **ULLRICH, SONJA**: Fummelbunker • Teppichporsche **VALDORF, LEO**: Großstadtsumpf **VERTACNIK, HANS-PETER**: Ultimo • Abfangjäger **WARK, PETER**: Epizentrum • Ballonglühen • Albtraum **WICKENHÄUSER, RUBEN PHILLIP**: Die Magie des Falken • Die Seele des Wolfes **WILKENLOH, WIMMER**: Eidernebel • Poppenspäl • Feuermal • Hätschelkind **WÖLM, DIETER**: Mainfall **WYSS, VERENA**: Blutrunen • Todesformel **ZANDER, WOLFGANG**: Hundeleben

GMEINER

Wir machen's spannend